À PROPOS DE L'AUTRICE

Ana T. Drew est l'esprit tordu derrière la récente vague de meurtres qui s'est abattue sur la petite ville provençale de Beldoc. Lorsqu'elle n'est pas en train d'écrire, vous la trouverez peut-être en train de concocter des cookies – c'est d'ailleurs durant un atelier de pâtisserie qu'est né le personnage des *Enquêtes de Julie*. Elle vit à Paris, mais son cœur est en Provence.

Le superyacht sinistre

De la même autrice
Dans la collection HarperCollins Poche

Le macaron meurtrier, 2022

Le karma carnassier, 2022

Le castel coupe-jarret, 2023

ANA T. DREW

Le superyacht sinistre

roman

Harper
Collins
POCHE

HARPERCOLLINS FRANCE

83-85, boulevard Vincent-Auriol, 75646 PARIS CEDEX 13
Tél. : 01 42 16 63 63

www.harpercollins.fr

ISBN 979-1-0339-1199-9

Chapitre 1

Je suis sur le pont, à attendre que le chef exécutif descende pour me faire visiter la cuisine.

— Salut, moi c'est Salman ! dit l'homme aux cheveux longs en me faisant un sourire. Veux-tu qu'on aille par-là, et que tu retires ta chemise ?

Hein ?

Sans voix, je fixe ce Salman qui vient de me demander de me déshabiller devant lui. Son expression est amicale, le genre que j'adopte lorsque je suggère à un client de goûter à une nouvelle saveur de macaron. Il n'est pas franchement mince, mais il est bien bâti et doté d'une paire de bras musclés que les manches de son T-shirt moulant enserrent affectueusement. Dans la trentaine, il est du même type méditerranéen que le capitaine Adinian – brun, bronzé et aux traits intrépides.

La différence entre eux est que, trois mois après notre rencontre, Adinian n'a jamais suggéré que j'enlève mon haut devant lui.

Je commence d'ailleurs à désespérer…

Une rafale de vent se précipite sur le pont et souffle en arrière les beaux cheveux de Salman. Il lève le visage vers le ciel et ferme les yeux. Avec ses grandes lunettes de soleil, ses cheveux ondulés et son air épanoui, il ressemble à un mannequin dans une pub de shampoing.

Tandis que ses lunettes de soleil reflètent l'écume de la mer, mes neurones se ruent à la recherche d'une boutade, mais reviennent bredouilles. Tout ce que je parviens à dire, c'est un pathétique « Pardon ? ».

Il sourit.

J'ouvre et je ferme la bouche, perplexe. *Quel culot !*

Le côté positif de l'affaire, c'est qu'en cette trente-et-unième année de mon existence, j'ai trouvé un défaut majeur dans ma conception, un problème au niveau de mon câblage. Si l'on veut que la pâtissière fougueuse et sans gluten Julie Cavallo, qui n'est jamais à court de mots, rame et bugue, il suffit qu'un homme aux longs cheveux magnifiques et au sourire amical lui fasse une proposition indécente.

Je jette un coup d'œil vers la cuisine. À la porte, ma grand-mère Rose et le capitaine du yacht, que nous avons rencontré la semaine dernière, se livrent à une conversation endiablée. Aucun des deux n'a pu entendre les paroles de Salman, non ?

Devrais-je juste tourner les talons et me diriger vers la cuisine ?

Salman éclate de rire.

— Julie… c'est Julie, c'est bien ça ? Tu n'as rien à craindre de moi !

J'arrive enfin à produire une réponse cohérente.

— Euh ?

Enfin, plus ou moins cohérente.

Il s'esclaffe à nouveau.

Quand il a fini de glousser, il enlève ses lunettes de *bad boy*, révélant ainsi une paire d'yeux ravissants.

— Tout d'abord, je suis masseur professionnel. Je suis un bon et je ne suis pas donné. Avant que vous ne vous figiez dans l'horreur, j'allais vous faire remarquer que c'est votre seule chance que je vous masse, gratuitement.

— Oh.

Décidément, je suis éloquente aujourd'hui !

— Je suis aussi animateur, poursuit Salman. C'est mon job de faire en sorte que tout le monde se divertisse pendant notre petite croisière.

Mes épaules se détendent.

— Oh ! alors tu fais partie de l'équipage de *L'Occitane* !

— Pas en tant que membre permanent comme notre capitaine, le chef, les hôtesses et les matelots, répond-il. Je suis comme toi, un mercenaire. Un intérimaire, si tu préfères.

Mes épaules se détendent davantage.

— Je suis ravie de te rencontrer, Salman, et j'ai hâte de travailler avec toi la semaine prochaine !

— Je suis très cool et vif d'esprit, tu verras, affirme-t-il, en me faisant un clin d'œil. Et, en passant, je suis gay. Je te le dis d'emblée pour m'épargner de la gêne et t'éviter la peine de tomber amoureuse de moi.

C'est mon tour de sourire. Aucun doute dans mon esprit : Salman sera aussi cool à fréquenter qu'il le prétend.

— Je ferai de mon mieux pour contrôler mes sentiments, lui promets-je avant de désigner du doigt le chef qui traverse le pont arrière vers la cuisine. Le devoir m'appelle. Ça te dérange si j'y vais ?

Il balaie sa main vers l'extérieur pour montrer que j'ai sa permission.

— À bientôt, Julie !

Je traverse le pont en teck blanchi jusqu'à la cuisine. Elle semble plus petite que la première fois que je l'ai vue, avec quatre personnes qui s'entassent à présent dans cet espace limité.

Nicolas Dumas, alias le capitaine Nicolas, comme tout le monde l'appelle, sort afin que Rose, le chef Escoffier et moi puissions avoir un peu de marge de manœuvre à l'intérieur.

Grand-mère suit le capitaine, poursuivant leur badinage.

— Vous savez, je suis un peu déçue.

— Pourquoi, Rose ? demande-t-il d'un ton enjoué.

Elle lui fait les yeux doux.

— Je m'attendais à ce que vous ressembliez et agissiez comme le capitaine Haddock des livres de Tintin. Mais vous n'êtes pas du tout comme Haddock.

Ils rient. Rose touche du bout des doigts le collier à son cou.

Est-ce qu'elle… flirte avec lui ?

Oh non ! Rose, par pitié, cet homme est au moins vingt-cinq ans plus jeune que toi. Tu as soixante-quatorze ans ! En fait, plus maintenant. L'anniversaire de mamie c'était la semaine dernière. Elle a eu soixante-quinze ans, mais c'est un secret d'État, et personne ne doit jamais le savoir. Surtout pas son petit ami Serge.

Le jour de son anniversaire, les quatre petites-filles de mamie, sa meilleure amie britannique Sarah et sa bonne amie Clothilde ont juste appelé ou sont passées par hasard. On a fait comme s'il n'y avait aucune raison particulière à nos coups de fil. Rose a fait comme si elle s'était levée du mauvais pied.

Elle ne fait pas son âge, je le concède. Mamie a l'air d'avoir la soixantaine. Elle serait plus convaincante en tant que « Cougar du 3e âge » que n'importe quelle star de Hollywood.

Mais alors, quid du pauvre notaire fou amoureux, Maître Serge Guichard ? Serait-elle contente qu'il flirte avec une assistante de son bureau pendant qu'elle est en mer ?

Je ne crois pas, non.

— En effet, je ne suis pas Haddock, confirme le capitaine Nicolas. Je ne fume pas, je n'aime pas le whisky et je n'utilise pas de jurons.

Rose joue avec son lobe d'oreille.

— Je peux vous en apprendre quelques bonnes.

Incorrigible ! Cette femme est au-delà du salut.

— Allez, on visite la cuisine ? me demande le chef Escoffier en balayant son bras devant lui.

— Avec plaisir !

La pièce n'est pas spacieuse, mais elle est bien agencée et très fonctionnelle. Il y a trois fours superposés, une cuisinière à induction, deux réfrigérateurs, un évier, un lave-vaisselle et de nombreux placards.

Je me tourne vers le plan de travail.

— Il y a assez de place sur le comptoir pour deux, dit le chef Escoffier, en lisant dans mes pensées. Mais il faudra s'organiser.

Il aligne deux baguettes sur le plan de travail, le séparant en deux parties inégales, et pointe du doigt la plus petite.

— Votre côté. Et, s'il vous plaît, gardez à l'esprit mes périodes les plus chargées.

— Avant les trois principaux repas ?

— Oui.

— Je préparerai la plupart des pâtisseries après le déjeuner, dis-je. Mais je dois passer tôt le matin et après le dîner, pendant un court moment.

— Pas de souci, tant que vous vous tenez à l'écart aux heures de coup de feu.

Il sort un morceau de papier plié de sa poche et me le tend avant d'ajouter :

— Je les ai notés pour vous.

Son message est clair et net. Quand il dit qu'on doit s'organiser, ce qu'il entend par là c'est que je dois m'adapter à ses horaires.

C'est normal.

Je mémorise son emploi du temps.

— Je peux tout à fait rester loin des feux et du plan de travail à ces heures-là. Mais ça vous dérange si j'ai quelque chose dans le four ?

— Pas du tout. Je m'assurerai que vous ayez toujours au moins un four à disposition.

— Merci, Chef !

Il me montre où sont rangés les différents poêlons, casseroles et poêles. Je remarque que certains ustensiles et équipements sont attachés avec du ruban adhésif ou du scratch. Dans le garde-manger, tous les pots et les bouteilles sont enveloppés dans du papier bulle.

— Pour les jours de tempête ? demandé-je.

— Juste une précaution de base. Aucune tempête n'est prévue pour la durée de cette croisière.

— Super ! m'exclamé-je en me passant la main dans les cheveux. Monsieur Ponsard ou le capitaine vous ont-ils dit que je n'ai aucune expérience en matière nautique ?

— Ne vous inquiétez pas ! Carla, les matelots et moi, on ne sera jamais bien loin si vous avez besoin d'aide.

D'après ce dont je me souviens de la brève introduction du capitaine Nicolas, Carla est la serveuse en chef sur ce bateau. *Oh ! pardon !* Reprenons. Le terme nautique est « hôtesse en chef ».

— Il faut que je passe quelques coups de fil, dit le chef Escoffier. Vous pouvez explorer la cuisine à votre guise.

— Merci, c'est gentil.

— Vous avez préparé vos menus et vos listes de courses ?

J'ouvre mon sac à main.

— Oui, Chef !

Il me prend des mains les feuilles imprimées.

— Excellent. Je vais faire les courses cet après-midi et demain matin, juste avant le départ pour que tout soit frais jusqu'au prochain port.

Il sort, et je me mets à déambuler dans la cuisine, en ouvrant les armoires et les placards, en y enfonçant la tête et en prenant mentalement des notes.

Les casseroles sont ici en bas…

Les plateaux de service en haut…

Ah, c'est là qu'il garde ses couteaux et ses spatules !

A-t-il un chalumeau à crème brûlée ? Un batteur électrique ? De bons fouets ? Une dernière tournée des meubles, puis je fais une liste d'ustensiles à apporter demain. Ensuite, je passe aux réfrigérateurs et au garde-manger, en ajoutant des articles à ma liste.

Quand j'ai presque fini, une trentenaire menue se faufile dans la pièce.

— Salut, je suis l'hôtesse en chef Carla Lanteri. Tu peux m'appeler Carla !

Elle m'explique qu'elle est responsable de l'accueil, chargée de l'entretien ménager, de la blanchisserie, des divertissements – avec l'aide de Salman – et des services de voiturier et de conciergerie.

— Les services de voiturier sur un bateau ? lui demandé-je avec le sourire.

— Ici, le terme désigne toutes sortes de tâches comme défaire les valises des invités, garder un œil sur les enfants ou aller chercher les sacs de courses quand nous jetons l'ancre et que les dames font du shopping.

— Tu brosses et tresses aussi leurs cheveux pour la nuit ? demandé-je en imaginant les femmes de chambre de *Downton Abbey*.

— Je le ferais si on me le demandait, répond Carla sans sourciller. Mais ça en arrive rarement là.

Rarement. Pas *jamais*. Comme si l'opulence du yacht des Ponsard ne m'impressionnait déjà pas assez, je commence à me sentir comme un E.T. perdu sur une planète étrangère.

Mon inspection de la cuisine terminée, Carla me demande de la suivre jusqu'au pont inférieur, pour me montrer les cabines de l'équipage. Cela me donne un prétexte commode pour interrompre l'opération de séduction que Rose mène sur le capitaine.

— Rose ! l'appelé-je. Viens voir la chambre qu'on va partager pendant une semaine.

Elle salue le capitaine Nicolas et nous rattrape, puis on descend les escaliers jusqu'au pont inférieur.

— Le carré de l'équipage est juste là, dit Carla en montrant la porte à gauche de l'escalier.

Nous entrons. L'espace commun est divisé en un coin cuisine avec des placards, un évier, une théière et une machine à café, ainsi qu'une salle de télévision avec un énorme écran plat et des canapés.

— Pas mal, dis-je.

— J'ai de récentes comédies sympas à regarder, pour une soirée tranquille, indique Carla en me faisant un clin d'œil avant d'ajouter : si jamais on en a une.

À gauche de l'escalier, s'élance un couloir bordé de portes de cabines. Carla nous conduit, Rose et moi, à la nôtre. C'est une chambre simple mais spacieuse et bien aménagée avec une touche de luxe que lui confèrent la douce moquette, les belles boiseries et les somptueux draps.

Il y a deux lits superposés contre les murs opposés. Sous les couchettes du bas se trouvent des tiroirs pour les vêtements et les objets personnels.

— Puisque vous n'êtes que deux, vous pouvez utiliser les couchettes du haut en guise d'étagères, suggère Carla.

Un petit placard se trouve près d'un autre mur. Dans le placard, il y a quatre étagères et dix cintres.

Rose en attrape sept et les presse contre sa poitrine.

— Pour mes robes.

— Ça ira, j'ai pas besoin de plus de trois, lui assuré-je.

Carla indique une porte dans le quatrième mur, à côté du petit bureau.

— Vous avez une tête en suite, évidemment.

— Une en suite quoi ? demandons-nous en même temps, Rose et moi.

— Une tête, ça veut dire une salle de bains dans le jargon nautique.

Ensuite, Carla nous montre sa chambre. Elle est plus petite que la nôtre, mais en revanche, Carla ne la partage avec personne.

— Tu vis ici toute l'année ? Même quand les Ponsard n'utilisent pas leur yacht ? lui demandé-je.

Elle acquiesce.

— Les propriétaires mettent *L'Occitane* en location la plupart de l'année. C'est un arrangement commun.

— Ah bon ? Rose arque un sourcil. Je pensais que lorsqu'on était assez riche pour s'offrir un tel yacht, on n'avait pas besoin de le louer.

Carla ricane.

— C'est un mythe. Tout le monde le fait. La loi exige que les yachts de cette taille aient un capitaine et un équipage professionnels. Les frais de fonctionnement sont astronomiques : les salaires, taxes et droits d'amarrage, réparations, carburant, nourriture, entretien, pourboires… la liste est longue.

En quittant les locaux de l'équipage, nous remontons sur le pont principal au son des cris des oiseaux marins.

— Les Ponsard se sont-ils déjà fait une idée de notre itinéraire exact ? demandé-je à Carla.

— Tout à fait. On naviguera jusqu'à Saint-Tropez, que Valérie adore, puis on ira directement en Corse, où on récupérera trois de ses amis à Ajaccio avant d'explorer des paysages plus tranquilles autour de l'île. Sur le chemin du retour, selon son humeur, nous jetterons peut-être l'ancre à l'île de Porquerolles ou bien à Monaco. Tu y es déjà allée ?

— Pff, fit Rose. Je connais la Côte d'Azur et la Corse comme le fond de ma poche. J'espérais quelque chose de plus exotique.

— J'ai été à Cannes et à Monaco plusieurs fois, dis-je. Une fois en Corse, il y a longtemps. Curieusement, je n'ai jamais mis les pieds à Saint-Tropez. Ce sera marrant de la découvrir et de revoir le reste !

Carla regarde Rose puis moi.

— Avez-vous lu vos contrats ? Le capitaine Nicolas vous les a-t-il bien expliqués ?

— Quel aspect ? demande Rose, en fronçant les sourcils.

— Ne vous attendez pas à visiter les endroits où nous allons jeter l'ancre. Vous faites partie de l'équipage. Avec un peu de chance, vous pourrez passer une heure ou deux à terre, mais c'est tout.

— Aucun problème, dis-je avec un sourire éclatant. On sait qu'on est engagé comme personnel de bord pendant ce voyage.

Je jette un regard nerveux à Rose.

— Parle pour toi, dit-elle. Moi, je suis plutôt une invitée.

Ah, la vache ! La semaine dernière, Rose et moi avons rencontré le capitaine Nicolas et avons signé nos contrats ainsi que les accords de confidentialité qui vont avec.

Nous serons tous les deux des « membres d'équipage temporaires » affectés au service de la cuisine, sous la supervision du chef exécutif. Sur le papier, Rose est mon assistante. Mais elle sait que je compte sur elle, car Flo ne pouvait pas sécher ses cours à l'école des beaux-arts, et Éric devait s'occuper de la pâtisserie. Elle a donc négocié qu'elle m'aidera à faire la cuisine et à nettoyer, mais elle ne fera ni le service, ni le ramassage des couverts, ni la vaisselle.

Après que j'ai accepté, mamie a charmé le capitaine Nicolas et s'est taillé une place unique, moitié-personnel moitié-invitée. Elle n'a pas à porter l'uniforme. Et en soirée, elle a le droit de côtoyer les invités.

Je tremble à l'idée de ce qu'elle ferait de ses soirées !

Elle se livrera probablement à de nombreuses tentatives de flirt scandaleux avec le capitaine Nicolas. Fera-t-elle plus que flirter avec lui ? Je ne suis pas la chaperonne de ma grand-mère, et ce n'est pas à moi de la rappeler à l'ordre. Tout ce que je peux faire, c'est lui laisser comprendre que le libertinage n'est plus aussi chic que dans sa jeunesse. Je vais lui dire qu'aujourd'hui ça fait *cheap*.

Cela pourrait marcher. Une fille de milieu populaire qui a toujours cherché à se faire passer pour une bohémienne de la haute société, Rose a horreur qu'on la trouve vulgaire.

Mais il y a une autre activité « illicite » à laquelle je crains qu'elle ne se livre dès qu'elle en a l'occasion. Rose, qui est candidate à la mairie de Beldoc, la petite ville où nous vivons, pourrait utiliser son statut de semi-invitée pour collecter des fonds pour sa campagne. *Ah, laisse tomber le « pourrait » !* Je suis presque certaine qu'elle le fera.

On ne peut qu'espérer qu'elle s'y prendra avec un minimum de délicatesse…

Pourquoi, mais pourquoi, je lui ai proposé ce boulot ?

Chapitre 2

Quand Rose et moi arrivons à Port-Camargue, il est encore tôt le matin, mais la marina est déjà très animée. Les restaurants et les magasins chargent les livraisons du matin, les gens s'appellent les uns les autres, et les mouettes tournent dans le ciel.

Un sifflement de corne de bateau attire mon attention sur le port.

Le long du trottoir, des dizaines de bateaux amarrés luisent au soleil, se berçant sur de douces vagues. Leurs tailles et leurs couleurs varient, mais la plupart sont d'un blanc immaculé et plutôt grands. Certains sont énormes. Ils ressemblent plus à des palais de luxe flottants qu'à des moyens de locomotion.

Pourtant, ils ne sont pas aussi encombrants que les bateaux de croisière. Avec leurs lignes pures et leurs terrasses de ponts, ils marient le confort au raffinement.

Certains bateaux ont de grands mâts, nus pour l'instant.

Rose désigne l'un des yachts sans mât.

— Le voilà, notre résidence pour la semaine !

— Notre lieu de travail pour la semaine, je la corrige, mais elle est trop occupée pour m'entendre lorsqu'elle fait signe au capitaine Nicolas qui la salue depuis le pont.

Le yacht de Jean-Louis Ponsard, avec son nom *L'Occitane* gravé en caractères gras sur le côté et son drapeau battant au vent, est un bateau à moteur. L'absence de mâts n'enlève rien à son esthétique, bien au contraire. Malgré ses ponts à plusieurs niveaux, *L'Occitane* est l'incarnation de la perfection horizontale.

Adam, l'un des matelots de pont, nous conduit au bateau. La première chose que je fais est de trouver le chef Escoffier qui me rassure en me disant qu'il a acheté tous les articles de ma liste. Il m'informe aussi que les bouchées que j'ai préparées hier soir peuvent aller au four quand je le souhaite.

Ouf.

Une heure plus tard, tout l'équipage, moins Rose, est sur le pont principal, vêtu des uniformes amidonnés. Rose doit être dans sa cabine. Enfin, je l'espère. Je prie pour qu'elle ne soit pas en train de prendre un bain de soleil au bord de la piscine ou de siroter son deuxième café dans le sky lounge !

Ma tenue, comme celle de toutes les femmes de l'équipage, se compose d'une chemise blanche et d'une jupe moulante. J'aurais préféré un jean ou mon pantalon noir et ma veste au col montant de chef, mais on m'a fait comprendre que l'un et l'autre étaient hors de question.

Alors, elle a intérêt à être solide, cette jupe !

Elle serait bien avisée de ne pas monter jusqu'au nombril, de ne pas craquer le long des coutures ni de tenter un autre « accident » audacieux, en se prenant pour une tenue de star sur le tapis rouge de Cannes.

Carla me donne un petit coup de coude.

— Hé, Julie, détends-toi. Tu as l'air si raidie que j'ai peur que tu craques.

— Vous êtes une pro, me rappelle le capitaine Nicolas, en détournant son regard de l'annexe pneumatique pour le porter sur moi. Respirez. Tout va bien se passer.

— Et on sera toujours là pour vous donner un coup de main, déclare le chef Escoffier.

Ma posture se relâche un peu. Je suis entourée de professionnels chevronnés qui font cela toute l'année. Ils savent s'occuper des clients exigeants sur un bateau. Ils ont l'air sympathique. Ils seront là pour moi. Même Rose mettra de côté ses prétentions de statut spécial et fera sa part quand la pression montera. Mamie ne me laissera pas tomber. Je le sais.

Garde le moral, Julie. Tu peux y arriver !

Depuis le pont principal où nous sommes alignés, je louche sur l'embarcation qui s'approche du yacht. Elle transporte une douzaine de passagers. Parmi eux, je reconnais Jean-Louis et Valérie Ponsard, les propriétaires de *L'Occitane*. Il y a deux préados assis à leurs côtés. L'un d'eux serait leur fils, Antonin.

— Madame Ponsard te demandera de l'appeler Valérie. Monsieur Ponsard aussi aime qu'on s'adresse à lui par son prénom, Jean-Louis, me prévient Carla. Ils assurent que ça leur donne le sentiment d'être « jeunes et branchés ».

J'en prends bonne note.

Carla poursuit :

— Si elle demande un verre d'eau et qu'il n'y a ni hôtesse ni matelot à proximité, sache qu'elle ne boit que de l'eau pétillante.

— Jean-Louis préfère l'eau plate, indique le chef Escoffier.

— J'ai cru comprendre qu'ils apprécient tous les deux des macarons avec leur café l'après-midi et des crêpes le matin, et que les garçons, eux, aiment les pancakes, affirmé-je en lui jetant un œil. Je me suis dit que j'en ferai tous les jours, en plus des pâtisseries que je ferai varier.

— Bonne idée, convient-il.

À l'instar du capitaine Nicolas, nous élargissons tous nos sourires et portons nos plateaux chargés un peu plus en hauteur.

— Les Ponsard sont plus accessibles que la plupart des nababs pour lesquels j'ai travaillé, avoue Clara. Leurs invités sont en règle générale sensés, eux aussi. Leur gosse et son copain sont… enfin, comme tous les gamins. Mais

Antonin est beaucoup plus facile à gérer aujourd'hui que lorsqu'il était petit.

— Quand ces deux-là ne seront pas dans l'eau, ils seront collés à leurs écrans, explique le chef Escoffier.

— De toute façon, ils sont sous ma responsabilité, dit Carla en baissant la voix avant d'ajouter : l'aînée, Capucine, passe un examen important dans un internat privé. Elle ne sera donc pas parmi nous cette fois-ci.

Elle ne développe pas, mais la façon dont elle lève les yeux au ciel, comme pour remercier les dieux, indique que l'absence de Capucine est une bonne chose.

— Malheureusement, ajoute le chef Escoffier, sa grand-mère n'a pas eu ce genre d'empêchement.

Le visage de Carla s'assombrit.

— Ouais. Malheureusement.

Je regarde de l'un à l'autre.

— Qu'essayez-vous de me dire ?

Le capitaine Nicolas s'éclaircit la gorge.

— Madame Leclerc, la mère de Valérie, il lui arrive d'être… pointilleuse. Parfois.

— Parfois ? Pointilleuse ? répète le chef Escoffier en secouant la tête. Michelle Leclerc sera pénible, Julie. Et ce, les jours où elle sera de bonne humeur.

L'ombre sur le visage de Carla se fait encore plus foncée.

— Les mauvais jours, elle sera exécrable. À en prier pour la force de ne pas l'étrangler.

À la demande du capitaine, on cesse de bavarder et on agrandit nos sourires. Le groupe dans le canot pneumatique s'est assez rapproché pour distinguer nos expressions faciales et peut-être nos paroles, alors il vaut mieux se comporter convenablement.

Mon angoisse s'éveille dans mon ventre. Ce n'est pas pour moi que je m'inquiète. Ayant travaillé comme sous-chef dans une grande pâtisserie parisienne, je sais que je peux m'occuper de personnes difficiles, clients ou patrons. Mes cinq années à la Maison Folette m'ont appris à être stoïque, à répondre à l'agressivité par le sang-froid et à ne jamais répliquer. Supporter les abrutis sans broncher fait partie de mon travail.

Ce qui m'inquiète, c'est Rose. Mamie possède de nombreuses qualités, mais le stoïcisme n'en fait pas partie.

Pourra-t-elle garder son calme si la mère de notre patronne fait une crise de colère ? J'en doute fort.

Le second capitaine dirige le canot vers la plate-forme de baignade et l'attache au yacht. Sans attendre le signal, Antonin et son ami s'élancent dans l'escalier qui mène au pont principal. Le couple Ponsard et les autres adultes montent avec plus de grâce, bien que certains aient l'air aussi excités que les enfants.

— Bienvenue à bord ! s'exclame le capitaine Nick.

Nous offrons de l'eau et du vin aux adultes, des jus bio fraîchement pressés aux garçons et des hors-d'œuvre appétissants préparés par le chef.

Un par un, les invités saluent l'équipage, prennent une boisson et une collation, puis s'éloignent.

Un homme d'une cinquantaine d'années me lance un regard étonné avant de dresser ses traits en une moue courtoise et de me dire bonjour.

Je le salue poliment.

Attends… Est-ce que c'est… ? Oh non, pitié, ça ne peut pas être lui !

Pourtant, c'est indéniablement l'actuel maire de Beldoc, monsieur Victor Jacquet, l'homme dont Rose espère récupérer le poste si elle remporte l'élection.

Alors, quand il se rendra compte qu'elle est là, elle aussi !

Tout à coup, l'affreuse mère de Valérie devient le cadet de mes soucis. Avec Monsieur Jacquet et Rose à bord, ce boulot, qui représente beaucoup pour mon petit commerce en début d'activité, est voué à l'échec. Mamie va forcément se quereller avec lui. On ne finira pas la semaine. Non, on ne tiendra même pas jusqu'à mercredi ! Je nous donne deux jours avant que notre capitaine ne nous largue sur le premier rocher inhabité que nous passerons.

Et ça, c'est le meilleur scénario.

Si Rose se déchaîne sur Michelle Leclerc et sur le maire, les Ponsard nous mettront dans un canot gonflable en pleine mer et nous souhaiteront bonne chance. À condition qu'ils ne nous jettent pas tout simplement par-dessus bord.

Madame Ponsard me salue chaleureusement, me dit de l'appeler Valérie, et prend un verre de vin.

— Voulez-vous que je vous débarrasse de vos bagages ? lui demande Carla.

— Volontiers, répond Valérie.

— Je peux aussi aller voir si Laure a besoin d'aide.

Valérie joint brièvement ses paumes de mains comme pour dire « Tu es un ange ! ».

Carla transfère les restes de son plateau sur le mien et s'en va en courant.

Peu à peu, tout le monde gravite vers l'arrière du yacht qu'on appelle « la poupe », si je ne me trompe pas, en langage maritime.

Mon regard se porte sur Michelle Leclerc, la vieille mère de Valérie. Étant donné que Valérie vient d'avoir quarante ans, Michelle ne peut pas être beaucoup plus âgée que Rose. Mais, voûtée et flétrie, elle a l'air d'être une octogénaire. Pire encore que son corps, c'est son visage creusé, figé dans un masque d'amertume, qui la vieillit le plus.

Si elle est riche, je me demande pourquoi elle ne fait rien pour soigner son apparence. Et si elle n'a pas d'argent à elle, je suis certaine que son puissant gendre aurait payé pour qu'elle ait un bon peeling et un lifting…

Mais au fait, où est Rose ?

Le visage de Michelle n'est pas sa seule contradiction. Ses vêtements sont propres et ternes, comme les porterait une inspectrice des impôts à la retraite. C'est peut-être ce qu'elle est. Ou peut-être qu'elle est trop fière pour accepter des largesses de la part de son beau-fils. Ou peut-être qu'elle se moque tout simplement de son apparence.

Une quadra pulpeuse aux joues rondes suit Michelle comme son ombre. Ce doit être la Laure dont Valérie a parlé tout à l'heure. Elle apporte à Michelle ses boissons et ses collations, poursuit son chapeau sur le pont quand le vent le lui dérobe, et lui rend toutes sortes de petits services.

On dirait que Laure est sa « femme à tout faire » – un curieux mélange d'auxiliaire de santé, d'employée de maison et de dame de compagnie – le seul cadeau offert par Jean-Louis que Michelle n'a pas refusé.

Quelle décadence de la part d'une ancienne inspectrice des impôts !

— As-tu mes lunettes de soleil ? demande Michelle à Laure alors qu'elles passent devant moi.

— Oui, Madame Leclerc !

Laure se tapote le côté, à l'endroit où normalement un sac à main se blottit contre la hanche d'une femme. Sauf qu'il n'y en a pas. Ses yeux s'élargissent, elle regarde vers le bas, puis autour d'elle, avant de recentrer son regard sur Michelle.

— On dirait que tu ne les as pas, après tout, espèce d'épave inutile, résume Michelle. Tu as égaré ton sac à main !

— J'ai dû le laisser dans ma cabine ou dans votre cabine quand j'ai défait votre valise, marmonne Laure.

Michelle la regarde.

— Tu aurais pu le laisser dans le yacht-club. Nous allons devoir attendre que le capitaine envoie un matelot le chercher. Non seulement tu ne sers à rien, mais en plus tu nous causes des désagréments !

Les gens interrompent leurs conversations et se tournent vers les deux femmes.

Laure rougit de gêne.

— Je suis sûre que je l'avais quand nous sommes montés à bord.

— Complètement sûre, modérément sûre ou légèrement sûre ? demande Michelle d'un ton moqueur.

— Je vais monter le chercher, dit Laure, en se retournant à moitié. Je reviens tout de suite !

Michelle la dévisage.

— Vas-y, et tu ferais mieux de revenir avec mes lunettes de soleil !

Laure pivote complètement et s'éloigne en courant.

— Et n'oublie pas le poison que tu allais mettre dans mon verre ! s'écrie Michelle après elle.

Laure se fige d'horreur, un peu comme moi quand Salman m'a dit de me déshabiller. Lentement, elle se retourne vers Michelle mais semble incapable d'exprimer la moindre protestation. Même pas un son.

Comment Carla avait-elle décrit Michelle déjà ?... *Exécrable à vouloir l'étrangler !* Eh bien, elle n'exagérait point !

Valérie se dirige vers sa mère.

— Mais enfin, maman, c'est parfaitement absurde !

Michelle se pince les lèvres devant la réfutation de sa fille.

Lui faisant les gros yeux, Valérie ajoute :

— Aussi absurde que ton autre accusation.

Michelle lance à sa fille un regard de défi.

Valérie n'en dit pas plus, se contentant de grogner stoïquement.

Je demande presque quelle autre accusation, mais je me rattrape au dernier moment.

Où sont mes bonnes manières ?

Enfin, secouant sa stupeur, Laure fronce les sourcils.

— Madame Leclerc, pourquoi dites-vous des choses pareilles ? Vous savez que je ne...

— Elle le sait, Laure, répond Valérie à la place de sa mère. Et elle ne pensait pas un mot de ce qu'elle a dit.

Tu devrais la connaître assez bien maintenant. Ma mère débite ce genre de balivernes à tout le monde, tout le temps.

Les traits de Laure s'apaisent un peu et elle s'éloigne en marmonnant dans sa barbe.

De là où je me tiens, je suis la seule qui puisse voir son visage maintenant. Mes compétences en lecture sur les lèvres ne sont pas ce qu'elles devraient être, mais je suis presque sûre d'avoir déchiffré correctement les mots murmurés par Laure. « Bien fait pour toi, alors. »

Qu'est-ce qu'elle voulait dire par là ?

Moins de cinq minutes plus tard, Laure revient avec un sac fourre-tout et remet à Michelle une paire de lunettes de soleil.

Au moment où le capitaine Nicolas annonce que nous sommes prêts à partir, Rose émerge de l'endroit où elle s'est cachée toute la matinée. Les matelots larguent les amarres qui nous attachent au quai. Lentement, nous nous éloignons de Port-Camargue.

Je m'accroche à la rambarde la plus proche alors que le yacht se balance légèrement sous mes pieds.

— Premier voyage en mer ? me demande Salman le masseur, en se plaçant à ma gauche.

— Oui.

Rose se met à ma droite.

— Si Julie fait le bon choix de mari la deuxième fois, elle possédera un jour elle-même un yacht comme celui-ci.

Salman glousse.

Je lance un regard furieux à Rose. Franchement, ce n'est ni le moment ni l'endroit pour une énième leçon sur les innombrables bienfaits de répondre favorablement à la cour que me fait Denis Noble !

L'Occitane quitte le port et passe devant de belles propriétés avec piscines, jardins et amarrages privés. Alors qu'elles s'effacent au loin, je regarde le soleil briller sur l'eau, les poissons s'élancer et de gros oiseaux se précipiter sur eux. Le moteur tourne doucement. L'air sent l'eau libre.

Paix et tranquillité.

Calme et joie.

La vie est belle.

…sauf pour ce petit poisson qui vient de se faire choper par une mouette.

Chapitre 3

Nous naviguons vers Saint-Tropez.

Il est 17 heures. Le déjeuner a été servi et consommé avec succès, et maintenant le chef Escoffier et moi sommes à la cuisine, en train de travailler. Il prépare le poisson et les légumes pour le dîner. Je m'en tiens religieusement à l'espace qui m'est réservé sur le comptoir et à mon four, où je viens de mettre une fournée de coques de macaron. Pendant leur cuisson, je fais chauffer un mélange de gélatine pour les pannacottas que je vais servir au dessert ce soir. Après cela, je n'aurai plus besoin du fourneau.

Certains des invités sont dans leur cabine, en train de déballer leurs bagages ou de faire une sieste. La plupart se promènent sur le yacht. De temps en temps, un invité curieux s'aventure dans la cuisine et tente de nouer une conversation avec le chef et moi.

Dans des circonstances normales, je serais ravie de bavarder, mais c'est le premier jour de mon premier emploi de traiteur en mer. Faire du multitâche est un peu compliqué.

Valérie débarque.

— Chef Escoffier, Julie, je viens d'apprendre que mon amie Nathalie, la maman d'Hubert, est au régime. Peut-on faire en sorte qu'elle ait des repas et des pâtisseries à faible teneur en glucides ?

— Je sers deux salades fraîches à chaque repas, dit le chef. Elle peut toujours en prendre une comme plat principal.

Valérie se tourne vers moi.

— Que diriez-vous d'une île flottante pour le dessert ?

— Ce soir ?

Bien que je sois presque sûre d'avoir tous les ingrédients, l'île flottante nécessite qu'on cuisine la crème anglaise sur le feu et qu'on torréfie les amandes effilées. Cela ne fait pas partie de mon entente avec le chef. Mais je ne le dis pas à voix haute, en me rappelant le conseil du capitaine Nicolas. On attend de tout le personnel de soutien sur le yacht, y compris des intérimaires, une attitude positive et volontariste.

— J'ai une meilleure idée, lancé-je, avant que Valérie n'ait le temps de répondre par l'affirmative à ma question précédente. Je pourrais servir une salade de fruits avec les pannacottas ce soir. Et je vous ferai l'île flottante mardi, pour le goûter de l'après-midi. Qu'en pensez-vous ?

— Ça marche !

Valérie sort de la cuisine et je retourne à ma tâche.

Le prochain invité à passer est le mari de Valérie, Jean-Louis.

— Tout va bien ici ?

Le chef et moi confirmons.

Jean-Louis baisse la voix.

— Valérie ne veut pas que je fasse tout un plat de son quarantième anniversaire, mais pensez-vous que nous pourrions avoir un repas spécial et un bon gros gâteau le dernier soir ?

— Évidemment ! dit le chef Escoffier.

Je hoche la tête avec enthousiasme.

Jean-Louis se tourne vers moi.

— Comment va notre ami commun Denis ces jours-ci ? Je ne l'ai pas vu depuis que je suis rentré de Russie.

— Il est passé au magasin il y a une semaine environ, répliqué-je. Il m'avait l'air en pleine forme.

Jean-Louis fronce les sourcils, confus.

— Je croyais que vous sortiez ensemble.

— Oh non, nous sommes de simples amis !

Se contentant de mon explication, Jean-Louis s'en va.

Je me demande pourquoi il pensait que Denis et moi étions ensemble... Denis aimerait bien que ce soit le cas, tout comme Rose, pour qui il représente l'homme idéal. D'un point de vue rationnel, il est difficile de ne pas être d'accord avec elle. Denis est beau, riche et apparemment amoureux de moi. Un ensemble parfait d'attributs, n'est-ce pas ? Pourtant, je me trouve indifférente à ses charmes. Au lieu de cela, je suis attirée par un certain gendarme, qui n'est pas pressé de me demander de sortir avec lui.

Je blâme mon esprit frondeur pour ce défaut de logique inexplicable.

Au moment où Jean-Louis sort, un cinquantenaire chauve entre dans la cuisine comme s'il attendait son tour. Il regarde tout autour.

— Je voulais juste dire bonjour.

Le chef Escoffier et moi le saluons.

Il fait encore un balayage visuel de la cuisine et commence à se retirer sans se présenter.

Quelle drôle de façon de dire bonjour !

— Je suis Julie, j'appelle après lui. Et vous ?

— Roland.

— Roland Oliveira, c'est ça ? Je me souviens avoir vu votre nom sur la liste des passagers, dit le chef Escoffier, probablement pour montrer son professionnalisme et sa bonne mémoire.

— C'est bien ça.

— Ravie de vous rencontrer, Roland, dis-je.

— De même, marmonne-t-il, et il se précipite alors hors de la cuisine.

— Il est bizarre, me dit le chef. C'est la première fois que je le vois sur ce yacht.

Il me fait un clin d'œil avant d'ajouter :

— Ce doit être un autre ami de Madame Leclerc.

Il y a un sous-entendu indubitable et une allusion derrière sa dernière remarque, alors je me permets de lui demander ce qu'il en est.

— Michelle Leclerc a-t-elle beaucoup d'amis ?

— Aucun, répondit-il. Avant le romancier.

— Roland ?

— Oh non ! il s'appelle Guillaume Tron. Il est censé être célèbre, même si j'avoue que je n'avais jamais entendu parler de lui avant qu'il ne se pointe sur le yacht au printemps dernier.

— Quel genre de livres écrit-il ?

— Le genre épais, dit le chef Escoffier en illustrant leur épaisseur avec ses doigts. Il a reçu un grand prix littéraire pour l'un d'entre eux.

— Il me fait un peu peur. Et s'il me demande mon avis sur un auteur classique que je suis censée avoir lu ?

— Personne ici, pas même Guillaume Tron, ne s'attend à ce que tu connaisses ton Proust, dit le chef.

— Me voilà soulagée !

Le visage rond du chef Escoffier s'élargit encore plus lorsqu'il sourit.

— Mais on s'attend à ce que tu connaisses ta madeleine.

Je lève mes pouces en l'air, en reconnaissant la référence.

— Joli calembour, Chef ! Je vous assure que je connais assez bien la madeleine pour en faire une version sans gluten, dis-je avec un petit clin d'œil.

Pendant que nous rions, le malaise dans mon ventre me fait réaliser que le balancement du bateau est devenu plus prononcé. Le chef Escoffier semble l'avoir remarqué aussi, car il fixe son couteau et tend la main à la radio.

— Capitaine ?

— Le vent est devenu plus fort que prévu, répond le capitaine Nicolas dans l'appareil. Mais ça ne durera pas très longtemps. Accrochez-vous !

Le chef Escoffier range la radio et sort deux rouleaux de ruban adhésif d'un tiroir.

— Donne-moi un coup de main.

Comme sur commande, la porte d'une armoire s'ouvre en grand. Le chef et moi attachons tout ce qui est détaché puis emballons les bocaux et les bouteilles que l'on avait déballés plus tôt. Le temps que mes macarons soient cuits, la cuisine est prête pour la tempête. Et moi, j'ai la nausée.

Enfant, j'avais le mal des transports. Bien que je ne vomisse pas facilement – en fait, je n'ai jamais vomi de toute ma vie – je n'ai pas l'étoffe d'un astronaute. C'est pourquoi la perspective de passer les deux heures suivantes à travailler avec un ventre qui se remue et une tête qui tourne me remplit d'effroi.

Je prends appui sur le plan de travail et je respire profondément, en espérant que ça aide.

— As-tu apporté avec toi un médicament contre le mal de mer ? demande le chef Escoffier. On dirait que tu en as besoin.

Il a raison. Si je n'en prends pas, et vite, non seulement l'amie de Valérie n'aura pas son dessert à faible teneur en glucides, mais personne n'aura de dessert tout court.

En m'accrochant aux murs, je me glisse vers le pont principal. La mer est tellement plus agitée que lorsque nous sommes partis ! Des nuages gris flottent dangereusement bas. Le vent se lève, poussant les vagues écumeuses contre *L'Occitane*. Le yacht les chevauche avec grâce, en ondulant de haut en bas. Les membres de l'équipage vaquent à leurs occupations, faisant comme si rien d'extraordinaire ne se passait. Ces gens ont dû voir de vraies tempêtes. Le temps venteux que nous traversons actuellement ne les impressionne pas le moins du monde.

Mais moi, ça m'impressionne beaucoup, parce que je n'ai pas emporté de pilules contre le mal des transports.

De plus en plus étourdie, j'avance vers les quarts d'équipage, en croisant les doigts. En arrivant à la cabine que je partage avec Rose, je marmonne :

— Faites qu'elle en ait !

Elle ouvre la porte dans son peignoir de soie, tenant dans chaque main un cintre avec une robe de soirée.

— Laquelle devrais-je porter ce soir ?

— L'émeraude, dis-je en pointant le menton vers l'une d'elles.

Mes mains sont occupées à me tenir le ventre.

Elle me regarde avec suspicion.

— Tu es toute pâle.

— J'ai un peu le mal de mer.

— Oh ! ma pauvre enfant, s'exclame-t-elle en me poussant vers mon lit et en fermant la porte derrière moi. Assieds-toi. J'ai ce dont tu as besoin.

— C'est vrai ?

Elle fouille dans sa valise et en sort un sac en plastique rempli de dizaines de petites boîtes et de flacons. Le vidant sur le bureau, elle passe au crible les analgésiques, les vitamines, les anti-inflammatoires, les tranquillisants, encore des vitamines, les somnifères et quelques autres substances non identifiables.

Je lève les yeux vers elle.

— J'espère que tu ne prends pas tout ça tous les jours...

— Bien sûr que non ! J'ai juste emballé tout ce que j'avais dans mon armoire à pharmacie, pour être tranquille.

Elle cherche encore, puis déclare :

— Ça y est, je l'ai !

— Merci, mamie !

Elle me tend une petite pilule bleue et un verre d'eau.

— Tu ferais mieux de t'allonger pendant une vingtaine de minutes jusqu'à ce que ça fasse effet.

Obéissant, je m'allonge sur le lit.

Elle me demande :

— As-tu besoin d'aide cet après-midi ou ce soir ?

Je masse mon ventre.

— Je ne pensais pas en avoir besoin, mais…

— Tu auras une heure de moins que prévu, finit-elle pour moi, en interprétant mon geste.

Je lui lance un regard suppliant.

— Quand le médoc fera son effet, pourrais-tu venir avec moi à la cuisine et terminer les pannacottas pendant que je travaille sur les macarons ?

— Il faudra que tu me surveilles de près.

— Je le ferai. À chaque étape.

Elle pend ses robes dans le placard.

— Je me changerai quand nous aurons fini, juste avant le dîner.

Je sais que si je lui demande de m'aider à servir ce soir, elle le fera. Même au prix de devoir servir le maire Victor Jacquet et en détester chaque instant. Heureusement pour Rose, l'équipage comprend deux hôtesses. Elles interviendront si je suis trop malade pour travailler. Mamie pourra ainsi porter sa robe d'émeraude chatoyante et faire semblant d'être une riche invitée de Monsieur et Madame Ponsard.

En parlant de richesse, Rose risque de perdre sa maison si elle ne rembourse pas une partie de l'argent qu'elle doit à sa banque au plus vite.

— As-tu réussi à convaincre Madame Benali que ton plan de remboursement est réaliste ? lui demandé-je.

— J'y travaille.

Chapitre 4

Alors que Rose et moi traversons le pont vers la cuisine, le vent se transforme en brise, les nuages se fondent dans la matière bleue du ciel, et le soleil revient.

Je regarde l'eau. La Méditerranée est à nouveau paisible, comme si la mini-tempête qui m'a donné le mal de mer n'était jamais arrivée. La mer semble me faire de grands yeux tout en s'étonnant : « Des vagues ? Quelles vagues ? Quelqu'un a-t-il vu des vagues par ici ? Parce que moi, je n'ai vu rien du tout ! »

Quelques invités se prélassent avec un livre ou un verre à la main. J'imagine que les autres prennent un bain de soleil dans un endroit plus privé, ou font de la gym, ou se font dorloter dans le spa par Salman.

La cuisine est vide quand Rose et moi entrons. J'arrache le ruban adhésif des armoires et je libère les ustensiles dont nous aurons besoin. Nous travaillons dur pendant les quarante-cinq prochaines minutes, et Rose s'attaque aux pannacottas comme une pro. Quand elle a fini, elle les met au frigo pour les refroidir et se faufile hors de la cuisine.

Heureusement, Carla passe et offre son aide. Ensemble, nous acheminons les pâtisseries et les boissons sur chaque pont, salon et zone publique, en faisant en sorte de ne laisser aucun invité les mains vides. Après cela, je prépare la salade de fruits pour l'amie de Valérie.

Ouf !

M'accordant une pause bien méritée, je m'installe sur une chaise longue au soleil, je me couvre les yeux de ma casquette et je m'assoupis.

Deux voix, celle d'un homme et celle d'une femme, à quelques mètres à ma gauche, me réveillent.

— Elle ne sait pas que je suis ici avec toi, dit la femme.

L'homme rit.

— Je me sens comme un ado qui se casse en douce d'une réunion de famille avec la fille de ses parrains.

Elle rigole. On dirait plus un croassement. J'ai déjà entendu cette voix rouillée auparavant…

Attends, mais oui, je sais qui c'est ! C'est Michelle Leclerc, la méchante mère de Valérie !

Devrais-je les laisser ?

Il est impoli de faire semblant de dormir en écoutant leur conversation… Mais Michelle et son soupirant ne pouvaient pas ne pas me voir, et ils sont assez grands pour envisager la possibilité que je ne dorme pas. Il est clair qu'ils ne se soucient pas que je puisse les entendre. C'est sûrement parce qu'ils n'ont pas l'intention de discuter de choses trop privées. Ou parce que je porte un uniforme du personnel, doté, comme tout le monde le sait, d'une fonction intégrée qui rend son porteur sourd aux conversations privées.

Seulement voilà, ils ignorent que je suis quelqu'un de pathologiquement curieux. Mon uniforme et l'accord de confidentialité que j'ai signé feront en sorte que je ne parle pas, mais ils ne peuvent pas m'empêcher d'écouter.

— J'espère qu'elle me cherchera partout sur le yacht, qu'elle paniquera et qu'elle fera une crise cardiaque, dit Michelle. Je ne supporte plus cette bécasse !

— Ma chère, tu es trop dure avec la pauvre Laure, dit l'homme.

— Et toi, tu es trop gentil !

J'entends un petit bruit, comme une légère tape de la main.

— Je sais, je sais…, dit l'homme.

S'ensuit une succession de doux clappements.

Il lui baise la main ou quoi ?

Est-ce Roland, l'homme bourru qui s'est aventuré dans la cuisine et que le chef Escoffier a décrit comme le nouvel « ami » de Madame Leclerc ? Sauf que sa voix est différente.

— Elle est un peu bête, je te l'accorde, mais elle veut bien faire, dit-il.

Michelle s'ébroue.

— Mon cher Guillaume, il y a beaucoup trop de cons bien intentionnés sur terre ! Tu ne trouves pas ?

Guillaume… Ah, Guillaume Tron, le célèbre romancier !

Aussi discrètement que possible, je tourne la tête vers les voix et je les observe de sous ma casquette.

Le couple est assis à trois chaises longues de moi.

Guillaume n'est pas dénué de charme. Si j'étais Michelle, je le préférerais sans conteste à Roland. La cinquantaine bien avancée, il est resté mince, avec de beaux cheveux blancs épais et ondulés qui se déploient en un halo autour de son visage bronzé. Il porte une chemise blanche impeccable et un jean bleu à la mode, avec un fichu de soie imprimé autour du cou pour compléter son look de dandy.

— Écoute, je voulais te demander pour Roland, dit Guillaume. Où vous êtes-vous rencontrés ?

Elle tripote une de ses bagues.

— Par le club de lecture d'Evelyn.

Il louche sur elle sans rien dire.

— Oh ! s'il te plaît, ne sois pas jaloux ! s'exclame-t-elle. Ce n'est qu'un bon copain, rien de plus.

— Tellement bon que tu l'invites à rejoindre ta proche famille pour la croisière d'anniversaire de ta fille ?

— Ta jalousie me flatte, chéri, mais tu devrais la contenir.

Le ton de Michelle est plus sec maintenant. Il ressemble davantage à celui qu'elle prend avec Laure quand elle ajoute :

— Roland était déprimé, alors je me suis dit qu'une petite croisière lui ferait du bien. C'est tout.

Il pousse un soupir.

— Si tu le dis.

Michelle se penche vers lui.

— Dis-moi, as-tu eu des nouvelles de ton éditeur ?

— Oui.

— Des bonnes nouvelles ?

Les coins de la bouche de Guillaume s'affaissent.

— Ils veulent que je réécrive le début.

— Eh bien, ça ne devrait pas être trop…

— Et une partie de la fin, l'interrompt-il. Et une grande partie du milieu. En gros, ils veulent que je réécrive tout ce foutu roman ! Il m'a fallu trois ans pour le terminer, Michelle…

— Je suis navrée pour toi, mon chéri ! Tu ne peux pas trouver un autre éditeur ?

Il secoue la tête, avec l'air d'un chien battu.

— Mon agent est nul. Le truc c'est que j'ai absolument besoin que ce livre sorte cette année.

— Pourquoi ?

Il détourne le regard comme s'il était gêné.

— Les droits d'auteur de mes livres plus anciens se sont taris.

Elle lui caresse le bras.

— Mince !

Il se retourne vers elle en serrant la mâchoire.

— L'industrie de l'édition est impitoyable, ma Michelle. Un auteur acclamé par la critique comme moi devrait percevoir une sorte de provision mensuelle – un salaire, si tu veux – pour qu'il puisse se concentrer sur son art plutôt que sur ses finances.

— Mais ton appartement… Je pensais…

— C'est vrai, le ministère de la Culture paie mon loyer, admet-il. Sans cela, je serais non seulement en train de galérer, mais je serais surtout en train de crever de faim.

Elle lui prend la main entre les siennes.

— Je ne laisserai jamais une telle chose arriver ! Tu m'entends ?

— Je sais, ma douce amie, je sais. Tu as un cœur en or, murmure-t-il en reniflant. Mais je déteste l'idée de dépendre de toi.

— N'importe quoi ! C'est le moins que je puisse faire pour le meilleur écrivain vivant de ce pays.

Guillaume redresse le menton.

— Il y a cinq ans, TVrama a décrit l'un de mes livres comme « une immense œuvre de pur génie ».

— Ah, tu vois ?

Hum, *Beldoc Live* a décrit mes macarons à la lavande comme une « œuvre de pur génie » pas plus tard que cet été. Peut-être devrais-je demander au ministère de l'Agriculture et de l'alimentation de payer mon loyer…

La lèvre inférieure de Guillaume se met à trembler.

— Et maintenant, j'en suis réduit à devoir chercher un emploi comme un raté dépourvu de talent. Adieu la créativité ! Au revoir, la littérature !

Elle dépose un baiser sur le dos de sa main, en laissant deux fines traces roses dessus.

— La littérature mondiale a besoin de toi ! Je vais m'occuper de toi, mon chéri ! Ne t'ai-je pas déjà donné assez de preuves…

— Oh ! Dieu merci, vous êtes là ! s'écrie Laure, en se précipitant vers les tourtereaux depuis le bord du pont.

Michelle lâche précipitamment la main de Guillaume, et ils écartent leurs chaises longues.

Guillaume se relève.

— Il faut que j'y aille. On se voit au dîner, mesdames.

Avec un regard langoureux pour Michelle et un bref signe de tête pour Laure, il s'éloigne.

Michelle profère une injure digne d'un marin avant de jeter un regard furieux à Laure.

— Ne reste pas là comme une imbécile ! Aide-moi à sortir de cet engin !

Elle tend les deux mains.

Laure les attrape et entraîne Michelle sur ses pieds. En tapotant sa coiffure, Michelle tourne le dos à Laure et se dirige vers l'escalier. Cette dernière saisit le sac à main que Michelle a laissé derrière elle et trottine derrière sa patronne.

Dès qu'elles sont hors de vue, je dévale les escaliers jusqu'à la cuisine.

Après le dîner, Salman met sa casquette d'animateur et invite tout le monde, y compris les membres de l'équipage en repos, à jouer à un amusant jeu dans le Sky Lounge.

— Je vous répartis en deux équipes de détectives, explique-t-il. L'équipe Barnaby et l'équipe Columbo.

Rose, éblouissante dans sa robe émeraude, lève la main.

— Puis-je faire partie de l'équipe Columbo, s'il te plaît ? Je suis une grande fan du détective.

Salman la récompense par un sourire.

— Adjugé. Qui d'autre veut être un Columbino ?

Michelle, Guillaume, Laure et Roland rejoignent Rose.

— Personnellement, je préfère l'inspecteur Barnaby, déclare Valérie.

Salma lève le pouce.

— Excellent ! D'autres Barnabettes ?

Jean-Louis s'éclaircit la gorge.

— Barnabettes ? Et les hommes de l'équipe, tu les appelleras comment ?

Salman écarquille les yeux puis se pince le menton, faisant celui qui n'y avait pas pensé.

— On va dire « Barnabiens » pour hommes comme femmes, annonce-t-il. C'est mieux. C'est plus neutre.

Jean-Louis, Nathalie l'amie de Valérie, et Victor Jacquet rejoignent les Barnabiens.

Victor est vêtu d'un short décontracté et d'un polo, mais il porte à travers la poitrine l'écharpe tricolore de maire. *Quel frimeur !*

Il jette un regard de défi à Rose.

Les deux garçons supplient qu'on leur permette de regarder un film dans la salle de cinéma. Ils ne veulent pas jouer à un jeu barbant avec des adultes ennuyeux. Avec la permission de leurs parents, ils se sauvent, accompagnés de Carla.

— Nous ne sommes que trois Barnabiens contre quatre Columbinos, se plaint Valérie.

Salman regarde autour de lui pour trouver un autre joueur.

— On devrait jouer à ce jeu après que mes autres copines nous ont rejoints à Ajaccio, dit Valérie.

— C'est ce qu'on fera ! Considérez cela comme un tour d'entraînement, la rassure Salman.

Il se tourne vers moi, un plaidoyer à ses yeux expressifs.

— Julie, à l'aide ! Tu n'es plus en service, non ? L'équipe Barnaby a besoin de toi.

Je prends place entre les Ponsard et Victor.

— Parfait ! Nous allons pouvoir commencer, dit Salman en se frottant les mains. Le jeu est très simple. Je vous donne une énigme, et les équipes se relaient pour proposer des solutions jusqu'à ce que quelqu'un trouve la bonne.

— Et si on a déjà entendu cette énigme ? demande Victor.

— Alors faites-le moi savoir et je vous en donnerai une autre.

— Pourra-t-on prendre des pauses pour se concerter ? demande Roland.

— Cela ralentit le rythme, mais je le permettrai vers la fin, si vous êtes bloqués.

Roland sort un petit carnet et un stylo de sa poche. *Dis donc, il prend ce jeu très au sérieux !*

Guillaume fixe le carnet de Roland, puis son visage.

— Il paraît que vous êtes un lecteur vorace. Quel est ton auteur préféré ?

— Hercule Poirot, répond Roland.

Michelle gigote nerveusement.

— En êtes-vous sûr ? demande Guillaume, en haussant le sourcil avec mépris. Aux dernières nouvelles, c'était un personnage des livres d'Agatha Christie.

Roland hausse les épaules.

— Agatha Christie, alors.

— Les garçons, s'il vous plaît ! s'exclame Salman. Concentrez-vous. Je vais lire la première énigme.

Il sort son téléphone, tape, fait défiler un texte puis commence :

— Un homme est abattu dans sa voiture. Toutes les fenêtres sont fermées et les portes verrouillées quand la police le trouve. Il n'y a pas de traces de poudre sur ses vêtements. Il y a trois trous de balle sur le haut du corps de l'homme. Comment a-t-il été assassiné ?

Nous prenons quelques instants pour réfléchir.

Guillaume parle le premier :

— C'est évident. Le tueur lui a tiré dessus, puis il a pris la clé de la voiture, en est sorti et l'a verrouillée de l'extérieur.

— Faux, dit Salman avant de se tourner vers mon équipe. Des idées ?

— Attendez, pourquoi est-ce faux ? insiste Guillaume.

Roland brandit ses notes griffonnées.

— Parce qu'il n'y a pas de résidu de poudre sur la victime. Vous n'avez pas entendu ce que Salman a dit ?

Guillaume se tourne vers Salman.

— Qu'est-ce que cela signifie ?

— Cela signifie que le tireur n'était pas dans la voiture, mon ami, dit Salman, en offrant à Guillaume un sourire coquin et culotté en guise de consolation. Il devait être plus loin.

J'ai de la peine pour lui, de gaspiller ses charmes auprès d'un homme hétéro. Un hétéro que Michelle Leclerc a déjà séduit.

Mais, à ma grande surprise, le sourire que Guillaume renvoie à Salman n'est ni gêné ni forcé. Il est tout aussi enjoué que celui de Salman. Je cligne des yeux et je regarde à nouveau. Guillaume s'est déjà tourné vers Michelle et lui chuchote quelque chose à l'oreille.

J'ai dû me tromper. C'était sûrement un sourire amical.

Freine ton imagination et concentre-toi sur le jeu, Julie Cavallo !

Le regard de Salman oscille entre Valérie, Jean-Louis et Victor.

— Les Barnabiens ? Des hypothèses ?

Victor lisse les glands dorés qui pendent de son écharpe tricolore.

— Depuis que je suis maire et que je travaille en étroite collaboration avec la gendarmerie, je n'ai jamais entendu parler d'une telle configuration.

— Ils ne te disent pas tout, le taquine Rose.

Il la regarde de travers.

— Le commandant est un ami personnel. Et je connais bien le préfet.

Elle inspecte son vernis à ongles.

— Un Beldocien, un vote, Monsieur le Maire. Même le préfet ne peut pas changer le fonctionnement de la démocratie.

Je lève la main avant que leurs chamailleries ne dégénèrent en bagarre.

— J'ai une idée !

Tout le monde se tourne vers moi.

— Le tireur a tué l'homme ailleurs, puis il l'a déshabillé, rhabillé, transféré dans la voiture et verrouillé les portes de l'extérieur.

Salman agite son index.

— Bien essayé, mais le médecin légiste insiste sur le fait que le corps n'a pas été déplacé. L'homme a été tué dans la voiture.

Punaise !

Salman se tourne vers les Columbinos.

— À vous de jouer.

— Je conduis une Nissan deux places jaune, dit Rose en se frottant le menton.

— Quel rapport ? s'esclaffe Victor. Pour ma part, je fais du vélo parce que, contrairement à Rose, je me soucie de la planète.

Il est sérieux ?

Bien que je sois une adepte du vélo, comme lui, j'ai envie de lui faire remarquer l'ironie de sa virée en superyacht énergivore appartenant à des jet-setters qui polluent beaucoup plus que Rose. Mais je me mords la langue. Se mettre à dos mon maire actuel et les jet-setters dont dépend l'avenir de ma boutique n'est peut-être pas une si bonne idée.

— Ma voiture est une décapotable, explique Rose à Salman, tout en ignorant Victor. La voiture dans laquelle ce pauvre homme a été tué est une décapotable !

Salman applaudit.

— Bravo ! Bravo, Rose ! Les Columbinos marquent un point !

Avec magnanimité, nous félicitons nos adversaires.

— Allez, encore une ! exige Valérie lorsque les acclamations s'arrêtent.

— Avec plaisir, répond Salman en posant son verre vide sur la table basse en bois précieux superbement sculpté. Mais après un court entracte pour qu'on puisse se poudrer le nez.

Un des matelots ramasse les verres vides, et la seconde hôtesse fait la tournée avec un plateau chargé.

Le professionnalisme de cette équipe bien huilée ne cesse pas de m'impressionner. Ce n'est pas la taille des cabines, la longueur de la piscine ni la quantité d'or dans la robinetterie qui font de ce yacht un vrai objet de luxe. C'est le niveau de service qu'offre son équipage.

Salman lisse sa belle chevelure en arrière, lance un regard à Guillaume et se dirige vers les toilettes.

— J'ai besoin de me dégourdir les jambes, dit Guillaume, en se mettant debout.

Michelle attrape les accoudoirs de sa chaise, se lève, et accroche un bras dans celui de Guillaume.

— Je peux t'accompagner ?

Il jette un coup d'œil aux toilettes puis déplace son regard vers Michelle.

— Rien ne me fera plus plaisir, ma chère amie !

Chapitre 5

J'attrape un mojito et je localise Rose. Elle est engagée dans une discussion animée avec Valérie sur les différences entre le hatha yoga et le bikram yoga. La meilleure chose de ce débat, c'est qu'il empêche Rose de se disputer avec Victor. Une autre bonne nouvelle est que ce dernier est occupé à converser avec Jean-Louis.

Satisfaite que le maire en exercice et la mairesse aspirante de ma ville ne vont pas se taper dessus dans l'immédiat, je me dirige vers le bastingage où je bois mon cocktail en fixant l'eau.

— Rose est votre grand-mère, c'est ça ? me demande Roland, en s'arrêtant à mes côtés.

— Oui.

— Elle a l'air bien trop jeune pour avoir une petite-fille de votre âge.

— N'hésitez pas à lui faire part de votre observation, lui conseillé-je avec un clin d'œil. Elle ne se lasse jamais de ce genre de compliment.

Il la surveille par-dessus son épaule.

— Et, en plus, elle est vive. Je n'arrive pas à croire que ce soit elle, et non moi, qui ait résolu cette énigme !

L'admiration dans ses yeux est trop forte pour la laisser passer.

— Pour information, elle a déjà un petit ami.

— Dommage, dit-il, en prenant une gorgée de ce qui m'a l'air d'être un cocktail à la vodka. Je veux dire, tant mieux pour elle.

Nous fixons la mer en silence pendant un court instant.

Une chose qu'il a dite avant de regretter le statut relationnel de Rose me trotte dans la tête, titillant ma curiosité… Ah, je me souviens de ce que c'était !

— Pourquoi comptiez-vous être celui qui allait résoudre l'énigme de Salman ? lui demandé-je.

— Je suis juste doué pour ce genre de jeux.

Serait-il malpoli de lui demander ce qu'il fait dans la vie ?

Il me lance un sourire crochu.

— J'aurais battu Rose à ce jeu si j'avais été près de mon arbre à penser ici.

— Votre arbre à penser ?

— Dans mon jardin, j'ai quelques cerisiers et un pommier, explique-t-il. J'appelle le pommier mon arbre à penser, ou mon arbre de Newton. Chaque fois que je me sens épuisé, stressé ou coincé, je vais m'asseoir sous cet arbre et je fume un cigare.

— Et là, vous allez me dire qu'une pomme vous tombe sur la tête et vous fait trouver la solution.

— Non, je ne vous le dirai pas, parce que ce n'est pas comme ça que ça marche. Ça me calme, vous savez.

— Comment pouvez-vous être sûr que ce n'est pas le cigare ? demandé-je, en le regardant avec intérêt. N'importe quel fumeur vous jurera que son rythme cardiaque ralentit à la première bouffée.

— Cet arbre n'est pas le seul endroit où je fume des cigares. Je le fais partout, et avec beaucoup de plaisir. Ils sont la plus grande joie de ma vie, si vous voulez tout savoir, mais ils ne m'apportent pas la clarté d'esprit.

Il est beaucoup plus amical que lorsqu'il a fait irruption dans la cuisine plus tôt dans la journée. En plus, le fait qu'il admette que les cigares sont la plus grande joie de sa vie me fait de la peine pour lui. Soudain, il a l'air moins bourru et plus pitoyable.

La gentille fille qui est en moi brûle de courir à la cuisine et de lui confectionner des biscuits pour son dernier verre.

Et voilà, ça recommence !

Tout d'abord, me rappelé-je, les biscuits ne sont pas la réponse aux crises existentielles. Je devrais le savoir mieux que quiconque. Deuxièmement, ce n'est pas parce que Roland a l'air pitoyable que c'est quelqu'un de bien. Il pourrait être un gangster à la retraite ou un escroc toujours en activité, pour autant que je sache.

— De toute façon, dit-il, ce qui se passe, c'est que le brouillard dans ma tête se dissipe juste assez pour que je puisse penser clairement. Et c'est tout ce qu'il faut, croyez-moi. J'ai résolu la plupart de mes… euh… mots croisés sous cet arbre.

— Ce ne sont ni les cigares ni les pommes, dit Salman en s'immisçant entre nous. Désolé, je n'ai pas pu m'empêcher d'entendre votre conversation tout à fait fascinante.

— Alors c'est quoi ? demande Roland.

— Tout est dans votre tête, Monsieur Oliveira. On est dans le domaine de l'auto-suggestion. Vous vous attendez à aller mieux sous cet arbre. Le temps que vos fesses se posent sous ses branches, vous êtes déjà dans un état d'esprit positif. Et hop, vous allez mieux !

Le visage inhabituellement rêveur de Roland retrouve sa morosité coutumière.

Salman, inconscient de la détresse de son interlocuteur, continue :

— Saviez-vous que la célèbre histoire de la pomme sur la tête de Newton est une légende urbaine ?

Le ton de Roland oscille entre la déception et la rancune lorsqu'il demande :

— Tu veux dire que ça n'est jamais arrivé ? Tu veux dire que ce n'est qu'un mensonge ?

— Non, non, c'est arrivé, s'empresse de lui assurer Salman, faisant enfin attention aux sentiments du bonhomme. La seule partie qui est fausse, c'est que la pomme n'a jamais touché Newton. Elle est juste tombée devant ses yeux et lui a fait découvrir la loi de la gravité.

Roland donne un coup de poing en l'air.

— Je le savais ! La vérité est dans les pommes !

Oh là là, il aime vraiment son arbre !

Salman et moi échangeons un regard amusé, puis il jette un coup d'œil par-dessus son épaule. Tout le monde est déjà de retour dans le Sky Lounge.

— C'est l'heure de la seconde énigme ! s'exclame-t-il en courant vers sa place entre les deux rangées de chaises.

Je rejoins les Barnabiens, et Roland les Columbinos.

Salman sort son portable.

— Voyons voir… En voici une bonne ! Vous êtes prêts ?

Les deux équipes répondent par l'affirmative.

— Sur un navire de la marine suisse, commence Salman, le capitaine laisse sa pipe préférée dans les locaux de l'équipage, et va prendre une douche. Quand il revient, la pipe a disparu. Il convoque l'équipage et leur demande ce qu'ils ont fait pendant les vingt dernières minutes.

— Arrête-toi là, intervient Roland. Je ne connais peut-être pas la littérature aussi bien que je le devrais…

— Raison pour laquelle il a rejoint le club de lecture d'Evelyn ! dit Michelle à Guillaume.

Roland se tourne vers Salman.

— Mais je connais la géographie. La Suisse est un pays enclavé. Il n'y a pas de marine suisse. Cette énigme est un piège.

— Pas du tout ! proteste Salman en relevant le menton. La Suisse possède une flotte d'une douzaine de petits bateaux armés qui patrouillent sur les lacs. Il y a même eu un défilé de la marine suisse sur le lac des Quatre-Cantons il y a quelques années. J'y ai assisté. Je sortais avec un Suisse à l'époque.

— S'il te plaît, donne-nous le reste de l'énigme, dit Jean-Louis avec placidité.

— Alors, voilà, le chef cuisinier dit qu'il était dans la cuisine. L'officier de navigation dit qu'il était sur le pont, à la barre. L'ingénieur dit qu'il réparait le générateur. L'officier des communications dit qu'il transmettait un message au commandement. Le matelot dit qu'il était en haut du mât, en train de corriger le drapeau qui avait été accroché à l'envers. Et le second capitaine dit qu'il était seul dans sa cabine, en train de dormir.

— Attends, un matelot et combien d'officiers ? rigole Jean-Louis. Es-tu sûr que ton énigme se passe sur un navire suisse et non dans un ministère français ?

Salman sourit.

— Bien vu ! Mais disons, pour les besoins du jeu, que la marine suisse soit aussi gonflée que notre administration.

Rose regarde Victor.

— Combien d'adjoints as-tu déjà ?

— Une seule, réplique-t-il d'un air amer. Et elle a démissionné sans préavis pour gérer ta campagne, alors j'ai dû trouver une remplaçante au pied levé.

Salman tape du poing sur la table.

— Allons, tout le monde, s'il vous plaît, concentrez-vous sur la résolution de l'énigme !

Je ferme les yeux et j'imagine le chef dans la cuisine, l'ingénieur sous le pont, le matelot sur le mât qui détache le drapeau…

Attends une seconde… le drapeau…

— Le drapeau ! m'écrié-je. Le drapeau suisse c'est une croix blanche carrée au centre d'un fond rouge. On ne peut pas l'accrocher à l'envers car il n'a ni dessus ni dessous !

Salman se penche en avant.

— Ce qui veut dire ?

— Cela veut dire que le matelot a menti pour se donner un alibi, dis-je. C'est lui le voleur !

Salman lève son verre.

— C'est vrai, ma maligne amie ! Tu as résolu l'énigme du bateau suisse !

Tout sourire, je me tourne vers Rose.

— Allez la FREJ, maugrée-t-elle, avant d'ajouter à voix haute : Bravo, Julie !

La FREJ, c'est le nom que nous avons donné à notre équipe de détectives amateurs que ma plus jeune sœur Flo, Rose, mon sous-chef Éric et moi-même avons formé pendant l'affaire Sauve. Puisque Rose insistait pendant l'affaire Dol pour que la FREJ soit dissoute, le fait qu'elle la mentionne à présent me réjouit.

Roland se lève et prend un autre verre.

— Je suis incapable de réfléchir correctement sans mon pommier.

— Pff ! grimace Salman. Que des excuses ! Admettez simplement que Rose et Julie sont meilleures que vous pour résoudre des énigmes.

Oh non, il n'aurait pas dû dire ça !

Roland vide son verre d'un seul trait et se dirige vers le bar. Je suppose qu'il fait partie de ces ambitieux hyper-compétitifs qui ne supportent pas d'être battus dans un domaine où ils se croient bons. Sauf que je n'ai jamais vu un ambitieux hyper-compétitif avec une bedaine flasque, des dents si jaunes et une coupe de cheveux si manifestement faite maison.

Ou peut-être qu'il prend ce jeu un peu trop au sérieux.

— Hé oh, tout le monde, ne vous dispersez pas tout de suite ! appelle Salman. Prenons un selfie !

Il choisit un endroit, tient son portable en l'air et nous fait signe de venir autour de lui. Tout le monde obéit. Mais du coup, on est trop nombreux, et on ne rentre pas dans le cadre. Ce sera un selfie merdique.

Mais, sans attendre que Salman demande de l'aide, Adam, le matelot, prend le téléphone de Salman et recule de quelques pas.

— Fais zoomer sur nos visages, l'instruit Guillaume.

En ajustant l'appareil, Adam commence un compte à rebours à partir de trois.

À deux, tout le monde fait ouistiti. Guillaume, qui se tient entre Michelle et Salman, se pousse sur la pointe des pieds, pour se faire un peu plus grand que Salman. À un, Adam prend une série de photos. Lorsqu'il rend son portable à Salman, Guillaume baisse doucement les talons au sol, ni vu ni connu.

Alors que chacun retrouve sa taille et son expression naturelles, Michelle se tourne vers Laure.

— Dégage de mes pattes !

— C'était seulement pour la photo, marmonne-t-elle en s'éloignant.

— Je me fiche de ton excuse !

Une colère sourde rend le visage déjà aigre de Michelle tout à fait laid lorsqu'elle ajoute :

— Garde. Tes. Distances. Combien de fois dois-je te le répéter pour que ton cerveau de moineau comprenne enfin ?

Le visage de Laure prend la couleur de la betterave.

— Cela ne se reproduira plus, Madame Leclerc.

— J'ai besoin de souffler un peu loin de cette andouille, dit Michelle à Guillaume, sans se soucier que Laure et tous les autres puissent entendre sa méchante épithète.

Guillaume pose une main sur son épaule.

— Calme-toi, ma chérie.

Mais Michelle est trop remontée pour se calmer.

— Fais en sorte que je ne voie pas ta tête demain ! aboie-t-elle à Laure.

Valérie fait un pas vers Michelle.

— Maman, s'il te plaît !

— Ne t'avise pas de la défendre ! Si seulement tu savais…

Michelle appuie une main tremblante sur sa bouche comme pour s'empêcher d'en dire plus.

En fronçant les sourcils, Valérie bouge les yeux de Michelle à Laure puis à Jean-Louis.

— Toi, ordonne Michelle en désignant Laure d'un index flétri mais impeccablement manucuré. Ne me suis pas. Ne te faufile pas derrière moi. Ne me parle pas. Reste à l'écart pendant que nous sommes sur ce yacht et laisse-moi respirer.

Laure regarde autour d'elle comme si elle espérait un soutien.

— Mais votre routine du matin, vos pilules, l'excursion à Saint-Tropez…

— Mais, tais-toi donc ! Tu me fais ressembler à une ancienne épave, l'interrompt Michelle. Si j'ai besoin d'aide, il y a des hôtesses et des matelots à bord. Et si j'ai besoin d'un compagnon pour la promenade à Saint-Tropez, je choisirai quelqu'un dont j'apprécie la compagnie.

Sur ce, elle sort du Sky Lounge.

Le visage en feu et les bras pendants, Laure reste là où elle est. Les invités et l'équipage, nous faisons comme si nous étions trop absorbés par nos boissons, nos conversations et notre travail pour assister à l'humiliation publique de Laure. Mais notre vivacité soudaine sonne faux.

Valérie se dirige vers Laure, le visage plein de pitié.

— Fais ce qu'elle t'a demandé pour l'instant. Laisse-la tranquille. Laisse-la venir à toi.

Laure cligne des yeux en larmes et presse son fourre-tout contre la poitrine.

— Elle était tout aussi odieuse avec moi quand j'étais enfant, lui dit Valérie. Il fallait voir les prénoms qu'elle me lançait devant mes amis ! Les choses horribles qu'elle me disait ! Mais cela ne l'empêchait pas de m'adorer, moi, son unique enfant.

— Mais moi, je ne suis pas son enfant, marmonne Laure. Elle n'a aucune raison de m'aimer, ni de tenter de voir en moi des qualités rédemptrices.

Elle a raison, mais je suis quand même contente que Valérie ait réconforté Laure au lieu de se ranger du côté de Michelle. Elle a beau être vicieuse, Michelle n'en reste pas moins sa mère. Valérie a de la chance d'en avoir une. D'un autre côté, si ce que Valérie vient de dire est vrai, sa sympathie pour Laure n'est pas si surprenante.

En poussant un soupir, Laure fait un signe de tête.

Je jette un œil à Jean-Louis, qui contemple Laure avec une immense sollicitude.

Est-ce que Michelle le traite aussi mal que Laure ? Je me demande. Si c'est le cas, il fait figure de véritable héros de la supporter, de l'inviter sur son yacht, et même de la laisser emmener Roland et Guillaume. Il doit vraiment aimer sa femme.

Le chef Escoffier sort pour me dire que la cuisine est à moi, si j'ai besoin de préparer quelque chose pour le petit déjeuner de demain. En le remerciant, je me précipite en bas.

Quand j'ai fini, que j'ai rangé la cuisine et que je suis entrée dans ma cabine partagée, mamie dort déjà. Au clair de lune qui se déverse par le hublot, j'enfile mon pyjama. Sans faire de bruit, je me brosse les dents et je me glisse dans mon lit superposé.

Dans l'ensemble, ma première journée s'est bien passée. Aucun incident majeur n'est à signaler, pas de désastre culinaire ni d'empoignade entre Rose et Victor. Il n'y a pas de raison que cela ne se reproduise pas encore six fois.

Fin du laïus.

En vérité, il y a un tas de raisons pour lesquelles il serait presque impossible de reproduire six fois de plus le succès d'aujourd'hui. Je peux faire une liste complète de choses qui pourraient mal tourner d'ici lundi prochain. Pour ce qui est des manières dont elles pourraient mal tourner, il est inutile d'en faire une liste. Elle serait sans fin.

Chapitre 6

Ce matin, nous avons jeté l'ancre dans le vieux port de Saint-Tropez. Les propriétaires de *L'Occitane* et leurs invités ont passé la plus grande partie de la journée en ville. Laure est restée enfermée dans sa cabine, prétextant une migraine.

Mis à part les clameurs et les cris de joie d'Antonin et d'Hubert durant les films, baignades et jeux aquatiques – le tout bien évidemment sous la surveillance étroite de Carla et d'Adam –, le yacht était calme.

Pour le goûter des garçons, j'avais préparé des pancakes sans gluten à la demande de Valérie. Elle voulait voir s'ils remarqueraient la différence. Ils ont englouti la première portion sans broncher et en ont redemandé.

Valérie était contente quand je le lui ai raconté.

Plus tard dans l'après-midi, Rose et moi avons pu prendre deux heures pour visiter la ville. Heureusement que ce n'était pas notre première découverte !

Comme toujours à Saint-Tropez, il faut une volonté de fer pour rester focalisé sur les allées, rues et places pittoresques. Ce n'est pas que la ville manque de charme ou de culture, mais les voitures de luxe qui circulent continuellement dans les rues et les célébrités qui en sont les passagers lui volent la vedette.

Une fois qu'on en a repéré une, impossible de ne pas en dénicher une autre !

Les pavés disparaissent. Les pins parasols s'effacent. Les cigales se mettent en sourdine. Ne reste plus que : « C'était Lady Gaga, là ?! Et là, c'est pas Rihanna ?! Et par là, oh purée, c'est Jean Dujardin ! Appelez les pompiers ! Je défaille… J'ai besoin d'un massage cardiaque… Bip… Bip… Bip… »

Rose et moi avons passé un peu de temps sur le port, puis nous avons parcouru les ruelles étroites bordées de galeries d'art et de cafés. Inévitablement, nous nous sommes retrouvées dans le quartier commerçant autour de la place des Lices et de la rue Gambetta, le fameux « triangle d'or ». Les finances de Rose couraient un grand danger en nous y promenant. Mais c'était sans compter sur mes capacités de chaperon ! À chaque fois qu'elle sortait sa carte bancaire, je lui faisais remarquer, de manière assez peu charitable : « Si tu achètes cette robe ou ce sac à main, la question de savoir si tu vas perdre ou non ta maison cessera d'être une question. » Ça marchait à chaque fois.

Saint-Tropez est une ville mille fois plus riche que Beldoc, mais tout aussi petite. J'ai vu Valérie et Nathalie entrer faire du shopping chez Dior. Dans un des cafés chics du bord de mer, Rose a aperçu Guillaume et Michelle en train de déjeuner.

Nous avons toutes les deux pris des jambon-beurre dans une boulangerie du port avant de retourner à *L'Occitane*.

Il est maintenant 19 heures passées. Les eaux céruléennes sont au paroxysme de leur beauté, magnifiquement calmes. Cela a de nombreux effets collatéraux positifs. D'abord, le chef Escoffier et moi n'avons pas besoin d'attacher nos ustensiles avec du velcro. Ensuite, fini les médocs contre le mal de mer.

Par petits groupes, les explorateurs du périlleux triangle d'or regagnent la sécurité du vaisseau-mère.

Valérie fait signe à Carla.

— Tu veux bien aller chercher mes achats et ceux de Nathalie, dans le canot pneumatique ?

— Avec plaisir !

Carla se précipite et revient quelques minutes plus tard, chargée comme une mule d'une dizaine de grands sacs, tous provenant des boutiques les plus chères du monde.

Valérie la récompense d'un signe de tête gracieux.

— Tu peux les déballer, enlever les étiquettes des vêtements, et accrocher le tout dans mon placard ?

— Tout de suite !

La facilité avec laquelle Valérie réclame toutes ces faveurs me stupéfie. Même si j'étais une invitée sur ce bateau ou si j'en étais la propriétaire, il ne me serait pas venu à l'esprit de demander à une hôtesse de couper les étiquettes des vêtements que j'ai achetés.

Valérie s'attend-elle à ce que son petit personnel lui essuie les fesses lorsqu'elle est trop fatiguée pour le faire elle-même ?

Aïe, vilaine pensée ! La méchanceté de Michelle a dû me contaminer.

Ma famille n'est pas riche, mais mon père a toujours eu un bon salaire. Mes sœurs et moi avons grandi avec davantage de vêtements neufs que de seconde main. On sortait déjeuner tous les dimanches. Et on partait en vacances.

Je dirais que dans la plupart des domaines de la vie, l'écart entre les plus riches et les classes moyennes n'est pas plus grand aujourd'hui que celui entre un train et un quai de gare. Est-ce si capital que les tenues de ma garde-robe portent des étiquettes de créateur plutôt que d'une marque de prêt-à-porter ? Une jolie robe reste une jolie robe. De plus, la plupart des créateurs aujourd'hui font aussi du prêt-à-porter.

Non, de nos jours, le distinguo est ailleurs. Il est dans le niveau de service que l'on s'attend à recevoir et auquel on estime avoir droit.

Sur ce constat révolutionnaire et profondément perspicace, je me retire dans la cuisine, où le chef Escoffier apporte la touche finale de son dîner spécial saveurs provençales.

J'enfile un tablier et je me mets au travail. C'est une bonne chose que personne sur ce bateau ne soit intolérant au gluten ou ne souffre de maladie cœliaque. Si c'était le cas, il n'aurait pas été question de partager un plan de travail et des ustensiles avec un chef « classique ». Dans ma pâtisserie certifiée sans gluten, nous sommes très rigoureux sur ce point.

En lavant les grappes de raisin pour le dessert du soir, je pense à ma petite boutique dans le centre historique de Beldoc. Mon sous-chef Éric et ma sœur Flo s'en occupent en mon absence. Bien que je ne laisserai jamais Flo gérer la pâtisserie seule, Éric est exceptionnellement fiable, compétent et très professionnel pour un jeune de vingt-trois ans. Il dirige Flo comme un champion et m'appelle tous les jours pour me faire un rapport détaillé. De plus – et je le sais par Flo qui a téléphoné ce matin – il est resté jusqu'à 20 heures hier soir. Sa petite amie Léa l'a même aidé à faire une livraison.

Ce n'est pas la première fois que Léa et son frère nous donnent un coup de main.

Je répartis des mendiants aux fruits sur un plateau quand Roland entre dans la cuisine, toujours aussi grincheux. La seule fois où il a lâché son humeur de chien a été la nuit dernière, lorsqu'il parlait de Newton et de sa pomme presque avec amabilité.

— Saint-Tropez vous a plu ? lui demandé-je.

Il scrute les comptoirs à la recherche de quelque chose.

— Non.

Je m'essuie les mains sur mon tablier.

— Vous cherchez quelque chose ? Je peux vous aider ?

— J'ai besoin d'un café.

— Je vous propose de retourner au salon pour profiter du reste de votre dîner, suggéré-je. On servira le café avec le dessert.

— J'en ai besoin là, tout de suite.

Il repère la machine Nespresso du personnel et attrape une capsule sans me demander la permission.

— Allez-y, servez-vous, marmonné-je.

— J'ai pris un apéritif et du vin avec les entrées, me raconte-t-il en mettant la machine en marche. Il faut que je reste éveillé pour tenir.

— Ou vous pouvez vous coucher tôt ce soir. Vous êtes en vacances !

Il me lance un drôle de regard.

Je ne comprends pas ce type. C'est quoi son problème ? Il y a peu de personnes que j'ai eu autant de mal à cerner que Roland – ou que mon ex-mari Bruno.

Roland descend son expresso en un temps record et sort sans même un signe de tête.

Dès qu'il est parti, Carla surgit pour récupérer de l'eau pétillante et une bouteille de rosé.

— Comment ça se passe au salon ? lui demandé-je.

— Pépère, dit-elle. T'as encore au moins une demi-heure avant qu'ils n'aient fini le plat principal et le fromage, et qu'ils soient prêts pour le dessert.

Le dîner provençal concocté par le chef Escoffier mérite qu'on prenne le temps de le savourer, ça c'est sûr. Nous l'équipage, n'avons pas eu d'autre choix que de l'avaler à toute vitesse il y a une heure, mais c'était tout de même un régal pour les papilles.

Il avait servi une soupe au pistou en entrée, puis des sardines grillées, des artichauts suivis de coquilles Saint-Jacques aux pommes persillées et de la ratatouille. Et quelle ratatouille ! L'ail grillé mettait en valeur le mélange parfait d'aubergines, de courgettes, de poivrons et de tomates cerises, le tout relevé de romarin et d'origan. Les saveurs individuelles étaient bien prononcées, tandis que l'ensemble surprenait le palais par sa puissante harmonie.

Je soupçonne avoir eu un mini-orgasme en la mangeant...

En accord avec le thème du chef, j'ai préparé un assortiment de desserts typiquement provençaux. Certains sont naturellement sans gluten, d'autres remaniés pour qu'ils le deviennent. Mon assortiment n'est pas tout à fait conforme aux treize desserts de Noël, compte tenu des contraintes d'espace, de main-d'œuvre et d'ingrédients. Mais il s'en approche fortement.

Ma version abrégée des treize desserts comprend des calissons avec du melon confit, un zeste d'orange et une couche de gaufrettes, le tout recouvert d'un fin glaçage. Les calissons sont des pâtisseries typiques d'Aix-en-Provence et très populaires à Beldoc. Selon une légende, le Bon Roi René les aurait fait créer par ses cuisiniers afin de l'aider à séduire sa jeune épouse, la princesse Jeanne. Et ça aurait fonctionné !

Selon une autre légende, les calissons sont aussi très efficaces contre la peste. Cela me paraît, évidemment, tout à fait sensé, même si je ne tenterais pas l'expérience sur moi.

Pour allier histoire et modernité, je sers aussi des Espérantines de Marseille. Ces chocolats verts en forme de feuille d'olivier ont été créés il y a seulement vingt ans. Ils ont remporté le Cordon Bleu de la meilleure confiserie de France. Mes clients réguliers à Beldoc adorent leur goût unique. J'espère que les invités de *L'Occitane* l'apprécieront également.

Pour faire l'unanimité, j'ai aussi préparé des mendiants au chocolat noir parsemés de noisettes grillées, d'écorces d'orange confites, de noix et d'amandes. Et en guise de fruits, je sers des dattes farcies de pâte d'amande et des assortiments de raisin bien juteux.

Au signal de Carla, nous transportons à l'étage les desserts, ainsi que les vins doux et les boissons non alcoolisées qui les accompagnent. Une fois sur le pont principal, je me rends compte que les invités ont enfilé des tenues de soirée pour leur dîner en plein air. Parfaitement assorties aux verres en cristal, à la porcelaine fine, à l'argenterie et aux nappes immaculées, les robes de soirée de ces dames étincellent. Quant à ces messieurs, ils ne sont pas en reste avec leurs smokings et leurs costumes deux-pièces à la fois chics et décontractés.

La seule qui ne s'est pas habillée pour l'occasion est Michelle Leclerc. Même en présence de deux prétendants, la vieille sorcière s'en contrefiche.

Au moment où cette pensée me traverse l'esprit, je ressens une pointe de culpabilité. Depuis quand ai-je des avis aussi tranchés ? Je ne sais presque rien de la vie de Michelle ni de sa situation. En dépit de la façon dont elle traite Laure, je n'ai aucun droit de la juger.

Chapitre 7

Sur cette humble résolution, je fais rouler le chariot à desserts jusqu'à Michelle et commence la présentation de mes pâtisseries.

Elle agite une main.

— Va-t'en.

D'accord, alors là, j'ai tous les droits de la juger !

J'avance jusqu'à Nathalie. À mon grand désarroi, elle m'annonce qu'elle ne prendra qu'un déca.

— Je suis au régime, tu sais ?

Heureusement, tous les autres récompensent mes efforts en goûtant plusieurs pâtisseries. Ils ferment les yeux de bonheur pendant qu'ils les goûtent et accompagnent leur dégustation de bruits appréciatifs.

Laure goûte à tous les desserts. On dirait qu'elle en a besoin ! Elle est assise à l'écart des autres, courbée sur son assiette, pâle, les yeux cernés. Elle n'est ni vraiment une invitée ni un membre de l'équipage. Franchement, je ne voudrais pas être à sa place, même sans tenir compte de Michelle Leclerc !

Tandis que je dépose quelques mendiants et grappes de raisin dans son assiette, je réalise que Michelle est déjà partie.

Je me penche vers Laure et chuchote :

— Michelle est vraiment odieuse avec vous. Vous êtes une sainte de la supporter.

Les yeux rivés sur son assiette, elle murmure en réponse :

— J'ai besoin de ce travail. Et de la chambre, aussi.

Elle ouvre son sac à main et y pêche une boîte de médicaments. Je reconnais ces pilules : des antidépresseurs. Je m'étais procurée les mêmes pendant mon divorce. Heureusement, l'ampleur de ma déception envers Bruno, associée à la consommation d'aliments stimulant la dopamine et à mon départ de Paris pour le soleil de la Provence, m'ont guérie avant que je ne devienne accro.

— Jean-Louis me dit de la laisser tranquille cette semaine, dit Laure. Il pense que ça la fera m'apprécier davantage.

Jean-Louis, hein ?

Hier soir, j'ai pourtant entendu Valérie lui donner ce conseil. Bien sûr, il est probable que son mari l'ait aussi fait, à un autre moment. Mais c'est bizarre que Laure n'ait pas cité les deux.

Et puis, elle ne l'a pas appelé « Monsieur Ponsard », alors qu'elle appelle Michelle toujours « Madame Leclerc ». Cela dit, sa manière solennelle de s'adresser à sa patronne est peut-être simplement due à l'âge de Michelle. Il est aussi possible que Michelle lui ait interdit de l'appeler par son prénom. Je l'imagine bien crier : « Comment oses-tu ! Tu n'es ni mon amie ni mon égale ! »

Hum, Laure appelle-t-elle Valérie par son prénom ?

J'ai comme un doute…

Oh ! pitié, Julie !

Comme toujours, mon esprit retors s'empare d'un détail insignifiant et le gonfle jusqu'à imaginer une relation plus qu'improbable entre Jean-Louis et Laure. Même si une telle relation existait, cela ne me regarderait de toute façon pas. Et puis, il n'y a aucune chance qu'ils soient amants.

Valérie est beaucoup, beaucoup plus jolie que Laure. Et plus jeune aussi ! Quoique… Ce ne serait pas la première fois qu'un homme beau et riche, dans la fleur de l'âge, trompe sa superbe femme avec une employée moins belle, moins fortunée et plus âgée. Quelques « pipoles » aux liaisons avec des femmes improbables me viennent à l'esprit. Je me souviens d'un article paru dans un magazine que je lisais chez le dentiste qui postulait que ces hommes compensaient un sentiment d'infériorité, en particulier celui d'être inadéquats aux côtés de leur parfaite épouse.

Serait-ce ce que Jean-Louis ressent face à Valérie ?

Eh bien, si c'est le cas, il le cache bien…

En revenant à l'instant présent, je réalise que, plongée dans mes conjectures sans fondement, je n'ai pas entendu ce que Laure vient de dire.

La honte me chauffe les oreilles et je souris à Laure, espérant que ce soit la réaction appropriée à ce qu'elle vient de me raconter.

Alors que la dernière lueur du soleil teinte le ciel d'un éclat violet, je fais rouler le chariot jusqu'à la table suivante, éclairée de bougies.

Deux heures plus tard, une fois les préparatifs du lendemain achevés, je sors sur le pont, désert à cette heure. Nous sommes censés passer devant l'île de Porquerolles.

Je me dirige vers la balustrade et regarde au loin. Mais je ne distingue pas l'île. En fermant les yeux, j'écoute le clapotis des vagues contre la coque et ressens le balancement à peine perceptible du yacht. Une douce brise m'effleure la peau, portant le parfum saumâtre de la mer.

Mon corps brûle d'envie de plonger dans ses eaux fraîches.

Je n'ai pourtant pas la moindre intention de le faire ! Sauter dans une mer automnale en pleine nuit depuis un yacht en mouvement, c'est un peu trop fou, même pour une cinglée comme moi.

Mon esprit coquin dessine devant mes yeux l'image du capitaine de gendarmerie Gabriel Adinian comme s'il se tenait à mes côtés. Dans mon fantasme, il se déshabille pour se retrouver en maillot de bain, révélant un corps musclé et bronzé. Un magnifique sourire illumine son visage à la barbe rugueuse. Il me regarde dans les yeux et me tend la main.

— Absolument sublime, murmure-t-il doucement à mon attention.

Genre, *en dehors* de ma tête.

Tonnerre de Brest, il est là ?! Quelle est cette sorcellerie ? Et pourquoi s'adresse-t-il à moi à la troisième personne ? En supposant que sa remarque me concerne…

J'ouvre les yeux et me retourne.

L'homme qui se tient derrière moi n'est pas Gabriel Adinian. C'est Jean-Louis Ponsard – entièrement vêtu. Il fixe quelque chose au loin.

Je suis son regard.

Un grand vaisseau blanc argenté à l'allure futuriste se découpe dans la nuit étoilée. Avec ses trois voiles gigantesques, il glisse gracieusement sur les eaux sombres en s'éloignant de la côte.

— Quel est ce bateau ? lui demandé-je.

Il me lance un regard surpris.

— Oh ! je pensais que vous le saviez.

— J'ai peur de ne pas en avoir la moindre idée.

Il y a un soupçon de déception dans sa voix.

— Je pensais que vous aviez lu les échanges sur les réseaux sociaux, tout comme moi. Il a été aperçu dans le golfe de Saint-Tropez plus tôt dans la journée. Je croyais que vous étiez venue ici dans l'espoir de le voir.

— Vous parlez de… ?

— Du yacht à voile A, dit Jean-Louis, les yeux rivés sur le bateau tout en se plaçant à côté de moi. C'est le plus grand, le plus beau, le plus sophistiqué des voiliers motorisés du monde – inégalé !

— Il doit être unique, alors.

— C'est certain, convient-il, inconscient de ma petite moquerie. Cent quarante-trois mètres de long. Treize mille tonneaux bruts. Coque et superstructure en acier. Plaquage high-tech en composite.

Rien de tout cela ne m'épate particulièrement car je n'ai aucune notion en la matière. Ceci explique sans doute le manque d'entrain dans mon « ouah ».

Il se tourne vers moi.

— Vous n'avez pas l'air impressionnée.

— Désolée ! Je réessaie ?

Il sourit.

— Laissez-moi d'abord vous donner quelques informations supplémentaires. Le voilier A est écologique. Il possède une salle d'observation sous-marine et un système de propulsion hybride.

— Très impressionnant !

— Attendez, ce n'est pas tout. Ses trois mâts en fibre de carbone se dressent chacun une centaine de mètres au-dessus de l'eau. Ce sont les structures composites autoportantes les plus hautes du monde. Ses voiles font la taille d'un terrain de football.

Je lève les bras et m'incline devant le voilier.

— Philippe Starck a conçu le design extérieur, tout comme son intérieur, ajoute-t-il.

— C'est dommage qu'il ait oublié les hublots…

— Bien sûr que non ! Il les a rendus presque invisibles de loin, afin de ne pas ruiner l'esthétisme révolutionnaire du navire.

Nous nous tournons tous les deux vers le voilier A. Ses surfaces argentées donnent l'impression qu'il vogue sur une Méditerranée du XXIIe siècle. Je ne suis pas certaine de trouver le look aussi « sublime » que Jean-Louis, mais il est unique, j'en conviens.

— Qui en est le propriétaire ?

— Un oligarque russe du charbon et des engrais. Je l'ai rencontré brièvement le mois dernier.

— Peut-être pourriez-vous le lui acheter.

— Je ne pense pas, dit Jean-Louis, quelque peu abattu.

Je me demande si c'est parce que le Russe ne voudrait pas le vendre ou parce que Jean-Louis n'en a pas les moyens…

— Vous l'avez rencontré lorsque vous étiez en Russie, c'est ça ? demandé-je, histoire de changer de sujet. Quand vous m'avez engagée, vous vous apprêtiez à vous rendre en Sibérie pour conclure une grosse affaire.

— Elle est tombée à l'eau, dit Jean-Louis d'une voix sourde.

Alors que le yacht A nous dépasse, une lueur rêveuse envahit peu à peu les yeux de Jean-Louis.

— Huit ponts, commente-t-il. Un héliport. Un *beach club*. Un équipage de plus de cinquante personnes. Ai-je parlé de la salle d'observation dans la quille ?

— Oui.

— Je ne serais pas surpris s'il y avait aussi une capsule de sauvetage.

— Qu'est-ce que c'est ?

— Un petit sous-marin prêt à s'élancer à tout moment, emportant les personnes à bord en cas d'attaque.

Je cligne des yeux, perplexe.

— Qui les attaquerait ?

— Des pirates internationaux.

— Ou alors Interpol ? dis-je avec un sourire.

Jean-Louis n'a pas l'air d'apprécier ma blague.

Il se tait, regardant le voilier A se faire de plus en plus petit à mesure qu'il s'éloigne. Un mélange d'envie et de mélancolie teinte son regard. À cet instant, il me fait penser à un petit garçon qui admire le train électrique derrière les vitrines des Galeries Lafayette. Ce train est conçu pour les animations de Noël du magasin ; il n'est pas à vendre. Mais c'est ce train-là que le petit garçon désire plus que tout au monde.

Cela ne résume-t-il pas la nature humaine ?

Même ceux qui ont tout trouvent toujours un train électrique sur lequel lorgner – un méga yacht à trois mâts ou un capitaine de gendarmerie aux yeux chocolat – qui reste hors de leur portée. Ils tombent amoureux de l'objet de leur convoitise, puis passent tout leur temps libre à se vautrer dans le confort de leur chagrin.

Parce qu'en tant qu'humains, quand on ne désire rien, c'est un signe plutôt fiable que l'on est mort.

Et ça, c'est effrayant.

Chapitre 8

8 h 15 ont sonné et nous avons jeté l'ancre dans le port Tino Rossi d'Ajaccio.

Le chef et moi préparons le petit déjeuner. Les machines à expresso de l'équipage sont prêtes, agrémentées d'un vaste assortiment de capsules. L'eau du thé est chaude et le café filtre est en train de couler. Les hôtesses mettent en place un buffet sur le pont.

Rose, qui m'a aidée ce matin, est retournée à la cabine pour se rafraîchir et se changer.

Il se trouve que les petits déjeuners sur un yacht sont beaucoup moins solennels que les déjeuners et les dîners. Ils commencent dès que le premier invité se réveille et décide qu'il a besoin de café et de nourriture. Cela peut se produire dès 5 heures du matin mais s'étaler jusqu'à 9 heures. Quoi qu'il arrive, le personnel doit être debout et prêt à servir le premier affamé qui passe.

Comme la veille, en plus du buffet froid en self-service, le chef Escoffier prend les commandes de plats chauds. Chaque fois qu'un invité s'assied, Carla lui demande ce qu'il aimerait après lui avoir fait des suggestions. Puis elle apporte la commande au chef qui cuisine le plat désiré. En général, les gens demandent des œufs sur le plat ou une omelette avec du bacon croustillant, des légumes grillés, des champignons poêlés, des pommes de terre sautées et du porridge aux fruits.

Mon boulot, c'est de fournir les toasts, les croissants, les crêpes et les brioches pour tous, y compris pour ceux qui habituellement mangent du gluten. C'est le souhait de Valérie que tous les pains, viennoiseries et pâtisseries servis pendant ce voyage soient sans gluten.

Vers 9 heures, c'est l'accalmie, alors je m'aventure hors de la cuisine avec une fournée de croissants tout juste sortis du four. La plupart des invités sont déjà sur le pont, assis aux tables près du bastingage, d'où ils regardent le quai, pendant que les curieux et les plaisanciers à terre les observent, en retour.

Voir et être vu…

— Mes amies nous rejoindront à l'heure du dîner, me dit Valérie lorsque j'arrive à sa table. Pourrais-tu faire quelque chose de spécial pour le dessert ?

— Sont-elles au régime ? lui demandé-je en lorgnant vers Nathalie.

— Non.

— Dieu merci !

Oups !

Valérie et Jean-Louis s'esclaffent. Nathalie n'a pas l'air amusé. J'espère qu'elle n'a pas mal pris ma remarque.

Jean-Louis et les garçons se servent en croissants chauds. Je me tourne vers Valérie.

— Que diriez-vous de goûter mon produit phare, les macarons à la lavande, et la meilleure tarte aux myrtilles sans gluten du pays ?

— Adjugé !

En souriant, je passe à la table du capitaine.

La troisième et dernière table que je sers accueille Guillaume Tron, Roland Oliveira, Victor Jacquet, cette fois-ci sans son écharpe tricolore, et… Rose.

— Savez-vous si Madame Leclerc et Laure prennent leur petit déjeuner dans leurs chambres respectives ? demandé-je à la volée.

— Très probablement, dit Roland. J'espère qu'elles arrêteront de bouder avant la fin de ce voyage.

Guillaume hoche la tête.

— Je partage votre souhait.

— Pour le bien de tous, intervient Rose.

— En effet, les rejoint Victor. Espérons-le.

À la bonne heure ! C'est bien la première fois que ces quatre-là sont d'accord.

Victor se tourne vers Rose.

— J'ai une proposition à te faire.

Elle incline la tête sur le côté.

— Je t'écoute.

— Abandonne la course à la mairie, dit-il.

— Comme ça ? Juste pour te faire plaisir ?

— Mon adjointe actuelle, celle que j'ai promue lorsque Clothilde a démissionné, est une novice.

Rose lui lance un sourire narquois.

— Tu veux dire qu'elle est incompétente ?

— Une fois que je serai réélu, tu pourrais avoir son poste.

Mamie lève les sourcils.

— Tu es sérieux ?

— Évidemment.

Avec beaucoup de soin, mamie pose sa fourchette et son couteau sur la table.

— Clothilde est mon amie. Elle a démissionné pour diriger ma campagne électorale. Tu ne peux pas t'attendre à ce que je la trahisse de façon aussi sournoise !

— Bienvenue en politique, Rose ! dit Victor. Trahir ses amis fait partie du métier.

— Hors de question.

— Tu fais une erreur, dit-il en prenant un croissant. Tu n'as aucune chance contre moi.

— Selon qui ?

— Tu n'as jamais occupé un poste à responsabilités. Tu ne t'es jamais intéressée à la politique. Et ne le nie pas ! s'exclame-t-il. On se connaît depuis trop longtemps pour se mentir.

— Je faisais partie d'un groupe appelé « les hippies sudistes » dans les années 1960.

Victor éclate de rire.

— Ouais, je me rappelle ! Une bande de nanas qui fumaient de l'herbe et buvaient du pinard autour d'un feu de camp. Vous aviez aussi l'habitude de jouer de la guitare, brûler vos soutiens-gorge, danser nues et faire l'amour avec le premier mec qui passait par là !

Le regard de Rose se perd au loin.

— Ah, c'était le bon vieux temps…

Je lui pince le bras.

Elle s'éclaircit la gorge.

— Pour ton information, nous n'étions pas complètement nues lorsque nous dansions. Et nous ne faisions pas l'amour avec n'importe quel mec. Seulement les plus beaux.

À la table voisine, le capitaine Nicolas tousse pour étouffer un rire.

Je pince encore une fois Rose, un peu plus fort.

— Par ailleurs, tente-t-elle, nous ne dansions pas et ne faisions pas l'amour tout le temps. Nous discutions aussi de choses importantes. Des droits civiques, des libertés, de la paix dans le monde, de l'émancipation etc. Nous étions très engagées politiquement.

Victor secoue la tête.

— Ce n'est pas le souvenir que Beldoc a gardé des hippies sudistes.

Il lève les yeux vers mamie avant d'ajouter :

— De toute façon, pourquoi ne pas créer un nouveau groupe de hippies au lieu d'être une épine dans mon pied ?

— Malheureusement, les valeurs hippies n'attirent plus, dit mamie en soulevant son assiette. Deux crêpes, s'il te plaît.

— En es-tu bien sûre ? demande Victor.

Elle attrape le sirop d'érable.

— C'est le grand retour des prudes. Franchement, tu me vois traîner avec des prudes ?

— Seulement avec un pistolet sur la tempe, interviens-je sans hésiter.

Elle se tourne vers Victor.

— Tu as ta réponse. C'est pourquoi cette fois, je vais faire de la vraie politique.

— Tu es trop vieille pour ça, fait remarquer Victor.

— C'est absurde, s'interpose Guillaume. Elle est dans la fleur de l'âge. Regarde-la !

Qui aurait cru qu'un homme si vaniteux puisse être si galant ? Pas étonnant qu'il ait séduit Michelle Leclerc !

Rose replace une mèche de cheveux derrière son oreille.

— C'est gentil de dire ça, mon cher Guillaume, mais je tiens à ce que ma campagne soit totalement transparente. Je ne cacherai pas aux Beldociens que j'ai la quarantaine bien sonnée.

J'en fais presque tomber mon plateau.

Sérieusement, mamie ?

Sur le plan technique, sa déclaration n'est pas fausse. À soixante-quinze ans, elle a, objectivement, plus de quarante ans. Mais je ne connais personne qui placerait le point de repère à une telle distance de son âge réel. *Trois décennies !*

Une heure plus tard, les matelots préparent le canot pneumatique et commencent à transporter les invités à terre.

Dans l'agitation et les clameurs du départ, Nathalie se rend compte que son fils n'est pas là. Antonin n'a aucune idée de l'endroit où se trouve son copain. Carla l'a vu traverser le pont inférieur en courant dix minutes plus tôt. Elle avait pensé qu'il était parti chercher quelque chose dans sa cabine. Mais il ne s'y trouve pas. Il n'est pas non plus sur le pont principal, dans la salle de jeux ni dans le canot.

L'équipage entier et les rares invités encore à bord se mobilisent pour chercher Hubert. On fouille chaque coin et recoin du yacht. On le hèle. Le capitaine Nicolas et son second sautent à l'eau.

Alors que la panique atteint son paroxysme, Salman trouve Hubert, caché dans la salle des machines. Le petit morveux s'était dit que ce serait amusant de jouer à cache-cache à l'improviste et de voir combien de temps il faudrait à Antonin pour le trouver. Il n'avait pas pensé que sa mère, déjà affaiblie par son régime à base de laitue au citron en guise de petit déjeuner, de déjeuner et de dîner, pourrait s'évanouir d'inquiétude.

Le garçon retrouvé et réprimandé, les hôtesses et Valérie entourent Nathalie qui sanglote sous l'effet de la pression relâchée.

Lorsque enfin le dernier des invités quitte *L'Occitane*, l'équipage s'autorise une courte pause avant de reprendre ses tâches.

Je me prépare un thé glacé au matcha et m'installe dans le salon sur le pont arrière principal. Des bateaux de différentes tailles et formes flottent de toute part, se reflétant dans l'eau. Sur les plus grands, l'équipage est occupé à laver les ponts et à transporter des provisions à bord. Sur les plus petits, les propriétaires effectuent exactement les mêmes tâches.

Salman vient se poser à côté de moi.

— Tu sais, fais-je remarquer en sirotant mon thé, je bosse dur à la pâtisserie, à Beldoc. Et j'ai travaillé encore plus dur à Paris, à la Maison Folette. Mais ici, c'est un rythme de fous !

Il sirote son soda.

— Je suis toujours ravi quand le capitaine Nicolas me demande de rejoindre l'équipe, mais je ne pourrais pas faire ça toute l'année comme les membres de l'équipage principal.

— Ce doit être des surhommes.

— Eh bien, oui et non, dit-il en reprenant une gorgée. J'ai fait ça assez souvent maintenant pour avoir remarqué certaines choses. L'équipage travaille vingt-quatre heures sur vingt-quatre quand il est en mer. Mais il y a aussi toutes ces périodes où le yacht n'est pas utilisé par les propriétaires ou affrété par quelqu'un d'autre.

— Que se passe-t il à ces moments-là ?

— Rien, et c'est là toute la beauté de la chose ! L'équipage vit et travaille toujours sur le yacht, sauf qu'il n'y a pas grand-chose à faire. Alors, là, c'est la *dolce vita* !

Lentement, je penche la tête en arrière.

— C'est donc ça, le grand secret ! Je savais qu'il y avait quelque chose que Carla et le chef Escoffier ne me disaient pas.

— Ils sont gentils avec nous parce que nous, les intérimaires, on se tape uniquement les périodes chargées.

De façon théâtrale, je laisse tomber ma tête sur ma poitrine et j'expire.

— Courage, marin ! s'exclame Salman en me tapotant l'épaule. Mon offre de massage gratuit tient toujours. Visage, dos, corps entier – c'est toi qui décides. Préviens-moi juste avant pour que je vérifie que le créneau n'est pas déjà réservé.

— Ce soir, ce serait possible ?

Il vérifie ses rendez-vous sur son téléphone.

— 10 h 15 ?

— Ça marche. Merci !

— Tu me remercieras après, dit-il en me faisant un clin d'œil. En me concoctant un dessert sur mesure, rien que pour moi.

— Des souhaits particuliers ?

— Hum... Voyons voir... Sais-tu faire des pâtisseries libanaises ?

Je m'apprête à lui demander s'il est libanais, quand Laure émerge de l'escalier du pont inférieur. Elle porte un chapeau qui cache fort mal ses cheveux gras non peignés.

Son visage est pâle et bouffi, et elle a des cernes sous les yeux. *La pauvre !* Ses antidépresseurs ne sont pas à la hauteur du mal-être qui la ronge.

Elle nous salue d'un léger hochement de tête.

Salman pose une main sur son avant-bras.

— Comment va ta migraine ?

— Ça va un peu mieux ? demandé-je aussi.

Nous savons tous deux que sa migraine se nomme Michelle et qu'elle ne va pas s'améliorer de sitôt.

— Sais-tu s'il reste du café ? me demande-t-elle. J'en prendrais volontiers une tasse.

— On dirait que tu as plutôt besoin de la cafetière entière, dit Salman.

Je me lève.

— Suis-moi. Je vais te préparer un bon petit déjeuner avec des fruits, des œufs, des pâtisseries et du café bien chaud.

— Oh ! c'est gentil, merci !

Salman nous rattrape et me chuchote à l'oreille :

— Psst, si j'attrape une vilaine migraine ce soir, tu me prépareras ce genre de petit déjeuner demain matin ?

Chapitre 9

Après avoir servi le petit déjeuner de Laure, je retourne en cuisine et sors les belles myrtilles que le chef Escoffier a achetées pour moi, hier, au marché de Saint-Tropez. Il est encore trop tôt pour se lancer dans la fameuse tarte, mais je veux m'assurer que l'ingrédient clé est en parfait état.

Suis-je en train de regretter de m'être vantée, devant Valérie, que ma tarte aux myrtilles sans gluten est la meilleure de France ? Oui, un peu. Aucun doute qu'elle ne soit délicieuse – elle l'est, c'est certain. Nos clients de la pâtisserie me le disent souvent et la recommandent à leur famille et à leurs amis. Parfois, des gens qui n'ont jamais mangé de la cuisine sans gluten de leur vie débarquent à la boutique rien que pour goûter cette tarte.

La raison pour laquelle je regrette de m'en être vantée, c'est la pression que je ressens en ce moment. Dorénavant mon dessert ne devra pas seulement satisfaire Valérie et compagnie, il devra tous les époustoufler.

Les myrtilles ont l'air exquises, mais quand je commence à les laver, un sombre pressentiment vient me troubler l'estomac. Je porte une poignée de baies à mon nez, les renifle et…

Rien de rien. Zéro odeur.

Allez, il ne faut pas céder à la panique ! Les myrtilles ne sont pas les fruits les plus odorants qui soient. Ou alors, peut-être que ça vient de moi. Mon odorat est probablement altéré par tout le sel et le poisson qui nous entourent. Ce qui compte, c'est le goût.

Les mains tremblantes, je mets trois petites baies dans ma bouche et mâche.

Oh non ! Non, non, non, c'est pas possible !

J'en mange encore quelques-unes.

Si. C'est possible. Elles ont le même goût que leur odeur, c'est-à-dire aucun. Pour être précise, elles ont la saveur de ces mystérieux fruits servis dans les plateaux-repas des avions : inidentifiables.

Le chef Escoffier s'est fait escroquer.

Ces myrtilles ne sont pas de vraies myrtilles, mais plutôt des sortes de représentantes standardisées de la communauté internationale des myrtilles. Comme tout représentant consensuel, elles sont aussi fades et insipides que tous les récents secrétaires généraux des Nations Unies.

Je ne peux décemment pas faire de tarte avec ça.

Quand le chef Escoffier entre dans la cuisine pour préparer le déjeuner de l'équipage, je suis prostrée près de l'évier, en train de pleurnicher.

— Ouh là, qu'est-ce qui ne va pas ? me demande-t-il.

Je désigne du doigt les myrtilles.

Il en goûte une.

— Je vois. C'est ma faute. Erreur de débutant et j'en suis vraiment navré, Julie !

— Ce n'est pas grave, dis-je en sanglotant.

Il me regarde.

— Eh bien si, c'est grave. Chope Salman et allez tous les deux au marché.

Je le vois ouvrir un tiroir et en sortir du liquide.

Il me tend des billets.

— Si le marché est fermé, trouve un bon primeur ou un magasin bio. Prends ton temps et achète les meilleures myrtilles d'Ajaccio !

— Vous êtes sérieux ?

— Tout à fait !

— Dans ce cas, ça vous dérange si j'achète aussi de la farine de châtaigne ? Je me disais qu'un flan corse à la châtaigne serait parfait pour le dîner. C'est à la fois local et automnal…

— J'aime ta façon de penser, dit-il en plaçant trois autres billets de cinquante euros dans ma main. Pourrais-tu m'acheter cinq kilos de châtaignes, tant que tu y es ? Elles seront parfaites en seconde garniture avec le civet que je prépare pour ce soir.

— Bien sûr ! Je vais chercher le chariot.

Trente minutes plus tard, Salman amarre le canot gonflable au ponton des pneumatiques, et nous voguons tous deux en direction du marché. Trop pressée par le temps, je n'ai pas retiré mon uniforme. Salman, en revanche, est vêtu d'un T-shirt moulant sans manches et d'un bermuda crème qui lui vont à merveille.

— Bonjour, mesdames ! ricane un ado à l'angle d'une rue.

Ses amis pouffent.

Je m'arrête, serrant instinctivement les poings. C'est l'une de ces situations perdant-perdant où prendre la défense de la personne offensée risque uniquement de faire empirer les choses pour elle. Si je réplique, il est probable que cela attire encore plus de railleries et d'attention non désirées. Mais ne rien faire me donne l'impression d'être une lâche.

— Laisse tomber, dit Salman en me poussant à avancer. Si je m'arrêtais pour me disputer avec chaque petite quéquette que je croise sur mon chemin, je n'arriverais jamais nulle part. Et, crois-moi, sa remarque était mignonne par rapport à ce que j'ai l'habitude d'entendre.

Alors que nous nous éloignons, il secoue gracieusement sa magnifique crinière. Ce qui lui vaut sifflements et huées.

Furieuse contre les mômes et contre moi-même de ne pas avoir réagi, je me tourne vers Salman.

— Ta retenue te fait honneur, mais…

— Ce n'est pas de la retenue, ma chérie, me coupe-t-il. C'est de la peau bien dure.

Je scrute son visage.

— Avec mon orientation sexuelle et mon prénom, dit-il, m'endurcir était le seul moyen de survivre à une adolescence de banlieusard lyonnais. J'étais comme un arbre, je me rajoutais une couche d'écorce chaque année.

— Intéressante analogie…

— Si tu pouvais voir une coupe transversale de mon corps, tu pourrais compter les cernes de mon bois et calculer mon âge !

Il doit y en avoir une bonne trentaine, mais un peu de flatterie est le moins que je puisse faire.

— Vingt-huit ans ?

— Trente-huit ans !

Je lui fais un clin d'œil.

— Ça doit être tous ces massages que tu t'auto-administres.

Il s'esclaffe.

On s'arrête et on vérifie sur l'application de son téléphone l'emplacement précis du marché.

— Ton nom est typiquement libanais ? lui demandé-je en tournant au coin de la rue.

— Druze libanais, dit-il.

Mon regard doit être parfaitement vide parce qu'il glousse.

— Oh la petite boulangère ignare ! Est-ce que le nom d'Amal Clooney te dit quelque chose ? C'est une Druze.

— C'est vrai ? Tu sais, je l'admire énormément.

— Parce qu'elle a séduit George Clooney ?

— En partie, admets-je, mais surtout parce que c'est une femme remarquable, aussi intelligente que belle. En plus, c'est une avocate internationale des droits de l'homme !

— Savais-tu que les femmes ont autant d'influence et de pouvoir que les hommes dans notre communauté ? me demande Salman. De plus, elles peuvent être initiées au plus haut niveau de notre foi.

Je repère le marché et le signale à Salman.

— Que c'est progressiste pour une vieille religion !

— La nôtre est plus récente que les autres, indique-t-il. Le côté positif, c'est que nos fondateurs ont pu prendre le meilleur des religions existantes, tout en écartant le pire.

— Trop cool !

— Le revers de la médaille, c'est que nous sommes fermés aux nouveaux postulants depuis mille ans, m'informe-t-il avec un sourire suffisant. Il faut être né druze pour être de religion druze.

Les coins de ma bouche s'affaissent en un triste sourire.

— C'est injuste ! Pourquoi toutes les bonnes choses doivent-elles toujours être exclusives, clôturées et surveillées par des chiens de garde ? Chaque fois que quelqu'un crée quelque chose de fabuleux, la première chose qu'il fait ensuite est d'en limiter l'accès. Pourquoi ?

— N'est-ce pas évident, ma chérie ? Les choses fabuleuses perdent leur éclat lorsqu'elles sont à la portée de tous. L'accès universel a un effet dévalorisant.

L'égalitariste française en moi est en désaccord total, mais l'enquêtrice du dimanche qui s'intéresse aux motivations des gens l'est un peu moins.

Nous entrons au marché et passons l'heure suivante à chercher des myrtilles, des marrons et de la farine de châtaigne de super qualité. Une fois nos ingrédients trouvés, nous achetons le lot, non sans négocier les prix.

Quand on revient sur *L'Occitane*, Valérie est déjà de retour avec Nathalie et ses trois autres amies qui nous rejoignent pour le reste du voyage. Elles se rassemblent sur le pont terrasse et réclament des cafés avec des macarons.

Carla et moi les servons.

— Valérie n'arrête pas de chanter vos louanges, me dit l'une des nouvelles venues en prenant un macaron au chocolat. Voyons si je suis du même avis.

Lentement, elle mâche la petite confiserie.

— Encore du café ? demande Carla aux autres dames. Que diriez-vous d'un peu de liqueur de cerise du chef ou d'un verre de rosé ?

Je sais qu'elle essaie de détourner leur attention de mon sourire anormalement figé en attente du verdict, et je lui en suis reconnaissante.

— Pas d'alcool pour moi avant l'heure du dîner, dit Valérie. Jean-Louis et moi avons passé le mois d'août en Russie, dont une partie en Sibérie, à boire trop de vodka et à être attaqués par des moustiques tout droit sortis du Jurassique !

Une de ses amies fait une grimace de sympathie.

— En plus, tu détestes la vodka !

— Nous la détestons tous les deux, déclare Valérie en tendant sa tasse pour reprendre du café.

Carla le lui en verse.

— Mais nous l'avons quand même bue, reprend Valérie. On ne voulait pas offenser nos hôtes. Et tous ces sacrifices pour rien !

Son amie lève les mains puis les laisse retomber.

— Oh ! non ! Je croyais que c'était dans la poche.

— C'est ce qu'on pensait aussi, jusqu'à ce que les Russes introduisent une clause « mineure » de dernière minute que nos avocats ont jugée inacceptable. Jean-Louis a fait de son mieux pour renégocier le contrat mais, finalement, il a dû se retirer de l'affaire.

Les amies de Valérie lui manifestent leur soutien.

Celle qui goûtait le macaron lève les yeux sur moi.

— C'est très bon, meilleur que ceux de la Maison Folette.

Je ne peux pas m'empêcher de sourire.

— J'y ai travaillé.

Le visage de Valérie s'assombrit malgré le soutien de ses amis et malgré mes pâtisseries. Elle s'agite, attrape son téléphone, l'inspecte, le repose.

— Elle ne décroche pas et ne répond pas à mes textos.

— Qui ? Michelle ? demande Nathalie.

— Oui, confirme Valérie en se tournant vers Carla et moi. Est-elle déjà sortie de sa suite ? A-t-elle demandé quelque chose ?

Nous répondons par la négative.

— Et Laure ? demande Valérie.

— Elle a déjeuné dans sa chambre, répond Carla. Madame Leclerc visite Ajaccio avec Guillaume, non ?

Valérie jette un œil à son téléphone.

— Pas d'après lui.

— Avec Roland, alors ? demande Carla.

— As-tu son numéro ?

Carla pose le plateau et sort son téléphone.

— J'ai le numéro de tous les invités en cas d'urgence.

— L'as-tu vue descendre dans le canot ? lui demande Valérie, pendant qu'elle fait défiler la liste de ses contacts.

— Non, je ne l'ai pas vue de la journée, avoue Carla.

Valérie se tourne vers moi.

— Et toi, tu l'as vue sortir de sa chambre et quitter le yacht ce matin ?

— J'ai bien peur que non.

Carla appelle Roland qui l'informe être parti explorer Ajaccio tout seul et affirme ne pas avoir vu Michelle depuis la veille au soir.

Valérie se lève.

— Allons frapper à sa porte.

Nous nous dirigeons vers la cabine de Michelle.

Après dix minutes sans réponse, Valérie demande à Carla de déverrouiller la porte à l'aide de son passe.

La pièce est vide.

— Elle a dû se rendre sur le port, dit Carla. On ne l'a pas vue embarquer dans le canot car on était tous occupés à chercher Hubert.

C'est logique. Mais quelque chose cloche…

Je désigne son lit.

— Elle n'a pas dormi ici.

Le lit est impeccablement fait et la chemise de nuit soigneusement pliée dessus.

Valérie s'élance vers le placard.

— Ses chaussures de marche sont là… Et son petit sac à dos aussi. Elle ne partirait jamais en promenade sans eux !

Nous cherchons où se trouvent le sac à main et le téléphone de Michelle, mais ils ne semblent pas être là.

Laure sort de sa cabine et nous regarde, éberluée, retourner toute la chambre de Michelle.

— Avez-vous une idée de l'endroit où ma mère pourrait se trouver ? lui demande Valérie.

Laure secoue légèrement la tête.

— Je me suis retirée afin de lui laisser un peu d'espace pour respirer, comme Jean-Louis et vous me l'aviez conseillé.

Carla appelle le capitaine Nicolas.

Valérie appelle Jean-Louis. Puis les flics.

Chapitre 10

Depuis 18 heures, nous avons basculé dans un univers parallèle. Les garde-côtes ont lancé une opération de recherche. Une équipe de policiers d'Ajaccio, dirigée par le commissaire Xavier Reboul, a pris le contrôle de *L'Occitane*.

Reboul est un homme dans la quarantaine, de taille moyenne. Il porte des chaussures pointues en cuir marron, un jean bleu serré et une veste en lin. Il est plutôt stylé, avec ses cheveux bruns bien coupés et ses lunettes à monture noire.

Bien que le yacht ne soit pas officiellement forcé de rester à quai, Reboul et son équipe ont ordonné que personne n'en sorte et que ceux à terre y retournent dès que possible.

Contrairement aux gendarmes de Beldoc, les subordonnés de Reboul ont l'air plus sévères. Leurs uniformes sont assez cool, mais dans un style sombre et légèrement intimidant. Leurs expressions sont parfaitement neutres lorsqu'ils fouillent le bateau, concentrés à 100 % sur la tâche à accomplir.

Le commissaire Reboul a déjà interrogé Valérie, Laure et une partie de l'équipage. Sur le pont principal, j'attends mon tour pendant que le chef Escoffier travaille à la cuisine.

L'annexe pneumatique revient avec Jean-Louis et Victor.

Ce dernier passe rapidement devant moi, se précipite vers sa chambre et ne réapparaît que quelques minutes plus tard, son écharpe tricolore posée sur la poitrine.

Il se dirige tout droit vers le commissaire Reboul qui vient d'entendre Carla.

— Vous ne devez pas mener les interrogatoires sans moi ! En tant que maire, je suis un officier de police judiciaire. Je dois faire partie de l'équipe des enquêteurs.

— Personne n'interroge personne, Monsieur le Maire, dit Reboul. À ce stade, mes collègues et moi sommes ici uniquement pour recueillir des éléments de preuve et des témoignages.

— Évidemment, je le savais, dit le maire, visiblement ébranlé. On appelle cela des auditions libres.

— Non, nous n'en sommes pas encore aux auditions libres, le corrige Reboul.

— C'est vrai, c'est vrai, dit Victor en ajustant son écharpe. Mais mon objection est toujours valable. Je devrais faire partie de l'équipe qui mène cette enquête criminelle.

Reboul passe la main sur son visage, un léger agacement envers Victor commençant à se faire sentir.

— Pour l'instant, c'est une enquête préliminaire. Avant d'appeler cela une enquête en *disparition inquiétante*, je dois avoir de bonnes raisons de croire que Madame Leclerc ne s'est pas suicidée ou qu'elle n'a pas disparu volontairement.

— Pourquoi aurait-elle fait cela ?

— C'est à vous de me le dire. Trop malheureuse ? Assez déprimée pour se donner la mort, histoire de punir sa famille ?

— Ah…, fait Victor.

— Il faut aussi qu'on soit convaincus que sa disparition n'est pas un tragique accident.

— Comme une chute par-dessus bord en état d'ivresse ? demande Victor en grimaçant à cette idée. Elle a plus de soixante-dix ans !

— Et alors ? Elle ne boit jamais ? Elle ne prend aucun médicament ?

— Euh… Je ne sais pas.

— Moi si, dit Reboul. On m'a rapporté qu'elle aimait le vin et qu'elle prenait des médicaments pour soigner quelques soucis de santé.

Victor se pince les lèvres.

— En l'état actuel des choses, dit Reboul, l'hypothèse du meurtre ne semble pas plus probable que les autres. Si jamais cela change, alors soyez assuré que je solliciterai immédiatement ma hiérarchie pour qu'elle élève cette enquête au rang d'enquête criminelle, avec un juge d'instruction et tout le bataclan.

Victor se dandine d'un pied sur l'autre.

— Quoi qu'il en soit, vous devez m'impliquer. En tant que maire, j'ai le pouvoir d'effectuer un travail de police.

— À Beldoc, précise Reboul. S'il s'avère que cet incident est un crime, alors il a très probablement été commis en mer, quelque part entre la Côte d'Azur et la Corse. C'est en dehors de votre juridiction, « Monsieur le Maire ».

La mine déconfite, Victor regarde autour de lui pour voir qui a été témoin de son humiliation. Quand il me repère, son visage se décompose. Comme je suis la petite-fille de Rose, je suppose que je figure en numéro deux sur sa liste des témoins indésirables. Le pauvre n'a aucun moyen de savoir que je ne piperai mot de tout cela à Rose. Me réjouir quand quelqu'un – même quelqu'un que je n'apprécie pas spécialement – se ridiculise, ce n'est pas mon truc.

— Essayez de vous souvenir du maximum de choses quant au déroulement de la journée d'hier, demande Reboul à Victor. Et venez me voir quand j'en aurai fini avec le traiteur.

Ah, c'est donc à mon tour de suivre le commissaire à l'arrière du pont, dans le coin qu'il a transformé en salle d'entrevue à ciel ouvert.

Il désigne la chaise qui lui fait face.

Nous nous asseyons tous deux.

Il traîne son crayon sur la liste des passagers et de l'équipage.

— Julie Cavallo, traiteur-pâtissier sans gluten. C'est bien ça ?

— Oui, monsieur.

— Votre renommée vous précède.

— C'est vrai ?

Je sais que Valérie et quelques clients de la pâtisserie aiment bien mes confections, mais se seraient-ils montrés à ce point élogieux pour que la nouvelle parvienne aux oreilles des commissaires de police corses ? Comme ce serait génial !

En penchant la tête sur le côté, Reboul me toise.

— J'ai entendu dire que vous avez aidé le capitaine Adinian à résoudre l'affaire Maurice Sauve cet été.

— Ah, ça… Oui, c'est vrai.

— Je suis épaté.

Il ne mentionne pas que j'ai aussi aidé le capitaine Shen à résoudre l'affaire Brice Dol, mais ça ne me surprend pas. Comment pourrait-il le savoir ? Contrairement à Adinian, Shen ne m'a jamais remerciée. Il n'a jamais reconnu le rôle crucial que la FREJ a joué dans le débusquage du tueur, ni le fait que nous ayons évité la prison à un innocent. Pour autant que je sache, Shen s'est maintenant convaincu d'avoir résolu l'affaire seul, grâce à ses instincts supérieurs.

— Compte tenu de votre penchant et de votre expérience, dit Reboul, je ne doute pas que vous pourrez m'aider à comprendre ce qui est arrivé à Michelle Leclerc.

C'est à mon tour de scruter son visage. Était-ce du sarcasme ou essaie-t-il de flatter mon ego pour que je me surpasse et que je lui offre la coopération la plus active et la plus enthousiaste possible ? Difficile à dire…

— Quand et où avez-vous vu Michelle pour la dernière fois ? me demande-t-il.

— Hier, à l'heure du dîner, vers 9 heures, dans le salon principal.

Je lui relate les détails de cette brève rencontre.

Le commissaire Reboul prend des notes.

— Elle est donc partie pendant que vous serviez des pâtisseries provençales, et vous ne l'avez pas revue depuis. Est-ce bien cela ?

— Tout à fait.

— Avez-vous remarqué quelque chose de suspect dans le comportement de quelqu'un hier et avant-hier ? me demande-t-il.

— Non, je ne pense pas.

— Laissez-moi reformuler ma question plus précisément. Est-ce que Madame Leclerc s'est disputée avec quelqu'un ?

— Ah, ça ! Oui, deux fois. Mais je suis sûre que d'autres vous en ont déjà parlé.

Reboul me fixe du regard.

— Peut-être, mais j'aimerais entendre votre version des faits.

Je lui raconte le caca nerveux de Michelle au moment de l'embarquement, et sa crise de colère quand nous avons pris une photo de groupe après le jeu proposé par Salman.

— Qui d'autre était présent ?

— Les deux fois ?

Il acquiesce.

— Pratiquement tout le monde.

Il griffonne sur son calepin.

— Et Laure Bermond était la cible de ses colères dans les deux cas, c'est ça ?

— Oui.

Comme j'ai l'impression qu'il me pousse gentiment là où je n'ai pas envie d'aller, j'ajoute :

— Cela dit, Michelle était méchante avec tout le monde, moi y compris.

— Pouvez-vous me donner un exemple ?

— Elle ne touchait pas à mes pâtisseries.

Il se recule légèrement et écarquille grand les yeux.

— Je n'ai pas de mots... C'est juste trop... Mais comment osait-elle ?!

Bon, d'accord, là c'est du sarcasme. Et pas entièrement injustifié, vu mon exemple déplorable.

— Elle ne dit jamais merci et ne fait jamais le moindre effort pour être polie, réessayé-je. Elle ne salue jamais personne. En fait, je serais incapable de vous citer quiconque avec qui elle est agréable, hormis sa fille et ses amis, Guillaume Tron et Roland Oliveira.

— Avez-vous discuté de la méchanceté de Michelle avec quelqu'un ?

Je m'arrête pour réfléchir.

— Plusieurs membres de l'équipage m'avaient avertie de son caractère alors que nous attendions l'arrivée des invités à bord. Et hier, j'ai murmuré quelques mots de sympathie à Laure.

— Que lui avez-vous dit, précisément ?

— Que je ne comprenais pas comment elle pouvait supporter Michelle.

— Qu'est-ce que Laure a répondu ?

— Qu'elle avait besoin du job et de la chambre.

Il le note.

Une chose me frappe.

— Cela ne l'exclut-il pas de la liste des suspects ? Peu importe à quel point Laure était en colère contre Michelle, elle n'avait rien à gagner, mais justement beaucoup à perdre de la disparition de son employeuse.

Il griffonne encore, l'expression impénétrable.

— Madame Cavallo, que pensez-vous qu'il soit arrivé à Michelle Leclerc ? Pensez-vous que quelqu'un à bord de ce yacht se soit débarrassé d'elle ?

J'écarte les mains.

— Aucune idée. J'espère toujours qu'elle va revenir.

— *Quid* de Jean-Louis Ponsard ?

— Que voulez-vous savoir ?

Reboul hausse les épaules.

— Hum… Pensez-vous qu'il aurait pu tuer sa belle-mère la nuit dernière ?

— Pourquoi l'aurait-il fait ?

Il me regarde par-dessus la monture de ses lunettes.

— C'est moi qui pose les questions, Madame Cavallo.

Bon, je comprends. Il n'a aucune raison de me faire confiance. Il est donc logique qu'il ne souhaite pas partager ce qu'il a découvert jusqu'à présent.

— Je ne connais pas bien Jean-Louis Ponsard, alors prenez mon avis avec des pincettes, avertis-je. Mais je ne le crois pas capable de meurtre.

— Hum, fait Reboul en guise de réponse.

Il prend mon adresse et mon numéro de téléphone, puis me donne sa carte, m'encourageant à l'appeler si je me souvenais de quoi que ce soit d'autre qui pourrait aider à retrouver Michelle.

Il raye mon nom de sa liste et me demande, alors que je m'apprête à partir :

— Pendant que je parle avec Victor Jacquet, pourriez-vous trouver votre grand-mère, s'il vous plaît ? Elle est la prochaine personne à témoigner.

En cherchant Rose, je me remémore les questions du commissaire Reboul. Il ne m'a rien dit de concret, mais si Michelle était retrouvée morte, je pense deviner qui seraient ses principaux suspects : Laure et Jean-Louis.

Le mobile de Laure pourrait être de se venger des accès de colère, des propos injustes et autres railleries de Michelle. Celui de Jean-Louis ? Je n'en sais rien. Mais quelque chose me dit que le commissaire Reboul a sa petite idée.

En songeant au propriétaire de *L'Occitane*, l'image du voilier A me revient à l'esprit.

Qu'est-ce qui est le plus vraisemblable ? Un type qui sort sur le pont pour guetter un bateau unique en son genre et qui lui fait longuement la sérénade, les yeux rêveurs et la voix exaltée, avant de me souhaiter bonne nuit et de retrouver sa belle-mère pour l'assassiner de sang-froid ? Ou un type qui la tue avant notre conversation, afin de profiter l'esprit tranquille du passage du voilier A ?

J'ai du mal à y croire.

Peu importe à quel point les gens peuvent être fourbes ou à quel point Jean-Louis déteste Michelle – entre nous, qui ne la détesterait pas ? –, je ne le vois tout simplement pas la tuer. Pas dans ces circonstances-là. Pas cette nuit-là.

Mais si je me trompais ? Ça m'est déjà arrivé. Jean-Louis est peut-être un excellent acteur, un as de la tromperie et de la manipulation. Et si l'épisode exalté du voilier A n'avait été qu'un stratagème pour se donner des airs de poète inoffensif alors qu'en réalité il n'est qu'un requin au cœur de pierre ?

Soudain, une étrange intuition m'envahit concernant une phrase qu'il avait prononcée alors que nous parlions du méga yacht A, quelque chose dont je n'avais pas saisi l'importance à ce moment-là. Impossible de me rappeler ce que c'était…

Quand je trouve Rose et que je lui fais part de mes pensées, elle me balance :

— Il ne t'a pas encore payée ?

— Jean-Louis ? Non.

Le salaire de Rose et mon gros chèque ne sont dus qu'au terme du voyage.

— S'il se fait arrêter, nous ne verrons pas la couleur de cet argent avant un certain temps, voire jamais, dit-elle en sortant de sa cabine.

Je la suis, réalisant à quel point nous comptions toutes deux sur cet argent pour redresser nos finances.

Sans le chèque des Ponsard, ce serait, avouons-le, une catastrophe. Pour Rose, cela voudrait dire tirer un trait sur l'argent dont elle a besoin dans l'immédiat pour conserver sa maison.

Pour moi, cela signifierait que je ne me verserais pas de salaire cette année. Il n'y aurait pas de prime de Noël pour Flo ni pour Éric. Pas de vélo électrique. Et une chance considérablement réduite que ma petite entreprise soit encore ouverte d'ici à l'an prochain.

Chapitre 11

Après avoir laissé mamie aux bons soins du commissaire Reboul, je retourne en cuisine.

Le yacht semble tellement différent depuis que nous savons que Michelle a disparu ! Il conserve le même luxe, avec ses ponts en teck blond, ses sièges en cuir crème, son bastingage en bois poli, ses tapis moelleux, son marbre et ses dorures. Le chant de la mer qui lèche la coque est exactement le même qu'avant. La douce brise, toujours aussi présente. Et le mélange unique d'odeurs de sel, d'algues et d'huile de moteur, si caractéristique des marinas, n'est pas différent de celui de Port-Camargue ou de Saint-Tropez.

Ce qui manque, c'est l'éclat.

Fini les cliquetis des verres en cristal, les cocktails secoués au shaker, les rires et les éclaboussures dans la piscine. On a refoulé les garçons dans la salle de cinéma et on leur a demandé d'être discrets. Les adultes s'agitent nerveusement. Le personnel a l'air perdu, incertain de l'attitude à adopter face à cette histoire de la mère du propriétaire qui serait tombée – ou pas – par-dessus bord la nuit précédente.

Faut-il continuer à sourire et à rassurer les invités en leur disant que tout ira bien ? Devrions-nous avoir l'air endeuillé ? Ou serait-ce prématuré et, par conséquent, de mauvais goût ?

En fin de compte, la plupart d'entre nous optent pour une expression grave et inquiète à la fois, à l'image de Valérie et de Jean-Louis, qui discutent actuellement avec le capitaine Nicolas.

Quand j'arrive à la cuisine, le chef Escoffier m'annonce qu'il aura besoin d'un peu plus de temps pour préparer le repas, vu que tout le monde restera dîner sur le yacht. Je regarde les myrtilles que Salman et moi avons achetées pour la tarte, et la farine de châtaigne pour le flan corse. Est-ce que quelqu'un aura assez d'appétit pour manger un dessert ce soir ?

— Accorde-moi quarante-cinq minutes, dit le chef. Ensuite, tu pourras préparer un de tes desserts.

— Tu penses que deux desserts seraient de trop ?

— Ouais.

Je m'éclipse. Dans l'atrium, après une petite seconde d'hésitation, je me dirige vers la cabine de Laure.

Pourquoi ? Parce que la cabine de Laure est à côté de la suite de Michelle, où les hommes de Reboul concentrent leurs recherches. Si Laure est là, je prendrai le temps de discuter avec elle. J'aurai un excellent angle de vue depuis l'entrée de sa cabine. Qui sait, peut-être même que j'aurai un *cinémagraphe* ! Cette fois-ci, la vision pourrait s'avérer plus utile et moins trompeuse que celle que j'avais eue lors de l'affaire Brice Dol.

Qui plus est, j'ai envie de poser une ou deux questions à Laure.

Quand j'arrive sur le pont inférieur où se trouvent les cabines de Laure et de Michelle, les deux portes sont fermées. Aucun bruit ne s'échappe de la cabine de Laure, mais j'entends des voix provenant de celle de Michelle.

Je frappe à la porte de Laure.

Elle ouvre, l'air surprise de me voir.

— Oui ?

— Je voulais juste te demander si tu avais besoin de quelque chose, lui dis-je. Ce n'est pas une situation évidente pour toi.

— Je vais bien, merci.

Non, tu ne vas pas bien.

Cheveux ébouriffés, yeux gonflés, T-shirt froissé mis à l'envers par-dessus son pyjama à fleurs, Laure a l'air de tout sauf d'aller bien. Et je sais qu'elle le sait.

— Elle pourrait encore revenir, dis-je. Peut-être est-elle allée à Ajaccio ce matin…

Laure secoue la tête.

— Et personne ne l'aurait vue alors ?

— Ou bien les flics pourraient trouver une lettre de suicide du style : « Ciao les nazes, j'en ai assez de vous ! »

Un rictus déforme le visage de Laure.

— Se suicider et nous délivrer d'elle ? Ça ne ressemble pas à Michelle Leclerc.

Par « nous », entend-elle tout le monde dans l'entourage de Michelle, ou bien seulement Jean-Louis et elle-même, au regard de leur liaison secrète ? Même si c'est le cas, il faut que je cesse de prendre cette supposée liaison pour un fait avéré. Non seulement je n'en ai aucune preuve, mais pas même un ragot n'est venu étayer mon hypothèse.

La porte de la cabine de Michelle s'ouvre. Un policier en sort, portant une pochette transparente dans ses mains gantées de latex. Je me recule pour entrevoir ce qui se passe à l'intérieur. Des policiers armés de matériel de haute technologie et de brosses passent la chambre et le balcon au peigne fin.

Laure sort dans le couloir, et suit mon regard en mordant sa lèvre inférieure si fort qu'elle commence à saigner. Elle est inquiète. Pas besoin d'être Columbo ou Barnaby pour s'en rendre compte. En même temps, qui ne s'inquiéterait pas à sa place ? Michelle était peut-être pathologiquement irritable et méchante envers tout le monde, mais ses deux derniers accès de colère étaient surtout dirigés contre Laure.

Attends un peu…

Michelle n'avait-elle pas insinué que Laure essayait de l'empoisonner ?! Au moins une dizaine d'entre nous l'a entendu dire ça. Quelle serait la probabilité que personne n'ait rapporté ce détail aux flics ?

— Le commissaire Reboul t'a donné du fil à retordre, c'est ça ? demandé-je à Laure. Ça concerne les accusations qu'avait lancées Michelle ?

Laure se tait, mais ses yeux hagards en disent long.

— Ne te laisse pas abattre ! lui dis-je afin de lui remonter le moral. Le commissaire Reboul est assez intelligent pour savoir que l'accusation loufoque de Michelle n'était que de la paranoïa infondée.

Au moment où je prononce ces mots, une petite voix dans ma tête me chuchote : « Pourquoi es-tu si sûre que Michelle était parano ? »

Pourquoi, en effet ? Pourquoi suis-je si convaincue que Laure n'aurait pas pu la tuer ? Je ne sais pas. Aurais-je des preuves du contraire ? Ou au moins un *cinémagraphe* qui la disculpe ? *Rien de tout ça.*

Ma montre me rappelle que je dois retourner en cuisine. Je cajole doucement le bras de Laure pour la saluer puis me précipite sur le pont principal, où je passe l'heure qui suit à faire des tartes aux myrtilles. Valérie aura probablement perdu l'appétit, et les autres invités risquent de ne pas être d'humeur gourmande. Je croise les doigts pour que les membres de l'équipage et les deux garçons, au moins, en mangent une part.

Comme n'importe qui, j'aime avoir raison. Mais il y a des moments où je déteste ça.

Voici justement un de ces moments.

Il est minuit et je suis sur le pont, le châle de Rose autour des épaules, une assiette avec une part de tarte aux myrtilles dans les mains. Mamie, couche-tôt, s'est déjà retirée dans sa cabine. Les autres sont soit dans les leurs, soit là où je ne peux pas les voir. Les deux dernières tartes que j'ai sorties du four, il y a une heure, finiront malheureusement à la poubelle, car même l'équipage ne les a pas touchées. Tout le stress accumulé qui m'a poussée à me procurer de bonnes myrtilles afin de faire des tartes dignes de son nom n'aura servi à rien !

Reniflant, j'avale encore une bouchée de cette excellente tarte. *Je ne suis qu'une ratée.*

Le tristement célèbre chef Bernard Loiseau me vient à l'esprit. Il s'est suicidé en apprenant que son restaurant allait être rétrogradé à deux étoiles par le guide Michelin. Je n'ai jamais compris ce qui a poussé ce chef de renom à se suicider pour la perte d'une étoile au Michelin. Pourtant, en ce moment précis, à me gaver de la spécialité que mes clients ont boudée, le geste de Loiseau me semble un peu moins mystérieux.

Sa fin funeste me rappelle l'autre suicide – présumé, celui-là – qui aurait pu se produire sur *L'Occitane*. Aussitôt, une énorme vague de culpabilité m'envahit.

Suis-je un monstre à manger du gâteau et à m'apitoyer sur mon sort, alors que je devrais faire les cent pas sur le pont, m'inquiéter pour Michelle et prier pour qu'elle soit en vie ? J'espère bien qu'elle est en vie ! Même la plus odieuse des sorcières ne mérite pas une mort violente, qu'elle soit auto-infligée ou causée par un tiers.

À ma droite, quelqu'un tire une chaise et se laisse tomber dessus.

— Regarde ! J'en suis à ma troisième part. Ne pleure pas, ma chérie ! Ta tarte est excellente, ce sont les circonstances qui sont mauvaises.

Salman. J'adore ce type.

Souriant malgré mon abattement, je me tourne vers lui.

— Où habites-tu exactement ?

— Près d'Avignon. Pourquoi ?

— On devrait se retrouver pour boire un verre à Arles un de ces jours, c'est à mi-chemin entre Beldoc et Avignon.

Il lève les sourcils.

— Tu en es sûre ? J'ai toujours cru qu'Arles était à côté de Beldoc.

— Je ne sais pas conduire, avoué-je. Alors…

— Comment livres-tu tes pâtisseries ?

— À vélo. Pour les grosses commandes, mon sous-chef y va en fourgonnette.

— J'aime beaucoup l'idée d'aller prendre un verre à Arles, Julie ! dit-il en posant son assiette et portant son verre de vin à ses lèvres. Mais, ça n'ira pas plus loin qu'une belle amitié. Je ne suis pas bisexuel comme Guillaume, moi !

Je cligne des yeux.

— Guillaume Tron est bisexuel ?

— Évidemment ! Sinon, pourquoi passerait-il ses nuits avec moi alors qu'il a une petite amie ?

— Une petite amie ? Tu veux dire… Michelle Leclerc ?

Salman me lance un regard amusé.

— Qui d'autre ?

Je fixe le port pendant que mon esprit assimile ce qu'il vient de me dire. Michelle et Guillaume ont donc une relation, mais Guillaume a aussi une autre relation – ou une aventure – avec Salman. Et le plus important, il a un alibi en ce qui concerne la nuit où Michelle a disparu.

Je rapproche ma chaise de celle de Salman.

— Penses-tu que son affection pour Michelle soit sincère ?

Son regard ne décroche pas de la jetée.

— Pourquoi ?

— Eh bien, déjà parce qu'elle est…

Je suis sur le point de dire « une peste », quand Salman me coupe la parole :

— Parce qu'elle est plus âgée que lui ? Ou parce que c'est l'une des femmes les plus riches du pays ? Est-ce que ça la rendrait automatiquement indésirable ?

Sa question rhétorique sonne curieusement faux. Ce doit être à cause du pathos qui contraste avec son second degré habituel.

Et puis il y a un autre truc qui me fait tiquer... *Ah, oui, Michelle qui serait l'une des femmes les plus fortunées du pays !*

— Attends, dis-je, Michelle Leclerc est riche ? Je ne l'aurais pas deviné vu sa façon de s'habiller.

— À ton avis, qui paie ce voyage d'anniversaire, nos salaires, le carburant, la bouffe gastronomique, les bons vins, les frais d'amarrage, les taxes et tout un tas d'autres choses que j'ignore ?

— Je pensais que c'était Jean-Louis. Je croyais que c'était lui, le nanti.

— Il se débrouillait pas mal, mais il est en zone de turbulences depuis un bon moment.

— Tu as l'air bien informé.

— Je suis un habitué de ce bateau, et comme je suis extrêmement sympathique, les gens me parlent librement.

— Que sais-tu d'autre sur nos employeurs ?

Il me donne un coup de coude.

— La petite pâtissière aime les commérages, hein ?

— J'adore ça.

— Comment résister face à tant d'honnêteté ?! s'exclame-t-il avant d'avaler le dernier morceau de tarte et de lécher l'assiette. Tiens, un autre ragot : Michelle veut que Valérie divorce de Jean-Louis.

— Ah bon, pourquoi ?

— Elle est convaincue que Jean-Louis trompe Valérie.

Bim ! Quelqu'un d'autre que moi pense que Jean-Louis a une liaison. Je suis sur la même longueur d'onde qu'une parano odieuse qui harcèle ses employés. *Génial.*

Je finis ma part de tarte.

— Et Valérie ? Qu'est-ce qu'elle en pense ?

— Valérie adore son mari et ne croit pas ce que raconte sa mère.

— Attends voir, Michelle a partagé avec Valérie ses soupçons d'adultère ?

— Oh oui, plusieurs fois, y compris ici même, devant l'équipage.

— Pourtant, personne ne m'en a parlé ! Même pas Carla.

Il hausse les épaules, puis vide son verre.

— On dirait que l'équipage permanent prend l'accord de confidentialité plus au sérieux que moi. Les bâillons, ça n'a jamais été mon truc.

Il parle bien d'injonctions au silence, là ?

Soudain, je me souviens que lorsque Valérie avait dit à Michelle que ses soupçons concernant Laure étaient ridicules, elle avait ajouté quelque chose du genre « tout comme tes autres soupçons ».

Maintenant, je sais à quoi elle faisait référence.

— Que les affirmations de Michelle soient fondées ou non, dis-je, Jean-Louis doit la détester.

— Et c'est réciproque. Michelle a avoué à Guillaume que rien que de penser que sa fortune puisse un jour finir entre les mains de Jean-Louis, ça la tue.

Il sourit en ajoutant :

— On dirait que ce jour est arrivé plus tôt qu'elle ne le croyait.

— Qui, selon elle, serait la maîtresse de Jean-Louis ?

— Je ne sais pas, dit-il en levant les yeux au ciel de manière théâtrale.

— Que sais-tu alors ?

— Hum… Voyons voir… dit-il en jouant avec une mèche de ses cheveux. Guillaume m'a dit que Laure maltraite Michelle.

— N'importe quoi ! C'est tout le contraire.

— Même si Michelle passe pour un Satan incarné, ça ne fait pas de Laure un ange.

— Non, évidemment, dis-je en plissant les yeux. As-tu rapporté cette info au commissaire Reboul ?

Il secoue la tête.

— Venant de moi, ça aurait été inconvenant. Mais je suis sûr que Guillaume l'a dit aux flics.

Je regarde Salman dans les yeux.

— Je n'en doute pas. Mais a-t-il des preuves ? A-t-il vu Laure faire quelque chose de mal ?

— Je ne crois pas.

Salman inspire et remue les lèvres, comme quelqu'un qui voudrait dire quelque chose mais qui n'arrive pas à décider si c'est une bonne idée.

— T'as d'autres ragots ? l'incité-je en me frottant les mains. Je suis preneuse !

— Hum… Rien ne me vient à l'esprit, dit-il. Maintenant, tu sais tout ce que je sais.

Chapitre 12

Pendant la nuit, *L'Occitane* est retournée à Port-Camargue, le point de départ de notre voyage, où nous sommes maintenant amarrés parmi les plaisanciers insouciants. Tout le monde se prépare à quitter le yacht. Quand il sera vide, le commissaire Reboul le placera en fourrière pour un nouvel examen approfondi.

— N'allez pas trop loin les prochains jours, conseille-t-il aux invités et à l'équipage. Nous aurons peut-être besoin de vous poser quelques questions supplémentaires.

Alors que Rose et moi faisons nos valises, je me souviens de la crise de nerfs que j'ai piquée la veille au matin à cause des myrtilles du chef Escoffier. Ce problème semblait si important à ce moment-là, et légitimement catastrophique. Mais la disparition de Michelle plus tard dans la journée l'a rendu insignifiant. Dérisoire. Comme quoi, tout est une question de point de vue…

Nous portons nos valises sur le pont, où Valérie et Jean-Louis discutent avec Reboul. Les Ponsard font preuve d'une grande retenue, mais le visage de Valérie est aussi blanc que le linge de lit immaculé de *L'Occitane*.

Quand vient le moment de se dire au revoir, pas de fanfare, pas d'invité qui s'extasie sur les fantastiques moments qu'ils ont passés à bord, pas de membre d'équipage qui papillonne et les flatte afin de soutirer davantage de pourboire. Les seuls mots que les gens osent échanger sont de discrets « merci » et « prenez soin de vous ».

Mon sous-chef, Éric, est déjà là quand Rose et moi débarquons. Il nous reconduit à Beldoc. Nous déposons Rose chez elle avant de rejoindre *Les Délices sans gluten de Julie*, ma pâtisserie, située dans le centre historique de la ville.

Éric gare la fourgonnette. Je sors et passe un moment à contempler la jolie façade Art nouveau de ma boutique. Un client entre. Un couple en sort avec une boîte carrée. À en juger par les dimensions, Flo a dû leur vendre un gâteau d'anniversaire de taille moyenne. C'est rassurant de voir que tout est exactement comme avant, normal et familier.

Ma voisine Magda fume devant sa boutique *Rêve de Lavande*. En réponse à mon amical « bonjour », je n'ai droit qu'à un regard noir.

Ah non, décidément rien n'a changé ici !

Une femme d'âge moyen vêtue d'une jupe crayon et d'une veste rose à la mode entre dans la boutique de Magda. Je l'y ai vue plus d'une fois sortir de la boutique avec des sacs remplis d'achats.

Magda éteint sa cigarette et se précipite à l'intérieur de sa boutique, le visage serré. Quelques secondes plus tard, je l'entends crier :

— Je bosse dur, moi ! Je paie mes impôts ! J'ai voté pour ton patron, le maire Jacquet. En retour, la moindre des choses que son adjointe puisse faire, c'est de payer les articles avec lesquels elle part !

Tiens, tiens. La coquette petite dame doit être la nouvelle adjointe de Victor, celle qui a obtenu le poste après la démission de Clothilde.

— Mais je suis une publicité vivante pour *Rêve de Lavande !* se défend l'adjointe. Je recommande votre boutique à tout le monde.

— À tout le monde ? répète Magda d'une voix moqueuse. Madame est devenue une star de cinéma maintenant ? Tu t'appelles Marion Cotillard ou Julia Roberts ? Ou bien tu t'es recyclée en influenceuse suivie par cent mille abonnés ?

— Non, mais…

— Est-ce que j'ai déjà dit que tu pouvais prendre ce que tu voulais, gratis ?

— Pas exactement, mais tu as insinué…

— J'ai rien insinué du tout ! s'écrie Magda. Paye tes achats ou casse-toi !

L'adjointe au maire sort du magasin, le visage écarlate sous la colère.

— Je t'enverrai la facture par courrier recommandé avec ton patron en copie, lui hurle Magda. Si tu n'arranges pas les choses, je te traînerai en justice ! T'as pas fini d'entendre parler de moi !

Faisant de mon mieux pour ne pas avoir l'air trop réjoui que ma féroce voisine ait un accrochage avec l'adversaire politique de mamie, je suis Éric dans la pâtisserie.

Que c'est bon d'être de retour chez soi !

Ici, je suis la capitaine de mon propre navire. Je n'ai de comptes à rendre à personne, ni à une chef hôtesse ni à un chef principal. J'ai une cuisine spacieuse, équipée et meublée selon mes besoins et mes goûts, et entièrement dédiée au culte de la pâtisserie.

Ma sœur Flo fait le tour du comptoir.

— Je veux tout savoir !

Sans m'en demander la permission, elle ferme la porte, bascule le panneau du côté « fermé » et se retourne vers moi, les bras croisés sur la poitrine.

La chipie ! Non seulement j'ai sept ans de plus qu'elle, mais je suis aussi sa patronne. Et la patronne va maintenant dicter sa loi, en fixant le moment et le lieu du débriefing de son équipe.

Je me dirige vers la porte pour retourner la pancarte sur « ouvert », mais Éric me bloque le chemin.

En réponse à mon regard surpris, il imite la posture de Flo.

— J'ai tellement de questions qui me brûlent la langue depuis que je suis allé vous chercher que je suis sur le point d'éclater ! Il faut commencer à parler, là.

Après une seconde d'hésitation, il ajoute :

— S'il vous plaît…

Puis, une autre seconde plus tard :

— Chef… fe !

« Capitaine de mon navire », tu parles !

Non, mais quelle mouche a piqué mes employés ? Je m'absente quatre jours et mon personnel conteste déjà mon autorité. C'est de l'insubordination. C'est carrément une mutinerie.

Cela dit, j'ai peut-être encore plus hâte de leur raconter la malheureuse croisière de *L'Occitane* qu'ils n'ont envie de l'entendre.

Je montre Flo du doigt.

— Toi, du café.

Elle s'élance vers la machine.

— Oui, Chef !

Quelques minutes plus tard, nous nous asseyons tous trois dans le coin bistrot de la boutique. Je raconte les événements avec tous les détails dont je peux me souvenir.

— Les rambardes font environ un mètre de haut, indiqué-je en conclusion. Néanmoins, le commissaire Reboul n'exclut pas que Michelle Leclerc soit malencontreusement tombée par-dessus bord.

Éric fronce ses sourcils.

— Comment s'y serait-elle prise ?

— Elle avait fini son dîner et quitté le salon avant les autres, lui dis-je. Mettons que, lors de sa promenade digestive sur le pont latéral, elle se soit arrêtée, adossée à la rambarde pour contempler le ciel nocturne. Il y a une constellation qu'elle ne reconnaît pas, alors elle se penche un peu plus en arrière, glisse et passe par-dessus bord.

Flo passe un doigt sur le rebord de sa tasse.

— D'après ce que tu nous as raconté d'elle, Michelle n'est pas du genre à admirer les étoiles.

Je ne peux qu'être d'accord.

— Il y a aussi la possibilité qu'elle se soit suicidée, nous rappelle Éric.

— Michelle Leclerc m'a fait l'effet de quelqu'un plus susceptible de tuer une autre personne qu'elle-même, dis-je.

Flo hoche la tête.

— Tout à fait d'accord.

— Il est aussi possible, théorisé-je, qu'elle ait fait son lit tôt le matin pour nous leurrer, pour qu'on ait l'impression qu'elle n'a pas dormi dedans, puis qu'elle soit partie discrètement.

Flo et Éric y réfléchissent.

— Seulement, reprends-je, on l'aurait sûrement aperçue. *A minima* le matelot qui conduisait le canot pneumatique…

Flo se frotte le menton.

— À moins qu'elle n'ait soudoyé ce matelot pour qu'il la ferme.

— C'est possible, admets-je en tournant ma tasse maintenant vide entre mes mains. Mais le risque qu'on la voie descendre du yacht et monter dans le canot était énorme. Énorme !

— Et si elle était allée jusqu'à l'embarcadère à la nage ? postule Éric.

— Ça, c'est absolument impossible, affirmé-je. Michelle n'est pas du même genre que Rose. Elle est frêle, elle fait son âge et elle prend des médicaments pour des soucis de santé.

Flo se penche en avant.

— Très bien, admettons que quelqu'un l'ait tuée cette nuit-là. Ce serait qui ?

— Le commissaire Reboul semble soupçonner le gendre de Michelle, Jean-Louis, et sa dame de compagnie, Laure Bermond.

Flo me toise.

— Mais tu n'es pas d'accord avec ça ?

— Je pense simplement que Jean-Louis est trop intelligent pour tuer sa belle-mère. Il sait qu'il est celui à qui le crime profiterait le plus, et qu'il serait donc le premier suspect sur la liste.

— Et Laure ? demande Flo.

— Laure… Je crois qu'elle est…

Je cherche une façon polie de le dire, puis j'abandonne.

— Je pense qu'elle est trop bête pour préméditer un meurtre.

Éric redresse les sourcils.

— Et si ce n'était pas prémédité ? Michelle n'a-t-elle pas publiquement accusé Laure d'avoir essayé de l'empoisonner ?

— Elle était juste paranoïaque ou malveillante, voire les deux, protesté-je.

Il plisse les yeux.

— Si vous le dites. Qui est votre principal suspect ?

— Roland Oliveira, le nouvel ami de Michelle.

— Pourquoi lui ? demandent Flo et Éric à l'unisson.

— Tout d'abord, il n'a pas d'alibi, contrairement à son petit ami volage…

— Polyamoureux, m'interrompt Flo. C'est le terme tendance et politiquement correct à employer.

Je fais la moue.

— Mais « polyamoureux » signifierait que Michelle était au courant de sa liaison avec Salman, ce qui n'est pas le cas. Enfin, peu importe. Je disais que, contrairement à Guillaume, Roland n'a pas d'alibi pour la nuit du meurtre. Il était seul dans sa cabine. En plus, il est carrément louche. Et…

— Et ? demande Flo.

— Et… désagréable.

Flo s'appuie contre le dossier de sa chaise.

— C'est tout ce que tu as ? Tu veux vraiment que la FREJ en arrive à soupçonner les gens parce qu'ils sont désagréables et qu'ils dorment seuls ? Je parie que la moitié des invités sur le yacht remplissent ces conditions.

— En fait, non, dis-je. Quant aux membres de l'équipage, ils partagent tous leur cabine. Ceux qui ont une cabine personnelle, c'est-à-dire le capitaine Nicolas, le chef Escoffier et Carla, sont des gens aimables. Quant aux invités sans coloc, ils n'étaient pas aussi nombreux qu'on pourrait le croire.

— Tu peux les nommer ?

— Voyons voir… Laure, Roland et notre maire, Victor Jacquet, dis-je. C'est tout.

— Moi, je parie sur Laure, déclare Flo. Elle n'avait peut-être pas prévu de tuer Michelle, mais elle sera tombée sur la vieille pendant cette promenade digestive dont tu parlais, et elle l'aura poussée par-dessus bord, sans réfléchir.

— Mais Laure était encore dans le salon quand Michelle est partie, répliqué-je. Laure n'est partie que beaucoup, beaucoup plus tard. Donc, si elle a tué Michelle, ce serait forcément prémédité.

Éric se frotte la nuque.

— Je parie que c'est Jean-Louis Ponsard qui a fait le coup. Tout cet argent qui va lui tomber entre les mains ! Finies les accusations d'adultère ! Plus besoin de supporter cette vieille mégère. Plus de colère impuissante contre le malin romancier qui siphonne une partie de sa succession. La mort de Michelle l'arrange trop pour être un coup de bol.

— Il arrive de temps en temps que quelqu'un gagne le jackpot à l'EuroMillions… fais-je remarquer.

— Il arrive plus souvent que quelqu'un meure foudroyé, me rappelle Flo.

Elle n'a pas tort.

Chapitre 13

En ce beau dimanche après-midi de début octobre, je pédale pour me rendre chez Rose.

Ce n'est pas une visite de famille. Conformément à mes engagements politiques, je vais livrer des muffins encore chauds aux bénévoles de la campagne électorale de mamie. Les muffins sont dans une grande boîte en plastique calée dans le panier avant de mon vélo. Son couvercle s'est un peu relâché et le vent m'envoie, bouffée après bouffée, leur délicieuse et réconfortante odeur. Ce qui est parfait pour me motiver à pédaler plus fort.

C'est un tour que Rose joue parfois à Lady, son cavalier King Charles : quand elle a besoin que Lady accélère un peu pour rentrer, elle s'arrête chez le boucher et achète de la saucisse ou de la viande. Puis elle se met en route en direction de la maison, en portant le sac devant le chien. Comme par magie, Lady oublie tous ses copains à saluer et les flaques à renifler, et trotte derrière le sac sans jamais céder aux distractions.

Qui aurait cru que ce tour fonctionnerait aussi bien sur les humains que sur les chiens ?

Concernant la disparition de Michelle Leclerc, je n'ai eu aucune nouvelle. Je ne m'attendais pas exactement à ce que le commissaire Reboul m'envoie un rapport de ses constatations, ni à ce que le capitaine Adinian prenne l'initiative de les relayer, mais j'espérais qu'il y aurait au moins une info dans la presse locale, ou que Carla ou

Salman auraient des nouvelles. J'ai eu beau demander : RAS.

Salman et moi, on a prévu de prendre un verre ensemble à Arles dans deux semaines. J'ai hâte de le retrouver. Peu importe ce qu'il pourra ou non m'apprendre sur l'affaire, il reste un type extrêmement divertissant. Il me fait rire. Je ne peux qu'imaginer l'effet sur ses clients lorsqu'il déploie son autodérision en même temps que ses mains de masseur. Ils doivent ressortir de leur séance avec les muscles aussi détendus que le cerveau. Un véritable traitement holistique.

Quand j'arrive chez Rose, les volontaires ne sont pas encore là. Rose et Lady sont allongées sur le canapé du salon à lire les journaux. Rose consulte le *Beldoc Live,* à l'ancienne, en fixant le texte et en assemblant les lettres en syllabes et les syllabes en mots. Lady, en revanche, emploie la méthode de lecture dite globale. Couchée sur *Beldoc Soir*, elle en absorbe le contenu en bavant dessus.

Les salutations échangées, je remets la boîte de muffins à Rose.

— Pour ta réunion de tout à l'heure. J'espère que j'en ai fait assez pour tout le monde, y compris pour moi.

— On ne sera que quatre ou cinq cette fois-ci, dit-elle en la prenant.

Elle descend dans la cuisine.

Sa chienne reste sur place. Après des années d'observation, Lady suit toujours Rose partout comme une ombre, surtout quand mamie descend l'escalier du salon. Cela indique qu'il y a une chance de promenade.

— Lady a-t-elle changé ses habitudes ? demandé-je à Rose.

— Pourquoi ? me demande-t-elle du rez-de-chaussée.

— Elle a décidé de rester ici avec moi plutôt que de te suivre.

— C'est parce que ma fifille est très maligne ! Elle sait que je ne sortirai pas, alors elle ne dépense pas son énergie pour rien.

Quand Rose revient au salon, je la regarde d'un air suspect.

Elle sourit.

— Tu veux une preuve ?

— Je t'en prie.

Elle se dirige vers la console où se trouve son sac à main, l'attrape et avance vers l'escalier.

Aussitôt, Lady saute du canapé et se place derrière Rose, prête à la suivre.

Mamie remet son sac à main à sa place.

— Tu vois ? Elle sait que je ne sors jamais sans mon sac. C'est une fille très observatrice.

Je regarde Lady avec une admiration renouvelée.

— Ah ça, c'est sûr !

— Tout comme moi, dit Rose en me tirant la langue. Et toi aussi.

Il n'y a pas de mal à jouer le jeu.

— Effectivement. J'ai hérité de ton insatiable curiosité et de ton souci du détail.

— C'est drôle que ces qualités puissent sauter une génération, fait remarquer Rose. Mon Élise n'a jamais eu de talent pour l'observation. Mais toutes mes petites-filles, y compris Lady, l'ont.

— Lady n'est pas ta petite-fille, dis-je. C'est une chienne.

— Et alors ? C'est ma petite-fille canine.

S'il y a une chose que j'ai apprise, c'est que toute discussion avec Rose est superflue. C'est toujours elle qui aura le dernier mot.

On sonne à la porte. Rose et Lady se précipitent en bas. De toute évidence, la sonnette l'emporte sur l'absence du sac à main.

Trois minutes plus tard, elles reviennent au salon accompagnées de Serge, le petit ami de mamie, sa meilleure amie Sarah et son amie Clothilde. Les femmes portent des assiettes à dessert avec mes muffins. Serge tient une bouteille de vin pétillant et une boîte de chocolats.

Une fois tout le monde installé avec assiette et verre de vin, Clothilde s'adresse à Rose.

— Quel côté du spectre politique as-tu finalement choisi ? La gauche ou la droite ?

— Le parti de Victor est à gauche, donc nous serons à droite, annonce mamie.

Clothilde déguste son muffin quelques instants, pendant que nous attendons tous son verdict.

Étant la seule de ce groupe à avoir fait de la politique, elle est l'éminence grise de Rose, le Richelieu intrigant derrière Louis XIII.

— Dans ce cas, on ne pourra pas former un mouvement écologiste, lâche-t-elle.

Rose lève la main.

— N'importe quoi ! Qui dit qu'il faut être rouge pour être vert ?

— Parce que c'est de ce côté-là que se trouvent les électeurs écolos, explique Clothilde. Tu sais, les jeunes hommes en chignons et les jeunes femmes aux tresses qui s'inquiètent de l'avenir de la planète ? Ils adorent le socialisme.

— C'est le cas aussi de mes petits-enfants ! s'exclame Serge. Leur arrière-grand-père était notaire. Leur grand-père est notaire. Mon fils est avocat d'affaires, mais ses ados sont de gauche !

Rose lui touche la main.

— Ce n'est pas si grave ! Tu n'étais pas hippie en 68 ? Nous l'étions tous.

— J'étais encore au collège…

Elle cligne des yeux.

— Ah. Oui. Effectivement.

Agacée par cette gaffe qui révèle qu'elle est plus âgée que Serge, Rose se tourne rapidement vers Clothilde.

— Mais alors que se passera-t-il quand les chignons deviendront gris et que les tresses seront coupées au carré et teintes en châtain doré ?

Clothilde la regarde fixement.

— Tu veux dire lorsque ces jeunes vieilliront ?

— Les gens ont tendance à devenir plus conservateurs en vieillissant, dit Rose. Leurs opinions sur la famille, la société et l'argent changent. Mais s'ils étaient soucieux de l'environnement dans leur jeunesse, normalement ils le restent.

Sarah la rejoint :

— Il y a une armée de grands-parents qui s'inquiète de l'avenir de la planète que nous léguerons à nos petits-enfants !

— Très bien, concède Clothilde. On fera le premier mouvement vert souverainiste et conservateur de Provence.

— Ce sera un mouvement totalement unique, dis-je en me relevant. Et, euh… Bon courage !

Je leur fais mes adieux, les abandonnant à leurs manigances politiques.

Le retour en ville semble plus long sans la stimulation olfactive des muffins. Je m'arrête près d'un banc au bord du fleuve, m'assois et regarde le Rhône.

Cinq minutes plus tard, je sors mon téléphone et appelle Adinian.

— Capitaine ?

— Madame Cavallo ?

— Désolée de vous déranger un dimanche…

— Vous ne me dérangez pas, dit-il rapidement.

Ah oui ?

Mais calme-toi, Julie ! Il le dit par politesse.

— Êtes-vous au courant pour cette femme qui serait tombée…

— Vous parlez de Michelle Leclerc, portée disparue de *L'Occitane* lorsque Rose et vous y officiez en tant que traiteur la semaine dernière ?

— Vous êtes bien informé.

— Ça fait partie de mon travail.

Je me tortille un peu sur le banc.

— Euh… Je me demandais s'il y avait du nouveau dans cette affaire.

— Je croyais que vous aviez vos sources, dit-il non sans une certaine suffisance.

— Oui, mais Michelle n'était pas une Beldocienne. Si elle l'avait été, Rose ou moi aurions eu des informations, et Noam Toche aurait rédigé un article dans *Beldoc Live*.

— Dur, dur. Je compatis.

Sa voix est pleine de gaieté.

Ah, d'accord… Je vois. Adinian savoure son avantage et n'essaie même pas de le cacher. Mesquin ça !

— L'équipe du commissaire Reboul a dû fouiller le yacht de fond en comble à présent, dis-je. Savez-vous s'ils ont trouvé quelque chose ?

— Où êtes-vous ? me demande-t-il.

— Vous ne pouvez pas me géolocaliser ?

— Je le peux. Ou bien vous pouvez me le dire.

Je lui indique l'endroit.

— Ne bougez pas, m'ordonne-t-il. J'y suis dans dix minutes.

Huit minutes plus tard, le capitaine Adinian gare sa moto, enlève son casque et me rejoint sur le banc. Il porte un jean et une veste en cuir. Il est aussi grand, sombre, maussade et bien bâti qu'il l'était en août, quand je l'ai vu pour la dernière fois.

— Voilà ce que je peux vous dire sans compromettre l'enquête, commence-t-il.

— Oh ! je vous en prie ! Tout ce que je veux, c'est aider, m'indigné-je. Exactement comme mes amis et moi l'avons fait lors des affaires Sauve et Dol.

— Je ne le nie pas.

— Bien.

— Cela vous embête que le capitaine Shen ne reconnaisse pas le rôle que vous avez joué ? demande-t-il.

Très perspicace de votre part !

— Un peu.

— Julie…

Il s'éclaircit la gorge avant de reprendre :

— Madame Cavallo, je pense que vous êtes douée pour résoudre les énigmes. Et jusqu'à présent, vous n'avez rien fait qui puisse entraver le travail des enquêteurs.

— Alors où est le problème ?

— C'est vous ! Vous avez tendance à vous mettre dans des situations dangereuses. Mais contrairement aux gardiens de la paix formés et armés, vous n'êtes pas équipée pour y faire face. Vous êtes trop vulnérable.

— Je vous promets d'être prudente à l'avenir, déclaré-je en me tournant vers lui. S'il vous plaît, laissez-moi participer à l'avancement de l'enquête ! Le commissaire Reboul avait dit qu'il voulait reparler à tout le monde, mais il ne m'a pas rappelée.

Les lèvres d'Adinian ébauchent un sourire.

— Vous êtes la seule personne que je connaisse qui soit déçue que les flics ne la convoquent pas pour l'interroger.

Je refuse de sourire en retour.

— Donnez-moi quelque chose… S'il vous plaît ?

— Très bien, voilà ce que je peux vous dire. Les flics d'Ajaccio croient que Michelle Leclerc a été assassinée à bord de *L'Occitane*.

Ouah !

— Ils ont trouvé le corps ?

— Non. Mais ils ont identifié le lieu du meurtre et il y a des éléments qui prouvent qu'elle s'est débattue.

— Quels éléments ? demandé-je. Comment a-t-elle été tuée exactement ?

— J'ai bien peur de ne pas pouvoir vous le dire.

— À mon avis, quelqu'un l'a jetée par-dessus bord et l'a laissée se noyer.

Il ne fait aucun commentaire.

Je tente une autre question.

— Est-ce qu'ils savent qui l'a tuée ?

— Non.

— Les enregistrements des caméras du yacht ont-ils été utiles ?

— J'ai bien peur que non, répond-il. Ponsard a des caméras dans la salle des machines et d'autres qui couvrent les angles morts lors des manœuvres nautiques, mais il n'y en a pas dans les zones publiques du yacht.

— C'est fait exprès ? Par malveillance ?

— Je ne le pense pas. C'est un yacht, pas un bateau de croisière. Les propriétaires des yachts et leurs invités tiennent énormément à préserver leur vie privée. La vidéosurveillance n'a pas la cote auprès de ces gens.

J'étudie mes mains en réfléchissant.

— Jean-Louis Ponsard et Laure Bermond sont-ils toujours les principaux suspects ?

— C'est ce que Reboul vous a dit lors de votre entretien ?

— Il n'a pas eu à le faire. Je l'ai deviné en croisant mes informations avec ses questions.

Il me lance un sourire en coin.

— Pourquoi cela ne m'étonne-t-il pas…

— Alors ? Ils sont suspects ?

Il hoche la tête.

— Entretenaient-ils une liaison ?

— À part les allégations de Michelle, il n'y a aucune preuve ou témoignage pour le corroborer.

— Aucun d'eux n'a tué Michelle, dis-je.

— Tous les deux en avaient le mobile, le moyen et l'occasion, rétorque-t-il. Jean-Louis avait tout à gagner de la mort de Michelle. Il a de gros soucis d'argent. En plus, elle poussait Valérie à divorcer de lui.

— Je l'ai entendu dire. Mais justement, tuer Michelle aurait été assez débile de sa part, sachant qu'il aurait immédiatement été le principal suspect, non ? Pourquoi aurait-il fait ça ?

— Par désespoir ? Poussé par son arrogance qui lui faisait croire qu'il pourrait s'en tirer ?

Pendant que j'y réfléchis, Adinian se frotte l'épaule.

— Avez-vous déjà entendu parler du meurtre de la milliardaire Hélène Pastor à Monaco, il y a quelques années ?

— Non.

— Les similitudes entre les deux affaires sont frappantes. Elle a été tuée par deux malfrats. Ils ont été arrêtés et se sont révélés être des mercenaires.

— Laissez-moi deviner, dis-je. Le commanditaire était le gendre d'Hélène Pastor.

— C'est pas plus débile, sur le principe, que pour Jean-Louis Ponsard, fait-il remarquer en souriant. Et vous savez quoi ? Il avait de gros problèmes d'argent.

Je laisse échapper un soupir.

— Malgré les similitudes, Jean-Louis n'est pas un meurtrier. C'est pourquoi je veux mener une enquête parallèle, pendant que le commissaire Reboul fait son travail.

Il me toise.

— Il faut m'expliquer un truc, là. Pourquoi vous ne vous en tenez pas à votre travail à vous ? Vous n'aimez plus faire des pâtisseries ?

— Si, mais la vie est barbante quand on ne dépasse jamais les limites de son métier ou de son rôle social. J'aime me considérer comme quelqu'un avec qui on ne s'ennuie pas.

Il sourit.

— Ma foi, on ne s'ennuie pas avec vous !

Rassemblant tout mon courage, j'ouvre la bouche pour dire « c'est pourquoi vous m'aimez bien », mais il me coupe l'herbe sous le pied :

— L’ennui, c’est bien aussi. Il n’y a rien de mal à s’ennuyer. Les gens ennuyeux sont en règle générale respectueux de la loi.

— Mais moi aussi, je respecte la loi !

— Ils ont aussi la jugeote de ne pas jouer au détective, ni de se mettre en danger. Les gens ennuyeux sont les piliers de notre société.

Était-ce une frappe préventive ? Adinian vient-il de me repousser avant même que je n’aie eu l’occasion de l’accoster ?

— Les gens ennuyeux sont les casse-pieds de notre société ! dis-je, tandis que ma bouche se raidit d’aigreur.

Il se recule d’un cran, clairement déstabilisé par mon emportement.

Me disant que je n’ai plus rien à perdre, j’empreinte l’aplomb de Rose et je lance à Adinian :

— Mon cher Gabriel, si j’étais ennuyeuse, vous plairais-je autant ?

Chapitre 14

Mon téléphone sonne avant qu'Adinian n'ait le temps de répondre à ma question.

Et flûte !

Je vois sur l'écran que c'est Jean-Louis qui appelle. Impossible d'ignorer ce coup de fil.

— Je ne vous ai pas encore payée, Julie, dit Jean-Louis. J'en suis profondément désolé ! C'était une période un peu mouvementée pour moi…

— Ne vous inquiétez pas, je comprends tout à fait !

— Enfin, j'ai votre chèque prêt et signé. Voulez-vous passer le chercher ?

— Chez vous ?

— Si cela ne vous dérange pas.

— Pas du tout ! Mais je ne m'attendais pas à ce que vous trouviez le temps de vous en occuper, compte tenu de ce que vous traversez.

— Je n'avais qu'à rappeler à mon assistante de contacter mon expert-comptable pour qu'il s'en occupe. Ce n'était pas grand-chose.

— Quand souhaitez-vous que je passe ? demandé-je.

— Êtes-vous libre cet après-midi ?

— Oui, dis-je après un moment d'hésitation.

Quelles sont les chances que ma rencontre actuelle avec Adinian se transforme en rendez-vous ? D'après mon expérience, et d'après ce qu'il a dit il y a quelques instants, elles sont nulles.

— Mon chauffeur peut venir vous chercher dans quarante-cinq minutes, dit Jean-Louis. Envoyez-moi l'adresse par texto.

— Entendu !

Nous raccrochons et je lui envoie un texto.

Adinian me regarde avec curiosité.

— C'était Jean-Louis Ponsard, lui dis-je. Incroyable, non ? Il veut me remettre un chèque pour mes trois jours de travail.

— En personne ? Chez lui ?

— Oui.

— Son comptable ou son assistante aurait pu l'envoyer par la poste.

Hum… Pas faux.

— C'est un peu louche, non ?

Il plisse les yeux.

— C'est à vous de me le dire.

— Oui, c'est louche, affirmé-je en tripotant ma montre. Mais bon, je ne vais pas me plaindre. Ce sera l'occasion de lui poser deux-trois questions sur Michelle.

— Vous vous attendez sérieusement à ce que lui ou sa femme vous en disent plus qu'ils n'en ont révélé à un commissaire de police formé aux techniques d'interrogatoire ?

Serait-ce condescendant de répondre oui ?

— Ils ne me sortiront probablement que des platitudes, dis-je. Mais ils me parleront plus librement qu'au commissaire, puisque je serai chez eux à leur invitation. Lorsque les gens bavardent de cette manière-là, ils finissent souvent par révéler un détail accablant.

Il fait un petit bruit guttural que j'interprète comme un : « C'est vrai, Julie. Tu as complétement raison ! »

— Même quand ils sont innocents, ajouté-je, comme je crois que les Ponsard le sont, il y a toujours une chance qu'ils sachent quelque chose qu'ils ont cru trop insignifiant pour le mentionner aux flics. Or, ça peut parfois aider à démêler une affaire.

— J'admire votre optimisme, dit-il.

Je pose une main contre ma poitrine.

— Merci ! Ça me va droit au cœur.

Les coins de ses lèvres se soulèvent en même temps que sa langue claque en signe de désapprobation. Il se lève.

— Gardez vos yeux et vos oreilles grands ouverts et appelez-moi s'il vous arrive le moindre pépin.

— Dans la villa des Ponsard ?

Il sourit malicieusement.

— Vous avez failli vous faire tuer dans des endroits bien moins effrayants que ça.

Je reprends à mon compte le petit bruit qu'il vient de faire, ce qui m'évite d'avoir à admettre qu'il a raison.

Une heure plus tard, la BMW de Jean-Louis – l'un de ses nombreux véhicules, j'en suis sûre – roule sur les dos-d'âne d'un village de bord de mer, en Camargue. Nous sommes près du port où Rose et moi avons embarqué sur *L'Occitane* une semaine auparavant. Je regarde par la vitre : ce n'est pas un village au sens traditionnel du terme. C'est un « *villa*-ge » : un endroit où s'agglomèrent les résidences luxueuses, verdies et bien espacées, habitées par des nababs provençaux.

Le chauffeur s'arrête devant une demeure encerclée par une clôture, au bord d'un canal. De grandes portes métalliques s'ouvrent et nous entrons, les pneus crissant sur le gravier. Autour de nous se découvre un charmant petit parc, hybride assez réussi d'une garrigue provençale et d'un jardin anglais. Je scrute les espaces entre les buissons et derrière les arbres, cherchant intuitivement des nains de jardin surdimensionnés à l'effigie des leaders mondiaux, comme dans le château des Prouttes, mais n'en vois aucun.

À ma droite, une piscine couverte et une vaste terrasse.

À ma gauche, près de la mer, un ponton d'amarrage privé où mouille un joli voilier qui tangue doucement. Rien à voir avec *L'Occitane*, qui est dix fois plus grand et motorisé. Il n'y aurait pas assez de place pour un super-yacht ici, de toute façon. Je suppose que Jean-Louis le garde dans le port, là où il est également plus facile de le mettre en location.

L'allée serpente devant le bâtiment principal de la villa. Car oui, en plus de la magnifique maison d'architecte, les lieux comptent plusieurs dépendances. J'aperçois une maison d'amis, une orangerie et une étable.

Les Ponsard possèdent-ils des chevaux ? Et pourquoi n'en possèderaient-ils pas !

Une employée de maison ouvre la porte et m'invite à entrer dans un vestibule spacieux annonçant un espace de vie de style loft. Un peu comme sur *L'Occitane*, les belles boiseries et le marbre sont de rigueur, ainsi que les meubles design, les œuvres d'art et les superbes tapis. Çà et là, de magnifiques vases anciens, d'élégantes cheminées et des bibliothèques remplies d'innombrables livres reliés en cuir complètent la décoration.

La lumière chaude de l'après-midi pénètre par les baies vitrées qui dévoilent une vue imprenable sur le parc. Une douce musique classique s'échappe d'enceintes savamment cachées. De magnifiques bouquets de fleurs fraîchement coupées ornent le dessus des tables, emplissant la pièce de leur parfum délicat.

Eh beh !

Un sentiment d'émerveillement m'envahit. Cette maison est à la fois opulente et sobre, décorée à gros moyens et pourtant assez décontractée pour s'y sentir bien. Elle pue la richesse mais donne l'impression de ne pas en faire étalage. *Je m'incline devant toi, Valérie, et devant tous ceux que tu as payés pour réaliser cet exploit !* Le contraste entre la villa des Ponsard et le manoir des Prouttes, où j'ai livré un gâteau de mariage cet été, ne pourrait être plus saisissant.

Les Ponsard tireraient plutôt leur style de vieilles fortunes. Ou alors ce sont de « nouveaux riches » au goût impeccable et au sens du détail assez fin pour imiter à la perfection celui d'une vieille fortune.

— Asseyez-vous, je vous prie, m'invite Valérie, en m'indiquant un beau canapé en cuir.

Elle s'installe dans un fauteuil spacieux et replie les jambes sur le côté.

Je m'assieds parmi les coussins.

— Votre maison est magnifique.

Elle sourit, l'air satisfait.

— Merci, Julie.

Une porte s'ouvre derrière moi et deux hommes entrent dans la pièce. L'un d'eux est Jean-Louis et l'autre est mon ancien camarade de classe, devenu homme d'affaires, Denis Noble. Denis est ami avec Jean-Louis – c'est comme ça que j'ai décroché ce job sur le yacht – et sa présence ici pourrait être une simple coïncidence. Mais il y a quelque chose de prémédité dans le comportement de Denis, qui n'a nullement l'air surpris de me voir ici.

Attends, c'était un coup monté ?

Cette rencontre « fortuite » est-elle la raison pour laquelle j'ai été invitée à venir chercher mon chèque chez les Ponsard ?

Jean-Louis me le remet.

— J'ai ajouté un petit bonus pour compenser le désagrément et les pourboires manqués.

Je jette un coup d'œil au montant.

Ah quand même ! Non seulement Jean-Louis a inclus un bonus, mais il paie pour la semaine entière, même si Rose et moi n'avons travaillé que trois jours. C'est généreux, beaucoup trop généreux compte tenu de ses difficultés financières. Mais je ne le dirai pas à voix haute. Le montant de ce chèque est si important pour la survie de mon entreprise et le bien-être de mes deux employés. Je ne risquerai donc pas que Jean-Louis me prenne au mot et n'en diminue la somme.

— Encore une fois, je suis désolé pour l'attente et l'incertitude, dit Jean-Louis.

— Sincèrement, ne vous en faites pas pour ça.

Il hoche la tête une fois. Son expression est stoïque.

— Et merci ! ajouté-je. C'est très gentil de votre part de régler la semaine entière. J'apprécie énormément votre geste.

Tout à coup, une considération me vient à l'esprit. *Montrerais-je de la gratitude envers un meurtrier ?*

J'écarte cette pensée dérangeante. Au lieu de m'adonner au nombrilisme, je devrais poser des questions aux Ponsard. Des questions *utiles*.

En me tournant vers Valérie, je commence par briser la glace.

— Comment vous tenez le coup tous les deux ? Et les enfants ?

— Ça va, dit Valérie. Vu les circonstances…

— Antonin est maintenant assez grand pour comprendre que grand-mère Michelle est partie, dit Jean-Louis en s'asseyant. Capucine, notre aînée, est dans un pensionnat à l'étranger, mais elle reviendra à la maison pour assister à la cérémonie commémorative.

L'employée de maison qui avait ouvert la porte revient en apportant des rafraîchissements. Mes hôtes me placent dans les mains une assiette de friandises et, après avoir refusé de boire de l'alcool sous prétexte que je commence tôt le lendemain matin, j'ai droit à un verre de jus d'orange fraîchement pressé.

En vérité, c'est un demi-mensonge : le lendemain, c'est lundi et la pâtisserie est fermée. Et même si j'ai beaucoup de paperasse à trier et de la comptabilité en retard, la raison principale de mon refus est que je veux garder les idées claires afin de mener cette conversation comme je l'entends.

— Et les amis de Michelle, Guillaume et Roland ? demandé-je aussi innocemment que possible.

Le visage de Jean-Louis se crispe.

— Qu'entends-tu par là ?

— Je veux dire, comment s'en sortent-ils ? Ils semblaient très attachés à Michelle, et elle à eux.

— Je n'ai aucun doute qu'ils soient tous les deux en deuil, dit Jean-Louis.

Son expression sarcastique laisse deviner qu'il pense le contraire.

Valérie s'esclaffe.

— Ils étaient très attachés à son argent. Ma mère était aveugle sur ce sujet !

— On la croyait amoureuse du romancier, dit Jean-Louis. Mais elle a ensuite invité ce nouveau type, Roland, à se joindre à nous la semaine dernière. Elle l'a présenté à la famille et à d'autres amis triés sur le volet, avec lesquels Valérie souhaitait fêter son anniversaire en toute intimité.

La poitrine de Valérie se soulève puis redescend dans un long soupir.

— Je n'arrive toujours pas à croire que Mère ait fait cela. Nous avions dit à mes cousins et aux parents de Jean-Louis que c'était une fête d'anniversaire bien particulière, c'est-à-dire un moment de détente en compagnie de mes copines. Et puis Mère arrive avec non pas un, mais deux croqueurs de diamants à ses bras !

— Dieu sait que nous avons essayé de l'avertir à propos de Tron, dit Jean-Louis. Mais elle faisait la sourde oreille.

— En revanche, elle se méfiait de Laure, dis-je sur un ton que je veux naturel. Pensez-vous qu'elle avait une bonne raison de le faire ?

Ouille, dur dur.

Tous mes muscles sont tendus, et je m'attends à ce que les Ponsard me percent à jour d'un moment à l'autre. Peut-être n'aurais-je pas dû refuser le vin…

Valérie balaie mon insinuation d'un revers de main.

— La pauvre ne ferait pas de mal à une mouche.

— C'est vrai, confirme Jean-Louis.

Elle se tourne vers lui.

— Mais mère la détestait tout aussi inexplicablement qu'elle te détestait, chéri. De son point de vue, chaque cadeau extravagant qu'elle offrait à Guillaume, chaque gros chèque qu'elle lui signait était de l'argent sauvé de tes griffes.

Jean-Louis prend une grande goulée de vin.

— Elle espérait que je te quitte, ajoute Valérie en soupirant. Les histoires qu'elle inventait sur toi ! Les délires qu'elle me racontait sur tes prétendues activités criminelles et ta soi-disant liaison avec Laure !

Jean-Louis et Denis échangent un regard furtif. Je ne sais pas trop comment l'interpréter. L'explication la plus simple et la plus probable est qu'ils en ont déjà parlé.

Valérie semble être absolument certaine à 100 % que les allégations de Michelle étaient sans fondement. Il est clair qu'elle a beaucoup d'affection pour son mari. Une liaison entre Jean-Louis et Laure semble, il est vrai, tirée par les cheveux, mais… Valérie pourrait-elle être aussi crédule et aveuglée par l'amour que sa défunte mère ?

Ou bien est-ce une mise en scène ? Jouent-ils tous les deux la comédie pour me convaincre de leur innocence ? Mais pourquoi ? Ont-ils eu vent de mes talents de limier ? Qui leur aurait raconté ça ? Rose s'en serait-elle vantée pendant la croisière ? Ou bien Denis ?

Ce dernier se penche vers moi.

— Et toi, Julie ? Tu vas bien ? Tu as été si occupée ces derniers temps !

— C'est vrai.

— Je suis passé à la boutique il y a une semaine, mais tu étais partie faire une livraison.

— Flo m'en a informée.

— Tu ne m'as pas rappelé.

— Je… Euh… Je m'excuse.

Je lui fais un sourire maladroit.

Gênante, cette situation ? Mais pas du tout, voyons…

Le beau visage de Denis s'assombrit.

En dépit du bon sens, je me sens dans l'obligation de lui dire quelque chose de gentil, quelque chose qui chasserait ce regard abattu. *Et mince !* Parviendrais-je un jour à cesser de m'illusionner et de croire que l'on peut vivre sans jamais casser les pieds ou blesser quelqu'un ?

Toujours est-il que mon désir de le réconforter est bien trop fort pour le combattre.

— Hé, mon petit doigt m'a dit que tu contribues à la campagne de Rose. Elle ne peut pas s'empêcher de chanter tes louanges du matin au soir !

— C'était l'idée de mon père, se rengorge Denis. Il pense que Rose ferait un meilleur maire pour Beldoc que Victor Jacquet. Moi aussi, je le pense. Nous sommes heureux de la soutenir.

— Rose serait un maire fantastique, confirmé-je loyalement.

Il y a quelque chose qui me chiffonne dans cet échange. Ai-je peur qu'il s'attende à une forme de gratitude de ma part ? Ou que sa famille s'attende à de la gratitude de la part de Rose ?

Les deux m'inquiètent, je pense.

Il m'observe.

— Je voudrais te rassurer au sujet de notre soutien à Rose. N'y vois aucun message ! Je n'attends aucune contrepartie concernant notre relation.

— Nous n'avons pas de relation.

En juin dernier, il m'avait emmenée dîner et m'avait fait comprendre qu'il aimerait bien que ça aille plus loin entre nous. Je lui avais dit que je n'étais pas prête pour ça. On ne peut pas dire que ça compte pour « une relation », quand même ?

Bon, il a aussi insisté pour que Rose et moi passions une soirée au spa *Plénitude...* qu'il nous a offerte, prétextant que c'était un geste amical et que c'était sans contrepartie. J'avais alors accepté. Avec le recul, c'était une erreur.

— Tu as tout à fait raison, dit Denis d'un ton crispé. Nous n'avons pas de relation.

Chapitre 15

Quel est le meilleur remède pour égayer un lundi matin gris et pluvieux ? Les livres, bien sûr ! Mais pas ceux qu'on croit.

Les livres de comptes, en plus d'être truffés de chiffres que je déteste férocement, me font me languir de la pluie. Ma misère actuelle est si profonde que j'ai hâte de sortir, me mettre sous le ciel de plomb et laisser les éléments se déchaîner sur moi.

Mais jusqu'à ce moment tant convoité, je suis seule dans ma boutique fermée, à trier mes reçus. Pour faire avancer les choses, mon travail est systématiquement interrompu par des bâillements de fatigue ponctués d'expressos.

Adinian m'appelle au beau milieu d'un bâillement.

— Si c'est à propos de ma visite d'hier chez les Ponsard, m'empressé-je de dire, soyez rassuré : je n'ai pas oublié ma promesse. J'allais vous appeler pour vous faire un rapport complet d'ici une heure et vingt-cinq minutes.

— Puis-je connaître la raison d'un délai aussi précis ?

— C'est le temps qu'il me faut pour terminer ma feuille de calcul, en y incluant une bonne dizaine de bâillements, deux autres cafés et un saut aux toilettes, expliqué-je.

— Serais-je trop présomptueux d'en déduire que m'appeler sonnait comme une récompense, la carotte pour vous faire avancer ?

— Le muffin, rectifié-je.

— Pardon ?

— Peu importe. La réponse est : oui.

— Oui, je suis présomptueux ? me demande-il.

— Non, vous êtes ma carotte.

Ai-je vraiment dit ce que je crois avoir dit ?

— J'entends par là, ajouté-je rapidement, que vous appeler pour discuter de l'affaire Michelle Leclerc était ma carotte.

— Ah, dit-il. Très bien.

Que ne donnerais-je pas pour voir la tête qu'il fait !

Nous nous taisons tous les deux pendant quelques secondes, avant qu'il ne reprenne :

— Bon bah, alors, appelez-moi quand vous aurez fini votre feuille de calcul.

Je me dirige vers la machine à expresso, le téléphone collé à l'oreille.

— Puisque vous m'avez interrompue, je peux tout aussi bien tout vous raconter maintenant. De toute façon, j'avais besoin d'un autre café.

Pendant que le café passe, je commence mon rapport que je termine dix minutes plus tard, ma tasse aussi rapidement vidée.

— Vous ne pensez pas que Jean-Louis ait fait le coup, n'est-ce pas ? me demande-t-il.

— Son mobile me semble trop faible.

— Hériter d'un demi-milliard est un mobile plutôt costaud à mes yeux.

Je me gratte derrière la tête.

— Un demi-milliard, rien que ça ?

— Oui, madame.

— Je n'arrive même pas à imaginer ce que représente une telle somme, avoué-je. Ça paraît abstrait. C'est peut-être pour cela que je l'écarte inconsciemment comme mobile.

— C'est possible.

Nous nous taisons à nouveau et je regarde la rue mouillée, me demandant si la zone de mon cerveau qui marche à l'instinct est plus sage ou plus bête que celle qui parle officiellement au nom de Julie Cavallo.

Je suis la première à rompre le silence :

— Allez-vous transmettre mon compte rendu au commissaire Reboul ?

— Vous aurez bientôt l'occasion de le faire vous-même.

— Comment ça ?

— Il vous a envoyé une convocation.

— Pour un second entretien ? À Ajaccio ? Vous savez quand ?

— Jeudi, si vous êtes disponible, dit-il. Et pas besoin d'aller en Corse ! L'entretien aura lieu à la gendarmerie de Beldoc.

— Ouf, quel soulagement !

— Le confort du citoyen interrogé est la priorité absolue des forces de l'ordre, madame, dit-il un peu trop sérieusement.

— Pff, fais-je en réponse à cette affirmation.

Après avoir raccroché, j'essaie de me concentrer sur ma comptabilité. Cependant mes pensées sont dispersées, et la tâche qui devait être terminée en une heure et demie me prend deux fois plus de temps. Finalement, je ferme la boutique, attrape un jambon-beurre à la brasserie d'en face, et réfléchis à quoi je vais employer le reste de mon après-midi.

Au départ, je comptais prendre le bus pour Arles pour acheter un nouveau kit fer et planche à repasser. Mais une autre idée m'est venue à l'esprit, une idée qui ne me quitte plus. Et si je prenais plutôt le bus pour Port-Camargue et que je traînais près de *L'Occitane* ? Ce n'est pas garanti, mais il y a une infime chance que je puisse déclencher un *cinémagraphe* qui concernerait les derniers instants de Michelle ou un autre moment clé, ce qui me permettrait d'éclairer l'identité de son assassin.

Dans un monde idéal, si je n'avais pas paniqué pendant mes leçons de conduite, si j'avais obtenu mon permis et si j'avais pu m'offrir une Twingo d'occasion, je pourrais faire Arles-Port-Camargue dans l'après-midi. Mais là, il faut choisir. Alors, quel sera mon choix ? Une planche à repasser assurée ou un *cinémagraphe* hypothétique ?

Oh allez Julie, c'est un faux dilemme et tu le sais !

Je me précipite à la gare routière pour attendre le bus numéro 38 qui m'emmènera à Port-Camargue.

Puisque j'ai devant moi un quart d'heure à tuer, j'appelle Flo. Suite à l'absence d'un prof, elle a la matinée de libre, et elle s'est portée volontaire pour faire du repérage autour de la maison de Michelle, histoire de guetter les allées et venues des habitants.

— C'est comme une mini-forteresse, me dit-elle. Il y a un mur de briques tout autour de la propriété, trop haut pour être escaladé. J'ai aussi repéré quelques caméras.

— Et si l'une d'entre elles te filmait ? paniqué-je.

— Je fais très attention. Et puis, même si c'était le cas, bon courage pour me reconnaître ! se marre-t-elle. On verra mes lunettes de soleil coincées entre mon chapeau cloche et mon masque chirurgical. De plus, bruine oblige, j'ai un parapluie ouvert au-dessus de ma tête.

Elle est si fière de toutes ses parades que je n'ai pas le cœur de lui dire qu'en cumuler autant la fait particulièrement remarquer !

— Vas-y, demande-moi ce que j'ai découvert, m'exhorte Flo.

— Qu'as-tu découvert ?

— La bonne nouvelle, c'est que Laure n'a pas encore été mise à la porte. Elle vit toujours ici. J'imagine qu'elle bénéficie d'un délai de préavis ou un truc du genre.

— Quelle est la mauvaise nouvelle ?

— Laure vient de partir dans une petite Peugeot préhistorique. Sa caisse a plein de bosses et de scotch sur la carrosserie, et elle est tellement… carrée !

La Peugeot de Laure pourrait être une voiture des années 1990, soit un véritable modèle préhistorique pour une jeunette de vingt-trois ans. Quant aux bosses et au scotch, bien que ce soit une mauvaise nouvelle pour la voiture de Laure, je ne vois pas le rapport avec notre affaire.

— Quelle est donc la mauvaise nouvelle ? redemandé-je.

— Tu ne vois pas ?

— Non.

— C'est vrai alors, que notre intelligence atteint son sommet vers l'âge de vingt ans et décline à partir de là…

— Florence Cavallo ! Ne dévie pas du sujet.

— Très bien, puisque ce n'est pas évident pour ton esprit vieillissant, je vais t'expliquer, concède-t-elle. Cette maison se trouve en dehors de la ville et au sommet d'une colline. L'arrêt de bus le plus proche est en bas de ladite colline. Laure possède une voiture. Cela veut dire qu'elle ne va probablement jamais nulle part à pied. Cela signifie également qu'il sera compliqué de guetter devant la porte afin d'engager une conversation, ce qui est ton mode opératoire régulier avec les suspects.

La petite n'a pas tort !

Par magnanimité, je la félicite pour son excellent travail de détective.

Pas magnanime pour un sou, Flo se lance dans des recommandations de suppléments alimentaires et autres jeux de Sudoku pour mon cerveau décadent, quand le bus 38 arrive. Je raccroche et monte à bord. Il part cinq minutes plus tard et, après un trajet de quarante-cinq minutes, je descends à l'arrêt le plus proche de la marina.

Le port est encore caché, mais j'aperçois les mâts des voiliers qui s'élancent vers le ciel. Une courte marche plus tard, je descends le quai à la recherche de *L'Occitane*, en priant pour que le yacht soit là, et non à la fourrière d'Ajaccio ou même déjà affrété.

Le soleil couchant inonde la marina d'une lumière étincelante quand je passe devant le yacht-club et me dirige vers les bateaux. Des bateaux à moteur et à voile ondulent sur l'eau. Les amarres grincent doucement contre la jetée. Les drapeaux colorés des différents paradis fiscaux où sont enregistrés la plupart des yachts flottent au vent. Des plaisanciers enthousiastes rincent les ponts, cirent les surfaces et chargent les bateaux en préparation de leur voyage. Les moteurs ronronnent et les cris des oiseaux de mer parachèvent ce tableau d'un parfait port de plaisance.

Je me balade en regardant les numéros des postes d'amarrage.

Youpi ! L'Occitane *est là.*

L'heure suivante semble durer toute une vie. Je me promène le long du quai en essayant de passer inaperçue. Je feins de regarder mon portable pour faire croire que j'attends quelqu'un. À intervalles réguliers, je le sors de mon sac à main, fixe l'écran comme si je vérifiais mes messages, puis fais semblant d'appeler quelqu'un qui ne décroche pas.

Malheureusement, toute cette comédie est inutile. Aucun *cinémagraphe* ne me vient. Du moins, pas aujourd'hui. Il n'y en a pas le moindre soupçon dans l'air. Je ne ressens aucun signe précurseur, aucune désorientation ou étourdissement. Nada.

Il est temps de s'avouer vaincue et de rentrer chez moi.

Tandis que je retourne à l'arrêt du bus, les souvenirs d'une autre défaite d'il y a presque dix ans me reviennent en mémoire. J'avais de grands espoirs lorsque je me suis rendue au village en bord de mer où se trouvait la fatidique maison d'été qui fut le théâtre de la disparition de maman. À l'époque, j'étais dans une mauvaise passe, tant dans ma vie que dans ma tête. Je m'étais convaincue que je pouvais me guérir et tout arranger en provoquant une vision sur le lieu de l'accident.

J'étais là, à tourner autour de cette maudite maison, à sentir que j'étais proche, à douter, à espérer. Quatre heures passées à me tapir, à pleurer, à prier et… que dalle.

À la tombée de la nuit, j'avais admis ma défaite et étais retournée à la gare.

C'est après cet échec que j'avais condamné mes visions. Je m'étais dit qu'elles étaient de vaines hallucinations, un effet secondaire non résolu du traumatisme physique et émotionnel que j'avais subi à l'âge de quinze ans.

Cette conclusion était devenue un dogme que j'ai entretenu pendant des années, jusqu'à l'affaire Maurice Sauve, cet été. Elle matérialisait la pomme de discorde entre ma sœur jumelle Cat et moi, et la raison pour laquelle j'étais toujours en proie au doute, quels que soient les aspects de ma vie.

Même maintenant, cette doctrine démystifiée se réveille et déverse son venin directement dans mon âme.

Et si mes cinémagraphes n'étaient que des hallucinations, après tout ?

Et si les deux véritables visions que j'ai eues dernièrement n'étaient qu'un coup de chance ? Ou pire, si elles étaient auto-induites ? J'aurais donc vu ce que j'avais envie de voir. L'accident qui a tué maman ne m'a rendue ni unique ni exceptionnelle, même si cette idée est très séduisante. La vérité, c'est qu'il m'a rendue défectueuse.

Purée !

Je refuse de replonger. Quand le *cinémagraphe* que j'ai eu pendant l'affaire Brice Dol s'est avéré correct, j'ai cru que j'en avais fini avec les réticences. Je pensais pouvoir être comme Cat et assumer mes visions comme quelque chose de réel, quelque chose qui fait partie de qui je suis. Je n'allais plus douter de moi-même.

Pourtant, me voici bien en train de douter.

Chapitre 16

J'ai reçu la convocation le mardi matin.

Le mercredi, j'avais déjà bien récupéré de mon lundi morose. J'étais tout simplement trop exaltée pour continuer à chouiner. Bah oui, j'étais exaltée à l'idée d'être interrogée par la police !

Avis à ceux qui vont me juger : occupez-vous de vos propres lubies !

Mis à part le frisson revigorant, j'ai aussi réalisé que le yacht n'est peut-être pas l'endroit où Michelle est morte. Si son cœur a cessé de battre sous l'eau, alors son lit de mort se trouve quelque part entre la Côte d'Azur et la Corse.

Du coup, pas étonnant qu'aucun cinémagraphe ne se soit manifesté autour du yacht !

Quand arrive le jeudi, je cuisine non-stop jusqu'à 3 heures et demie de l'après-midi. Puis je me rafraîchis un peu, mets du rouge à lèvres, laisse la boutique entre les mains d'Éric et me rends à la gendarmerie.

Dans le bureau du capitaine Adinian, sont présents le maître des lieux, le commissaire Reboul, fraîchement arrivé de Corse, ainsi qu'un jeune gendarme derrière un ordinateur.

— Avez-vous trouvé le corps ? demandé-je à Reboul.

Il secoue la tête.

— Mais nous avons trouvé suffisamment de preuves matérielles pour affirmer que Michelle Leclerc est passée par-dessus bord. Le temps que *L'Occitane* jette l'ancre au port Tino Rossi, elle était déjà morte, noyée.

— Sa mort était-elle accidentelle ? me renseigné-je.

— Les rambardes de *L'Occitane* sont à la hauteur réglementaire, fait remarquer Adinian. Pour que sa mort soit un accident, il aurait fallu que Michelle Leclerc en escalade une, comme une ado téméraire.

— Un suicide, alors ?

— Il n'y a rien, que ce soit en termes d'éléments matériels ou de témoignages, qui corroborerait cette hypothèse, répond Reboul d'un air amusé. Puis-je poser des questions maintenant, Madame Cavallo ?

Assise sur ma chaise, je recale ma posture.

— Allez-y !

Il rapproche sa chaise de moi.

— D'après les dires de plusieurs membres de l'équipage, vous avez pas mal discuté avec Laure Bermond.

— Michelle la rendait si malheureuse, lui dis-je. Laure avait besoin de compassion.

Reboul fait un petit signe de la tête.

— Je ne vous reproche pas d'avoir essayé de réconforter Laure. Bien au contraire, je suis content que vous l'ayez fait.

Oh ! je n'en doute pas !

— Vous pourrez être utile dans cette enquête, déclare-t-il avant de jeter un coup d'œil à Adinian, puis de se retourner vers moi. Contente ?

— Très, confirmé-je avec un sourire forcé.

Quelque chose me dit que ce qu'il a en tête n'est pas que nous travaillions ensemble pour trouver la vérité, mais plutôt que je confirme son scénario du meurtre où c'est Laure qui joue le rôle de meurtrier.

J'espère qu'il a une bonne raison de se focaliser sur elle, et que ce n'est pas dû au fait qu'elle est la plus facile à manipuler pour s'auto-incriminer.

— Michelle a-t-elle été tuée dans sa cabine ou dans un lieu public ? lui demandé-je.

— J'ai bien peur de ne pas pouvoir divulguer cette information, dit Reboul en plissant les yeux. Vous savez, vu toutes les questions que vous posez, ainsi que votre empressement général, je devrais peut-être vous ajouter à la liste de mes suspects.

— Ce serait logique, rétorqué-je.

Au lieu de cela, je vous ai révélé plus de choses sur mon enquête que je n'en ai jamais révélées à un témoin.

— Ah bon ?

Il hoche la tête.

— Il y a une raison à cela.

— Pour gagner ma confiance ? Pour que je me sente assez en sécurité pour parler librement ?

Il glousse.

— Est-ce la méthode que vous employez quand vous enquêtez, Madame Cavallo ?

— C'est une bonne méthode, esquivé-je.

Reboul se moque clairement de moi, et je ne veux pas lui tendre le bâton pour me faire battre.

— Je suis d'accord, c'est une bonne méthode, admet-il. D'ailleurs, je viens d'apprendre par le capitaine Adinian que vous avez contribué à résoudre non seulement le meurtre de Maurice Sauve, mais aussi celui de Brice Dol. L'enquêteur principal de cette enquête était le capitaine Shen, si ma mémoire est bonne.

Il a l'air on ne peut plus sérieux… Après tout, peut-être qu'il ne se moque pas de moi.

— Le capitaine Adinian m'a aussi raconté que l'un de vos tuyaux a été déterminant dans une opération de gendarmerie qui a abouti à l'arrestation et au démantèlement d'un gang criminel d'envergure internationale.

Je rougis comme une écolière. *Doux Jésus et sage Bouddha, s'il vous plaît, faites quelque chose pour refroidir mes joues !* J'ai une réputation à tenir.

— Soyons clairs, je ne vous considère pas comme l'une des nôtres maintenant, reprend le commissaire Reboul.

Mais il semblerait que vous endossiez le rôle d'une sorte de détective du dimanche. Une détective citoyenne, si vous préférez. Qui plus est, vous n'êtes pas trop mauvaise à ce jeu-là.

À ce stade, seule une apocalypse nucléaire pourrait empêcher mon visage de virer à l'écarlate ; mais elle ne se produit pas. Mes joues prennent feu et brûlent sans fumée, comme alimentées par deux torches sous-cutanées.

Les coins de la bouche d'Adinian se tordent alors qu'il étouffe un sourire.

Pouah !

— Laure vous a-t-elle jamais parlé des médicaments qu'elle prenait ? me demande Reboul. Ou des médicaments que Michelle prenait ?

— Laure était sous antidépresseurs, lui dis-je. Je l'ai vue avaler une pilule de Prozac. Elle ne m'a jamais parlé des traitements de Michelle.

Reboul incline la tête.

— Michelle s'était plainte à la gouvernante d'un goût métallique dans la bouche. Savez-vous ce qui provoque un tel goût chez certaines personnes ?

— Non. Quoi ?

— La fluoxétine.

— C'est la molécule du Prozac, explique Adinian.

Je hausse les épaules.

— Michelle prenait donc des antidépresseurs, elle aussi ?

— Il se trouve que non, rectifie Reboul en s'appuyant sur le dossier de sa chaise. Nous avons vérifié auprès de son médecin. De plus, aucun de ses médicaments ne provoque, comme effet secondaire, un goût métallique dans la bouche.

Je cligne des yeux, essayant de comprendre les implications de cette information et son lien avec le meurtre, quand je me souviens d'un truc.

— Michelle avait accusé Laure d'essayer de l'empoisonner ! Et tout le monde pensait qu'elle était méchante et paranoïaque, comme à son habitude.

— Nous sommes en train d'analyser toute la vaisselle de la maison de Michelle Leclerc, révèle Reboul. Je pense que nous allons trouver ce que nous cherchons.

— Des traces de fluoxétine, deviné-je.

— Tout à fait ! Nous soupçonnons Laure d'avoir secrètement administré à Michelle un médicament délivré uniquement sur ordonnance.

— Et s'il s'avère qu'elle en a été capable, cela indique que…

Je ne termine pas ma phrase. Nous savons tous ce que cela indique.

— Je suis certain que l'on pourra prouver que Laure mettait ses propres antidépresseurs dans la nourriture ou dans les boissons de Michelle, dit Reboul.

Quelque chose me tracasse.

— Je ne vois toujours pas quel profit aurait Laure à tirer du meurtre de Michelle. La vieille disparue, Laure perd son travail et bientôt son logement, deux choses dont elle a terriblement besoin.

— Les Ponsard laissent le personnel dédié à Michelle loger dans la maison sans avoir à payer de loyer jusqu'à ce qu'ils l'aient vendue, dit Adinian. Ce qui va prendre du temps.

Reboul se gratte le cou.

— Nous avons identifié trois mobiles potentiels pour Laure. Le premier est la rancune, pure et simple. Avouons-le, Michelle la traitait comme de la merde.

— Quel est le deuxième mobile ? lui demandé-je.

— L'argent. Jean-Louis Ponsard l'aurait payée pour tuer Michelle.

Je lâche un « hum ».

Reboul se frotte le menton.

— J'avoue que pour moi aussi, cela paraît peu probable. Si Jean-Louis voulait éliminer sa belle-mère, il aurait engagé un tueur à gages professionnel, quelqu'un qui n'avait aucun lien avec Michelle. Quelqu'un sans mobile apparent.

— C'est exactement ce que je pense, dis-je. Et quel serait le troisième mobile ?

— Bloquer Michelle qui voulait convaincre Valérie que Laure et Jean-Louis avaient une liaison.

Je me recule.

— Mais Valérie n'a jamais cru et ne croit toujours pas à cette histoire.

Reboul se penche vers moi.

— Et si, avec le temps, Michelle l'avait convaincue ? Valérie aurait divorcé de Jean-Louis. Ils ont signé un contrat de mariage, le saviez-vous ? Un divorce aurait porté un coup fatal aux affaires déjà chancelantes de Jean-Louis.

— Alors, vous pensez qu'il serait le complice de Laure ? demandé-je à Reboul.

— C'est une possibilité. Mais je n'exclus pas qu'elle ait agi seule, pensant peut-être qu'il lui serait reconnaissant de découvrir un jour qu'elle l'avait débarrassé de Michelle et sauvé de la ruine.

— Mais vous n'avez aucune preuve ni aucun témoignage que ces deux-là se fréquentent, n'est-ce pas ?

— Ce n'est pas parce que je ne peux pas encore le prouver que ce n'est pas vrai !

— Même si c'était le cas, dis-je, je doute que Valérie l'aurait cru. Elle aime trop Jean-Louis.

Reboul fronce les sourcils.

— Comment pouvez-vous en être si sûre ?

— Une femme sait quand une autre femme est amoureuse, clarifié-je. C'est dans la façon dont elle regarde un homme, dont elle lui sourit, la façon qu'elle a de le toucher, dont ses joues se colorent de plaisir quand il lui dit quelque chose de gentil.

Les yeux chocolat d'Adinian sont rivés sur les miens au moment où je parle. Pour être précise, son regard oscille entre mes yeux et mes lèvres.

Je sens mes joues s'empourprer de nouveau. *Crotte !*

— Tous ces petits signes brossent un tableau sans équivoque, conclus-je, en m'efforçant de rester concentrée. N'importe qui pourrait faire ce diagnostic.

— Pourtant, cela ne me paraissait pas si évident quand je discutais avec les époux Ponsard, fait remarquer Reboul.

Adinian a l'air plutôt d'accord avec Reboul.

Ah, je vois. La solidarité masculine l'emporte sur la solidarité beldocienne. *Traître, va !*

— De limier à limier… me dit Reboul l'air enjoué. Je ne suis peut-être pas aussi bon que vous pour décoder l'attitude des femmes amoureuses, mais je détecte toujours quelqu'un qui ment. Et Laure Bermond a menti lors de ses deux interrogatoires.

Cela n'augure rien de bon pour Laure…

— Vous enquêtez sur Roland Oliveira ? demandé-je. Vous devriez consacrer votre temps et vos ressources à son cas plutôt qu'à celui de Laure.

— Qu'est-ce qui vous fait dire ça ? me demande Reboul.

— Il était louche.

— Louche comment ?

Laissant de côté le manque d'amabilité d'Oliveira, je donne à Reboul un exemple concret.

— Il était censé avoir rencontré Michelle par l'intermédiaire d'un de ses clubs de lecture, pourtant il n'était clairement pas un mordu de littérature. Pour être franche, il n'y connaît rien !

— Je suis d'accord, il est plutôt médiocre pour un professionnel, dit Reboul. Il aurait dû lire quelques livres avant la croisière.

Je le fixe du regard.

— Un professionnel ? Qu'entendez-vous par là ?

— Oliveira est un détective privé, explique Reboul. Michelle l'avait engagé pour suivre son gendre et documenter son éventuelle liaison. Elle l'avait invité à ce voyage parce qu'elle pensait que le yacht était le cadre idéal pour que Jean-Louis et Laure commettent une indiscrétion.

M'adossant à ma chaise, je regarde Adinian, sidérée.

— Cela explique beaucoup de choses sur son comportement.

— N'est-ce pas ? dit Reboul en souriant. Mais je peux vous assurer, Madame Cavallo, que je n'exclus personne pour l'instant. Même pas Oliveira, malgré sa bonne foi et son entière collaboration. Même pas vous, malgré votre renommée.

Comme j'ai déjà établi qu'il ne se moquait pas de moi, je refuse de remettre en question ma conclusion à ce stade.

— Bien, dis-je.

Est-ce que je le crois lorsqu'il dit garder l'esprit ouvert ? Oui. Mais il est évident qu'il pense avoir reconstitué le crime, hormis quelques détails. Qu'elle ait agi de façon préméditée ou sur un coup de tête, seule ou avec un complice, Laure Bermond tient le rôle de meurtrier dans la version de Reboul.

Je quitte la gendarmerie quelques minutes plus tard en me disant qu'il a peut-être raison. Peut-être que Laure est la coupable.

Pourtant mes tripes ne partagent pas ce point de vue. Elles sont convaincues que Reboul fait fausse route et que Laure n'a pas tué Michelle.

Le problème, c'est que je ne peux pas le prouver au commissaire.

Et, sans un *cinémagraphe*, je ne peux même pas me le prouver à moi-même.

Chapitre 17

— Un des secrets d'une meringue parfaite, dis-je à Éric, c'est d'utiliser des œufs qui ne sont pas superfrais. Les blancs des œufs plus vieux sont plus fins et moins stables, ce qui les rend plus adaptés pour être montés au fouet.

— Compris, Chef ! dit-il en essuyant le plan de travail. Je vais chercher les œufs.

— Vous savez Chef, dit Éric, je crois que le commissaire Reboul a raison. C'est Laure Bermond qui a fait le coup.

Flo s'égosille depuis la boutique :

— Mamie et moi le pensons aussi !

Je pose les mains sur mes hanches.

— Une bande d'amateurs influençables, voilà ce que vous êtes.

Une semaine s'est passée depuis mon entretien à la gendarmerie. Comme je ne me sentais pas de donner à Éric, Rose et Flo un compte rendu censuré, je leur ai tout raconté. Reboul ne m'avait de toute façon pas fait jurer de garder le secret. Il m'avait seulement demandé de faire attention, de ne pas sous-estimer Laure, et de le tenir au courant de toute nouvelle information qui pourrait me tomber entre les mains.

— Allez, Chef, persiste Éric. Les théories du commissaire Reboul sur les mobiles potentiels de Laure sont solides. Qu'est-ce qui vous fait croire qu'elle est innocente ?

— Une intuition.

J'aimerais que ce soit plus que ça ! Si seulement j'avais un *cinémagraphe* pour la garantir…

— En tout cas, ajouté-je, il n'y a pas grand-chose que la FREJ ne puisse faire à présent. Je poserai quelques questions à Salman quand nous nous retrouverons pour boire un coup.

— Ce soir, je peux faire une recherche sur Internet sur le romancier Guillaume Tron, propose Éric.

— Tu veux que je t'aide à gagner du temps ? demandé-je en pesant le sucre en poudre. Il était plus intéressé par l'argent de Michelle que par ses jolis yeux. C'est un bisexuel non assumé qui entretenait une aventure secrète avec Salman. Il vit dans un appartement payé par le ministère de la Culture. Il a fait croire à Michelle qu'il était fauché comme les blés parce que son dernier livre ne se vendait pas.

— Pourquoi n'en écrit-il pas un nouveau ?

— Il l'a fait mais, selon son éditeur, le bouquin a besoin d'une révision complète, ce qu'il redoute de faire, raconté-je en pesant les blancs d'œufs. Maintenant que Michelle est décédée, et une fois qu'il aura dépensé tout l'argent qu'elle lui a donné, il devra trouver un boulot, comme tout le monde. Avec elle, il avait touché le gros lot.

Éric applaudit.

— Chapeau bas, Chef ! Je vois que vous avez bien potassé chez vous le soir.

— Non, j'ai juste bien tendu l'oreille sur le yacht pendant le voyage.

Flo passe une tête dans la cuisine et pointe son index sur moi.

— Il y a quelqu'un qui veut te voir.

Avec un regard interrogateur, je lui murmure :

— Denis ? Adinian ?

— Magda, murmure-t-elle en retour.

Quèsaco ?

En m'essuyant les mains sur mon tablier, je me dirige vers la pièce de devant.

Elle est bien là, Magda la terrible, avec sa longue robe sans forme, son visage tartiné d'autobronzant, et ses cheveux au brushing amidonné.

Je la salue poliment.

Elle marmonne une réponse inintelligible, mais c'est déjà plus que ce qu'elle ne m'a jamais offert en guise de salutation.

J'attends qu'elle m'informe du but de sa visite impromptue.

— L'adjointe au maire et moi-même avons eu une… dispute, annonce-t-elle finalement.

— Je crois que j'en ai été témoin.

— En représailles, le maire Jacquet a fait installer un urinoir public sur le trottoir, devant ma boutique.

— Quoi ? nous exclamons-nous de concert Flo, Éric et moi.

— Il n'y avait pas d'urinoir public dans notre rue il y a deux heures encore quand je suis arrivée, s'exclame Flo.

Magda indique la porte de la boutique.

— Regarde par toi-même.

Nous nous précipitons tous les trois dehors. Magda n'a pas menti. Un mystérieux objet rouge trône devant sa boutique, ressemblant étrangement à une jardinière surdimensionnée affublée de volets.

— D'après les ouvriers qui ont cimenté ce truc au sol, il est écologique et très à la mode dans les capitales européennes, grince Magda.

— J'ai vu des objets similaires à Paris, mais jamais devant un magasin, dis-je.

La lèvre inférieure de Magda tremble d'une colère contenue.

— Cela va attirer toutes sortes de gens, y compris des drogués, des cinglés et des clochards ! Et les chiens ! Ça va puer jusqu'au ciel. Les gens éviteront ma boutique.

— C'est pas bon pour la mienne non plus, m'énervé-je. Ce Victor Jacquet, non mais vraiment ? Je n'arrive pas à croire qu'il s'abaisse à quelque chose de si… de si…

— Sournois, termine Magda.

Je ne peux qu'être d'accord avec elle.

Elle marmonne un autre qualificatif, plus corsé.

— C'est pour ça que je suis venue à toi, dit-elle à voix haute.

— On va se battre ensemble pour faire enlever cette chose !

Bien que je déteste l'urinoir et son potentiel de nuisance sur mes affaires, une partie de moi est reconnaissante qu'il soit là. Désormais, Magda et moi partageons une cause commune. Elle s'est montrée tellement hostile depuis le jour où j'ai acheté la pâtisserie !

— Toutes les cages ont une sortie, comme dirait le capitaine Jean-Luc Picard, déclare Éric. Il faut juste la trouver.

Magda le fixe du regard.

— Qui est le capitaine Picard ?

— Un personnage de *Star Trek*, explique Flo. Éric connaît par cœur tous les épisodes de toutes les saisons.

— C'est humainement impossible, proteste-t-il.

— Bah tu n'en es pas loin, réplique Flo avant de se tourner vers Magda. Moi, j'ai une citation encore plus appropriée que celle d'Éric !

Magda lève les yeux au ciel.

— Pitié !

— Dis-nous, l'incité-je.

En gardant les yeux sur Magda, Flo me désigne du doigt.

— Les ennemis de mes ennemis sont mes amis. Ça fonctionne bien, non ?

— Ouais, pas mal, admet Magda.

Éric et moi levons le pouce vers Flo qui rayonne.

Magda se tourne vers moi.

— Détrompe-toi, on ne sera jamais amies. Je veux toujours que tu vendes ta boutique pour que je puisse agrandir la mienne. Notre alliance n'est pas stratégique. Elle est utilitaire. Et je t'offre un cessez-le-feu, pas la paix.

— Compris, dis-je. T'as une idée par où commencer ?

Magda sort une enveloppe non scellée de la poche de sa robe, dont elle extrait une feuille de papier pliée.

— C'est déjà fait. C'est une pétition pour que l'urinoir soit enlevé, ou du moins déplacé trente mètres plus loin dans la rue, au coin où le trottoir est plus large et où il n'y a pas de magasins. J'ai déjà deux signatures : la mienne et celle de Tatiana.

— Qui est Tatiana ? demandé-je.

— La propriétaire russe de la brasserie d'en face.

— Ah je n'étais pas au courant ! Elle n'est jamais là, me justifié-je.

À ma grande surprise, Magda ne le conteste pas.

— Elle est revenue pour la vendre.

— Mais c'est super ! Tu ne veux pas l'acheter et la transformer en une seconde boutique ?

— La brasserie est trop grande et trop chère, dit Magda. Ça me coûterait la peau des fesses de la transformer en boutique.

Elle me tend la feuille.

— Écris ton nom ici et signe.

En lui prenant la feuille des mains, je retourne dans la pâtisserie, attrape un stylo et m'exécute.

Magda remet la pétition dans l'enveloppe.

— Je vais frapper à toutes les portes de tous les appartements du quartier, puis je la porterai à la mairie et j'en enverrai une copie à la préfecture.

— Je peux demander à Marie-Jo si elle serait d'accord pour faire un petit article à ce sujet dans le *Beldoc Live*, proposé-je.

Marie-Jo Barral, la rédactrice en chef de notre journal local, est devenue amie avec Rose grâce à son cours de doga, l'unique possibilité de pratiquer le yoga avec son chien à Beldoc et dans les environs. Mais Marie-Jo est en froid avec Magda à cause d'un type dont elles étaient toutes les deux amoureuses lorsqu'elles étaient jeunes.

— J'ai une autre idée ! s'écrie Flo en s'élançant à l'autre bout du comptoir.

Elle revient les mains chargées d'une pile de prospectus qu'elle tend à Magda.

— Tiens, prends ça.

Magda fixe les prospectus.

Il s'agit de tracts et de dépliants de la campagne de Rose, conçus par la talentueuse Florence Cavallo en personne.

— Faites de votre Reine votre Reine maire ! lit Magda. Votez Rose Tassy ! Ha ha ha. C'est parce que Rose a gagné ce ridicule concours en juillet dernier et a été nommée Reine de Beldoc, c'est ça ?

— Tu peux nous aider à les distribuer ? demande Flo.

— Pourquoi je ferais ça ?

J'incline la tête sur le côté.

— Parce que si ta pétition échoue, mais que Rose réussit à se faire élire, cet urinoir disparaîtra le jour où elle emménagera dans le bureau de Jacquet.

— C'est une promesse ?

Je réponds d'un signe de tête ferme, en espérant que mon visage ne montre pas le conflit moral qui déchire mon âme.

Comme les justes tombent bien bas !

Suis-je encore cette personne qui a récemment fait la morale à Rose sur l'importance de ne jamais abuser d'une position de pouvoir quand on est élu ? Ou suis-je cette inconnue qui est ni plus ni moins en train de faire des promesses électorales au nom de Rose ?

Magda me donne une petite tape sur l'épaule.

— Bienvenue dans le monde des adultes, petite fille !

Elle attrape les prospectus et sort.

La tête basse, je m'apprête à me retirer dans la cuisine pour noyer ma honte dans de la crème anglaise lorsque mon téléphone sonne. C'est Adinian.

— Le commissaire Reboul a-t-il déjà les résultats de la fluoxétine sur la vaisselle de Michelle ? demandé-je après que nous avons échangé les bonjours de rigueur.

Il y a un étrange silence de son côté avant qu'il ne lâche :

— Roland Oliveira a été retrouvé mort hier soir.

Chapitre 18

Il s'avère que la maison de Roland a brûlé et le détective privé avec. Les pompiers ont la quasi-certitude que l'incendie est criminel. Les gendarmes de Saint-Gilles, la petite ville la plus proche de la zone rurale où vivait Roland, sont sur les lieux. Le commissaire Reboul est évidemment impliqué.

Avant que je ne puisse poser des questions, quelqu'un interrompt Adinian. Il me dit qu'il doit y aller. Je le supplie de m'en raconter davantage, mais il m'avoue qu'il n'y a pas grand-chose d'autre à raconter. La gendarmerie locale a ouvert une enquête criminelle, il me tiendra au courant.

Nous raccrochons.

Adinian m'a déjà filé des renseignements, mais toujours à contrecœur. Par le passé, il me les communiquait au compte-gouttes, après m'avoir fait me démener pour les obtenir. Qu'il prenne l'initiative de m'appeler et qu'il partage tout ce qu'il sait sur un événement important dans une affaire en cours est tout bonnement inouï. Et suspicieux.

Serait-il devenu un grand fan de mon talent d'enquêtrice ?

Je sais qu'il pense que je suis douée pour résoudre des énigmes, mais pense-t-il que je suis meilleure que les flics ? Non, il doit y avoir une autre raison…

Oh je sais ! Il ne veut pas que je me mêle de celle-ci.

Malin, il a retenu des deux cas précédents que me cacher des infos serait comme montrer à Lady une boîte de camembert vide et lui dire : « Tu vois, il n'y a rien là-dedans. » Alors qu'elle sait très bien qu'il y a quelque chose ailleurs. Elle peut le sentir. En tant que créature qui fait plus confiance à son odorat qu'à sa vue, elle n'aura de cesse de tourner dans la cuisine et de renifler chaque recoin jusqu'à ce qu'elle trouve le fromage.

Adinian a dû se dire que c'était une meilleure stratégie de me donner le camembert à l'avance. Le but de cette nouvelle approche est, j'en suis sûre, de m'empêcher de renifler.

Bien tenté, capitaine !

Je tente de retourner en cuisine, mais j'échoue de nouveau.

Avec une bouffée de Chanel n°5 et un flot de salutations chaleureuses, Rose entre dans la boutique. Elle se poste près de la porte et attend patiemment que Flo et Éric aient fini de servir un groupe de touristes italiens entré pendant que j'étais au téléphone.

Une fois qu'ils sont partis, Rose montre du doigt quelque chose à l'extérieur.

— À quoi sert cette chose rouge et moche devant la boutique de Magda ? Pourquoi diable l'aurait-elle mise là ?

— C'est pas elle, dit Flo. C'est le maire.

Rose étire le cou en avant.

— Victor Jacquet ?

— Qui d'autre ? dis-je en regardant ma montre. À moins qu'en une heure pile, tu n'aies monté un coup d'État et réussi à le renverser.

Rose relève le menton.

— Je ne ferais jamais quelque chose d'aussi vulgaire qu'un coup d'État !

— Mamie, tu voulais dire « antidémocratique », non ? demande Flo.

Je ne comprends pas comment ma sœur peut prononcer ces mots avec un visage aussi impassible.

Rose ne sourcille pas non plus.

— Oui, c'est exactement ce que je voulais dire.

Nous lui expliquons à quoi sert la grande boîte rouge. Elle écoute, les yeux écarquillés, la main droite pressée sur sa poitrine. Lorsque nous l'informons de la pétition de Magda et de son engagement à distribuer les prospectus de Rose, les yeux de mamie sont presque exorbités.

Sa main glisse jusqu'à son cœur.

— Je jure que lorsque je serai élue, j'enterrerai temporairement la hache de guerre et je me débarrasserai de cette abomination !

Si je voulais la mettre en garde contre les abus de pouvoir, c'est le moment de le faire.

Mais je ne dis rien.

Elle adopte une posture plus détendue.

— De toute façon, je suis venue pour parler de l'enquête en cours de la FREJ.

Je lui fais signe d'attendre. Il faut d'abord que je leur raconte la fin tragique d'Oliveira.

Je me dirige vers la porte d'entrée et accroche le panneau « fermé ». On est en milieu d'après-midi, bien avant l'heure de pointe. On peut se permettre de rester fermé une trentaine de minutes.

Éric sort de derrière le comptoir et se dirige vers le coin salon.

Il tire une chaise pour mamie.

— Asseyez-vous, Madame Tassy !

En parfait gentleman, il tire ensuite deux autres chaises pour Flo et moi avant de s'asseoir. Je les informe de la mort d'Oliveira, et nous réfléchissons ensemble à qui aurait pu le tuer d'une manière aussi cruelle.

— On l'a probablement d'abord abattu, afin d'être sûr qu'il ne survive pas à l'incendie, dit Éric.

Rose se couvre la bouche.

— Le pauvre pitchoun !

Pitchoun ? Cela dit, la cinquantaine doit paraître jeune quand on a soixante-quinze ans. Maman aurait eu cinquante-cinq ans dans deux semaines. On dirait que

Rose est consciente de son âge réel, après tout, même si elle ment tout le temps à tout le monde sur ce sujet.

— C'est pas une façon agréable de partir, dit Éric. Mais c'est mieux que de brûler vif.

Un silence soudain descend comme une chape de plomb sur la tablée. Nous savons tous qu'il y a un rapport avec ce qui est arrivé au père d'Éric, trois mois plus tôt.

— Oliveira était ton suspect préféré, n'est-ce pas ? me demande Flo.

— C'était mon principal suspect, oui.

Elle me dévisage.

— Quand on a appris qu'il était détective privé, tu as refusé de le retirer de notre liste de suspects. Maintenant que c'est un détective privé mort, le soupçonnes-tu toujours du meurtre de Michelle ?

— Techniquement, il aurait pu la tuer avant que quelqu'un d'autre ne le tue, lui, dis-je sans conviction.

Deux meurtriers auraient pu, en théorie, s'être glissés dans la petite liste des invités de *L'Occitane*. Ils auraient pu agir de concert puis se retourner l'un contre l'autre, ou agir en solo, chacun suivant son propre mobile. Un scénario pas impossible, mais peu probable.

— C'est Jean-Louis alors le meurtrier, dis-je. C'est à lui que profite le plus la mort de Michelle.

— À lui et à sa femme, me fait remarquer Flo.

— Et la mort d'Oliveira ? demande Éric. À qui profite-t-elle ?

— Mettons que, malgré la disparition de Michelle, Roland ait passé en revue tous les enregistrements qu'il a pris sur le yacht, commencé-je en réfléchissant à haute voix. Et s'il s'était rendu compte qu'il tenait un truc explosif contre Jean-Louis ?

Flo acquiesce avec empressement.

— Une photo compromettante, voire une vidéo ?

— Oui, confirmé-je.

Rose reprend le fil.

— Il s'est dit qu'il ne pouvait décemment pas rester les bras croisés. Alors, au nom de la justice, il a décidé de faire chanter Jean-Louis.

Nous la regardons, déstabilisés par sa logique.

Elle ajoute :

— C'est ce que j'aurais fait à sa place.

Nos yeux s'écarquillent davantage.

Elle se pince l'arête du nez.

— Mais je plaisantais, bande de nigauds !

— Ah, respire-t-on. Ouf !

— Je crois que c'est Laure la coupable, déclare Flo en me regardant. N'as-tu rien retenu de l'affaire Sauve ? Il faut se méfier de l'eau qui dort.

Éric hoche la tête.

— Je suis d'accord avec Flo sur ce point. Laure a beaucoup moins à perdre que Jean-Louis si elle se fait prendre.

Il me lance un regard compatissant :

— Chef, votre jugement est altéré par votre pitié pour Laure à cause de la façon dont Michelle l'a traitée.

A-t-il raison ?

— Ton a priori favorable empêche la FREJ de résoudre cette affaire, renchérit Flo.

Refusant de reconnaître que Flo et Éric ont peut-être raison au sujet de mon parti pris, je me tourne vers Rose.

— Qu'allais-tu nous raconter sur l'affaire, mamie ? Tu as dit que tu avais quelque chose à partager avec nous quand tu es arrivée.

— Hier après-midi, commence-t-elle, je faisais des courses chez Leader Price…

Elle s'interrompt, réalisant sans doute que Flo et moi la regardons avec de grands yeux et la bouche bée, comme quelques minutes plus tôt quand elle blaguait sur le chantage.

— Et alors quoi ? nous demande Rose.

— Tu as dit que tu faisais des courses chez Leader Price, répète Flo en scrutant son visage. C'était un lapsus ou c'est ce que tu voulais vraiment dire ?

Mamie, avec ses prétentions de grandeur, fait ses courses soit dans les magasins bio, soit sur les étals du marché. Au pire, elle va chez Monoprix.

En tout cas, c'est ce qu'elle prétend.

D'ailleurs il m'est arrivé de tomber par hasard dans sa cuisine sur des paquets de riz et de pâtes, avant qu'elle ait eu le temps de transférer leur contenu dans l'un des bocaux en verre qui tapissent l'arrière de son comptoir. Ces paquets portaient bel et bien le logo de Leader Price.

— Je suis un peu à court d'argent en ce moment, avoue Rose.

Ma sœur fronce les sourcils.

— Malgré le chèque des Ponsard ?

Flo ne sait pas à quel point la situation financière de Rose est grave, ni à quel point elle est proche de perdre la maison où elle a vécu toute sa vie.

— J'ai un petit découvert dont il faut que je m'occupe, marmonne Rose. De toute façon, quand j'étais chez Leader Price, il m'est venu à l'esprit que Laure devait probablement aussi faire ses courses dans un supermarché discount.

Nous hochons la tête. Elle lève le menton.

— J'ai donc cherché sur Internet le supermarché discount le plus proche de la maison de Michelle. C'est un Leader Price.

Nous applaudissons, surtout parce que Rose a réussi à allumer son ordinateur et a surfé sur Internet toute seule.

Elle balaie notre enthousiasme d'un revers de la main.

— Attendez, je n'ai pas encore fini. J'ai conduit jusqu'à ce Leader Price et là, vous n'allez pas le croire, je suis tombée sur Laure au rayon des céréales !

Nous applaudissons plus fort, cette fois-ci pour la féliciter de son travail de détective.

— J'ai fait semblant d'être surprise et nous avons fini par discuter pendant une bonne dizaine de minutes dans cette allée du supermarché, nous dit-elle avec fierté.

— Qu'est-ce qu'elle t'a raconté ? demandé-je.

— Rien de bouleversant, j'en ai peur, admets Rose sur un ton moins triomphal. Elle cherche un nouveau travail. Dans l'idéal, elle aimerait devenir dame de compagnie jusqu'à sa retraite, mais avec la mort de Michelle et les soupçons qui pèsent sur elle, ce n'est pas envisageable pour l'instant. Les Ponsard sont des gens très gentils, ils ne font pas pression sur elle pour qu'elle déménage. Mais ils ont mis la maison de Michelle en vente.

Flo ouvre la bouche mais, avant qu'elle ne puisse dire que nous le savions déjà, Rose se tape sur le front et se tourne vers moi.

— J'avais presque oublié ! Laure m'a dit qu'elle faisait toujours ses courses le mercredi dans ce Leader Price. Va là-bas mercredi prochain et discute avec elle ! Tu es douée pour faire s'ouvrir les gens.

— C'est faisable à vélo ? lui demandé-je.

— Non, c'est trop loin, dit-elle. Je t'y conduirai.

Peu de temps après, je rouvre la boutique et retourne enfin dans la cuisine. Mon humeur s'est améliorée par rapport à une trentaine de minutes plus tôt. Mais ce n'est pas l'info un peu décevante de mamie qui m'a remonté le moral, je le sais bien.

Alors, c'est quoi ?

Étonnamment – ou peut-être pas tant que ça – c'est sa simple présence.

Chapitre 19

Le bus 92 me fait traverser le Petit-Rhône et le Gard rural, puis je descends au milieu de nulle part entre Saint-Gilles et Bellegarde. Après avoir consulté l'appli « Cartes » de mon téléphone, je marche environ quarante minutes vers le nord-ouest, enveloppée par la lumière chaude d'un matin ensoleillé d'octobre, au milieu de champs parsemés de bottes de foin.

Enfin, j'arrive à destination : la maison de Roland Oliveira.

Je suis venue ici pour un *cinémagraphe*, aussi confus et bref soit-il. Avec peu d'espoir d'en obtenir un près du yacht, la maison de Roland me semble un choix plus sûr. Son corps a été trouvé ici, il est donc fort probable qu'il ait été tué ici.

Malheureusement pour moi, le périmètre de la propriété est toujours bouclé. Plus regrettable encore, un groupe de professionnels, certains en uniforme ou en combinaisons blanches, d'autres en civil, est toujours à l'œuvre sur la scène du crime de l'autre côté de la rubalise jaune. Cela ne me laisse qu'une alternative : me promener autour de la zone, en gardant une distance de sécurité et en essayant de ne pas être vue.

La maison où vivait Roland était compacte, ce qu'on appelle ici dans le Sud un petit mas ou mazet. Je crois que nos cousins catalans leur donnent un nom similaire. Les mazets aussi petits – environ cent mètres carrés – sont rares.

Il a dû être construit pour un jeune couple. Habituellement, le couple fait des enfants et agrandit son mazet en y ajoutant des dépendances.

Mais celui-ci a conservé sa taille d'origine. J'aime à croire que c'est parce que les gens qui l'avaient construit ont déménagé ailleurs, dans une maison plus grande, mais il y a plus de chances que la famille ait été décimée par l'une des deux grandes guerres du siècle dernier. Le massacre d'Oradour-sur-Glane, parmi tant d'autres, me vient à l'esprit. Tant de beaux villages ont été réduits à l'état de décombres. Tant de familles ont perdu des grands-pères pendant la Première Guerre mondiale, puis des pères et des fils pendant la Seconde…

Ce siècle nous réserve-t-il autant de sang versé et de souffrance que le précédent ? J'espère bien que non…

Je m'arrête, surprise par le sombre tournant que mes pensées ont pris.

En même temps, il est difficile de positiver en regardant une maison brûlée où un homme a connu une mort violente. Mais il le faut. Je ne peux pas laisser l'obscurité s'emparer de moi.

Elle a déjà failli m'engloutir il y a quinze ans, après la mort de maman. Depuis, j'ai appris à la maîtriser. Pourtant, elle n'est jamais loin, toujours tapie sous la surface. J'ai été à deux doigts d'y céder lors de mon divorce, mais j'ai réussi à la confiner dans un recoin de mon esprit d'où elle ne peut plus empoisonner chaque minute de mon existence.

Accroupie près d'un arbuste, je sors une paire de jumelles d'opéra de mon sac à main. C'est un cadeau de Rose. À l'époque, elle espérait encore que ses petites-filles iraient y attraper un mari de la haute société. Ou, tout du moins, que nous serions partantes pour essayer…

Je balaie de mes jumelles la propriété et ajuste la mise au point sur le mazet.

Réduit à l'état de débris noircis, sa désolation contraste avec la somptueuse garrigue multicolore et les vignes dorées en toile de fond. Le toit s'est effondré mais les murs tiennent encore debout, comme un testament de leur existence, tandis que les fenêtres vides sont béantes, comme hagardes. Ce n'est désormais qu'une coquille de maison brisée, pleine de cendres putrides.

J'inspecte le terrain. La seule dépendance qui a survécu à l'incendie est une structure qui ressemble à un garage. À l'intérieur, deux combinaisons blanches travaillent lentement et méthodiquement. Espérons qu'Adinian ou Reboul m'informeront de leurs découvertes !

Je range mes jumelles, ferme les yeux et inspire profondément. Viens à moi, gentil *cinémagraphe !* Je suis prête. J'ai mis du temps et fait des efforts pour arriver jusqu'ici. S'il te plaît, ne les gaspille pas ! Je t'en supplie.

Une créature – une petite mouche ou un moustique – bourdonne autour de ma tête.

Une cigale chante tout près. C'est étrange. Les cigales ne chantent qu'en été, quand il fait chaud. Je n'en ai jamais entendu en octobre, même par une chaude journée comme celle-ci. Cela dit, c'est la première fois que je passe le mois d'octobre en Provence depuis quinze ans. Tant de choses ont changé !

Un truc me tombe sur la tête. Je me palpe les cheveux pour le retirer : une feuille d'arbre, sèche et friable.

Dans un soupir, j'ouvre les yeux.

Bon, regardons les choses en face. Le *cinémagraphe* n'aura pas lieu aujourd'hui. Peut-être que je me tiens trop loin de l'endroit où Roland est mort. Ça viendra la prochaine fois, quand je pourrai m'en approcher.

Luttant contre la déception, je me retire à une bonne cinquantaine de mètres de la ferme et sors mon portable.

Zut zut zut !

Pas de signal. Cet endroit est trop perdu.

Que faire maintenant ?

Est-ce que je peux retrouver le chemin qui mène à l'arrêt de bus toute seule ? Je pense que oui. Ce n'est pas une jungle, mais juste une zone rurale à peine peuplée. Même si je pars dans la mauvaise direction, je vais forcément tomber sur un panneau de signalisation ou un autre arrêt de bus. Je m'en sortirai.

Une heure plus tard, je me rends compte que j'ai peut-être été trop optimiste. Tout ce que j'ai rencontré jusqu'à présent, ce sont des bois et des champs. Pas de route. Pas d'antenne téléphonique. Pas d'arrêt de bus. Le tout est de savoir si je vais encore perdre une heure à jouer les dures à cuire et à vouloir prouver à Dieu-sait-qui que je peux m'en sortir toute seule, ou si je vais agir comme une fille intelligente et demander de l'aide.

D'un pas déterminé, je me dirige vers la ferme la plus proche et frappe à la porte. Un octogénaire m'ouvre et me laisse utiliser sa ligne de téléphone fixe. Je n'ai le droit d'appeler que des numéros fixes pour lui éviter des frais supplémentaires.

Je me gratte la tête. Personne dans mon entourage n'a de ligne fixe, y compris Rose qui a résilié son abonnement à France Télécom à contrecœur. Dois-je composer le numéro d'urgence de la police ? Ou serait-ce en abuser ?

— Auriez-vous le numéro de la gendarmerie locale, monsieur ?

Il l'a. Mieux encore, il le trouve. La personne qui décroche est assez gentille pour compatir quand je lui explique ma situation. Elle semble me croire quand je lui dis que je suis une amie du capitaine Gabriel Adinian de la brigade de Beldoc et que, si j'arrive à le joindre, il enverra quelqu'un me chercher.

Elle me met en relation avec lui.

— Restez où vous êtes, dit-il quand je lui donne l'adresse fournie par mon hôte. On n'est pas loin. On devrait y être dans quinze minutes maximum.

Quand la Mégane bleue que je connais bien s'arrête devant la ferme, je remercie le gentil monsieur pour son aide et monte dans la voiture. En plus d'Adinian et moi, deux autres personnes s'y trouvent. L'une d'elle est le jeune gendarme que j'ai déjà rencontré. Il s'appelle Isnard, je crois. Il est au volant. L'autre, à côté de moi sur la banquette arrière, est une femme entre dix-huit et vingt ans, vêtue d'un pull gris clair et d'un pantalon de jogging gris foncé, ses cheveux noirs sont attachés en queue-de-cheval.

Elle marmonne un bonjour en réponse à ma salutation joyeuse et détourne le regard.

C'est alors que je me rends compte que ses mains sont menottées.

Pendant que nous roulons, je me prépare à ce qu'Adinian me gronde. Selon son humeur, il va soit commencer par se renseigner sur ce que je faisais dans le coin, soit zapper les formalités et passer directement à la partie où il me passe un savon. Ensuite je m'emporte, et nous boudons, trop exaspérés pour se parler.

Il est furieux, je le vois à la forme de son dos beaucoup plus rigide que d'habitude. Je jurerais qu'il y a de la vapeur qui sort de ses oreilles. Il va exploser d'un moment à l'autre.

Je me distrais comme je peux en me demandant ce que la jeune femme à côté de moi a bien pu faire. Drogue ? Prostitution ? Je regarde furtivement son visage frais sans maquillage et ses joues pleines. Elle n'a pas l'air d'une droguée ni d'une call-girl.

— Votre manège a duré tout l'été, dit Isnard en jetant un rapide coup d'œil à la jeune femme. Ton gang et toi avez toujours réussi à ne pas vous faire prendre en flagrant délit. Qu'est-ce qui a foiré cette fois-ci ? Un coup de malchance ? Un accident de parcours ? Vous avez baissé votre garde ?

Elle ne répond pas.

— Laisse-moi te dire ce que je pense, poursuit Isnard. Tu es le maillon faible, le pire élément du gang.

Elle s'ébroue en signe de protestation.

— D'accord, c'était méchant, je l'admets, réagit Isnard. Disons que tu es juste moins bonne que les autres. Débutante peut-être ?

Elle lance un regard noir en direction de sa nuque.

— Je suis la meilleure, si tu veux savoir ! C'est moi qui leur ai appris tout ce qu'elles savent.

C'est au tour d'Isnard de ricaner.

— Tu es menottée dans un véhicule de gendarmerie avec deux flics, fait-il remarquer avant de jeter un œil vers moi dans le rétroviseur. Deux flics et une détective. On a trouvé sur toi deux téléphones haut de gamme qui ne t'appartiennent pas. Comment peux-tu prétendre être la meilleure ?

Elle toise sa nuque, refusant de répondre.

Je passe le reste du trajet à osciller entre la gratification d'être qualifiée de « détective » et l'incompréhension liée au silence d'Adinian.

Lorsque nous arrivons à la gendarmerie de Beldoc et que nous sortons de la voiture, la jeune femme extrait de sa poche un smartphone qui ressemble beaucoup au mien.

Attends une seconde… Mais c'est le mien ?

Je fouille dans mon sac à main. Pas de téléphone.

Qu'est-ce que c'est que ça ? Comment ? Quand ?

Juste au moment où je me rends compte que mon porte-monnaie a également disparu, elle le sort de l'autre poche de son ample jogging.

— Comment as-tu fait ça ? lui demandé-je.

Sans daigner me répondre, elle tient mon téléphone et mon porte-monnaie devant Isnard et lève les sourcils.

— Puisque je te dis que je suis la meilleure !

Isnard lui prend mes affaires et me les remet.

— Avec des mains aussi habiles, tu pourrais facilement trouver du travail.

Elle le regarde dans les yeux.

— À faire quoi ?

— Je n'en sais rien…

Isnard jette un coup d'œil à Adinian.

Ce dernier vient à son secours.

— De la couture ?

Inspiré, Isnard fait une autre proposition :

— Du tricot ?

— De la pâtisserie ? suggéré-je.

Le regard las de la jeune femme relaie ce qu'elle pense de nos idées.

Rangeant mes affaires dans mon sac à main, je m'exclame :

— Je n'arrive pas à croire que je n'ai rien remarqué ! Quel manque d'observation pour une détective !

Tout à coup, Adinian me lance un sourire, celui que je déteste à cause de l'effet qu'il me fait.

— Cette jeune femme a volé le portefeuille de notre commandant dans un restaurant l'autre jour.

— Il s'en est rendu compte en demandant l'addition, ajoute Isnard. C'était une grande réunion de famille, et il avait insisté pour inviter tout le monde.

La jeune voleuse lève le menton, l'air fier.

Adinian secoue la tête comme pour dire « mais qu'est-ce que je vais faire de toi ? », avant de se retourner vers moi.

— C'est un dur, notre commandant, entraîné comme Jason Bourne. Dix ans dans la Légion.

— Ouah, fais-je.

— Notre jeune amie ici présente et son gang de filles sont très forts, on ne peut pas le nier, dit-il. Quel gâchis !

En me souhaitant une bonne journée, Isnard pousse la jeune femme vers l'escalier.

— Merci pour la course ! lancé-je avant de me tourner vers Adinian. Et, euh… Merci à vous aussi, Capitaine. J'apprécie beaucoup votre aide.

Il me regarde.

Je me dandine d'un pied sur l'autre.

— Bon, bah, je m'en vais, alors… Au revoir.

Au moment où je lui tourne le dos, Adinian m'attrape par la manche. Je m'arrête net.

— Ne croyez pas que vous êtes tirée d'affaire, me chuchote-t-il à l'oreille. J'ai simplement préféré ne pas vous tomber dessus en public.

Il s'en va en courant rejoindre Isnard et la jeune voleuse.

Je me dirige vers la pâtisserie, en chassant l'image de lui me tombant dessus.

C'est sûr, je préfère moi aussi qu'il ne le fasse pas en public. Un lit serait un endroit beaucoup plus approprié. En l'absence d'un lit, un canapé ferait très bien l'affaire… À défaut, je me contenterais de l'une de ces charmantes meules de foin qui parsèment les champs autour de Saint-Gilles.

Chapitre 20

Rose gare sa petite Nissan à proximité du Leader Price, à quelques mètres de deux cafés situés de part et d'autre de la rue. Sa deux-places jaune est une réplique exacte de celle qui s'est écrasée en nous sauvant la vie en juillet dernier. Elle l'aime tout autant.

Je sors et tiens Lady en laisse pendant que mamie prend son sac à main et ferme la voiture à clé.

À Beldoc, Rose a un code couleur pour chaque établissement de restauration. Le rouge, *alias ennemi*, est pour ceux qui n'acceptent pas les chiens. Le vert, *alias ami*, est pour ceux qui les acceptent.

L'endroit sur le côté de la rue où nous nous trouvons dégage un délicieux arôme de café fraîchement torréfié. Je croise les doigts quand nous y entrons. D'un haut-parleur quelque part au-dessus du bar, Joe Dassin chante son tube mélancolique des années 1970, *L'Été indien*.

Le barman regarde Lady puis Rose.

— Votre chien aura-t-il besoin d'eau, madame ?

Code vert ! C'est un ami !

Rose le récompense avec un sourire éclatant.

— C'est gentil, merci !

Nous commandons nos boissons : un café crème pour Rose et un expresso pour moi. J'avale le mien rapidement et bondis sur mes pieds. Rose ouvre le *Beldoc Live* d'aujourd'hui. Lady s'installe sous la table.

— Prends ton temps, me dit mamie. Laure n'est peut-être pas encore arrivée, surtout si elle fait ses courses à la même heure que la semaine dernière. Tu peux rester et attendre aussi longtemps que tu en as la patience. Lady et moi serons là.

En hochant la tête, je me précipite vers le comptoir où je règle nos consommations, ignorant les objections de Rose. Puis je quitte le café et me précipite vers le Leader Price.

Une fois à l'intérieur, je passe devant la rangée de caisses et commence à explorer méthodiquement les allées, de gauche à droite, de haut en bas. Surgelés, viandes, fromages, yaourts, fruits et légumes, pâtisseries, céréales, chocolats… Je n'ai jamais parcouru les rayons d'un supermarché aussi rapidement ! Certes d'habitude, je visite les supermarchés avec une liste de courses et zigzague ici et là à la recherche des produits, plutôt que de marcher en ligne droite sans même regarder les prix.

Au moment où je m'apprête à revenir sur mes pas, j'aperçois Laure en train de placer une caisse d'œufs dans son caddie à moitié plein. Ses joues sont creuses et ses mouvements lents.

On dirait qu'elle n'a pas dormi depuis des jours.

Inspirant et expirant rapidement, je m'approche d'elle.

— Laure ! Je suis si contente de t'avoir trouvée ici !

L'idée est de jouer cartes sur table : il ne sert à rien d'essayer de faire passer cela pour une rencontre fortuite. Ayant déjà croisé Rose la semaine dernière, elle ne croira jamais à une coïncidence.

Elle me regarde comme si elle essayait de me remettre.

Suis-je à ce point si peu mémorable ?

Puis je réalise que sur le yacht, elle m'a toujours vue dans un uniforme moulant, avec des petits talons et une grande toque de chef. Là, je suis vêtue d'un jean, de baskets et d'un pull, et mes cheveux sont détachés. Pas étonnant qu'elle ne me reconnaisse pas.

— Julie ? demande-t-elle tandis que ses traits s'adoucissent. Je suis contente de te voir ! Qu'est-ce que tu fais ici ?

— Je te cherchais.

Ses sourcils remontent.

J'explique que Rose m'a parlé de leur rencontre. Je l'informe aussi que, si je suis venue ici, c'est pour lui parler.

Elle fronce les sourcils.

— De quoi ?

— Sincèrement, je ne sais même pas comment l'expliquer d'une manière qui ne te paraisse pas bizarre.

— Essaie.

— J'ai compris lors de mon second entretien avec le commissaire Reboul, et d'après… euh… d'autres sources, que tu es la principale suspecte dans l'affaire Michelle Leclerc.

— Ah oui ? demande-t-elle sur un ton provocateur.

— Je ne pense pas que tu l'aies tuée.

— Non, je ne l'ai pas tuée, confirme-t-elle, son irritation s'atténuant un peu.

— Rose et moi voulons t'aider.

Croisant les bras sur sa poitrine, elle me toise.

— Et comment ?

— En résolvant l'énigme de la mort de Michelle et de celle de Roland, et en trouvant le véritable tueur.

Rien que ça.

Les yeux de Laure s'écarquillent.

— Roland ? Tu veux dire Roland Oliveira, l'ami de Michelle ? Il est mort ?

— Oui.

Je me mâchouille la lèvre inférieure, paniquée. Est-ce que j'en ai trop dit ? Ai-je révélé quelque chose que Reboul voulait pour le moment lui cacher ? Ai-je entravé son enquête ?

Laure glisse sur le sol, le corps tout mou, la tête dans les mains.

Si elle est la méchante dans cette histoire, tel que Reboul le pense, alors c'est une sacrée bonne actrice !

Un vendeur se précipite vers elle.

— Ça va madame ? Avez-vous besoin d'aide ?

— Non, merci, répond-elle en se forçant à sourire. Ça va aller. J'ai juste besoin d'un petit moment. Ce n'est rien.

Hésitant, il s'éloigne. Je tends la main à Laure. Elle l'attrape et se relève.

— Allons parler dehors, me dit-elle en saisissant la poignée de son chariot et en le poussant vers les caisses.

Je l'aide à transférer ses achats sur le tapis roulant. La caissière les scanne, Laure paie, nous chargeons tout dans ses sacs d'épicerie, puis dans le coffre de sa voiture garée sur le parking extérieur.

— Que peux-tu me dire d'autre sur la mort de Roland ? demande Laure.

— C'est tout ce que je sais, mentis-je.

Elle se tord les mains.

— Reboul et ses hommes vont essayer de me mettre ça sur le dos aussi. Je le vois venir !

— Sa mort a peut-être été accidentelle, dis-je, mentant de plus belle.

— C'est ça, mais bien sûr, se moque-t-elle. Non, celui qui a tué Michelle l'a tué lui aussi. J'en suis certaine.

— C'est fort probable.

Elle penche la tête, se frottant les yeux fermés.

— Je suis dans la merde jusqu'au cou, Julie ! Tu n'as pas idée !

— Panique pas, je t'en prie ! Tant qu'ils n'ont pas de preuves matérielles t'incriminant…

— Ils en ont, m'interrompt-elle. Le rapport toxicologique est arrivé et les flics ont maintenant la preuve que je mélangeais un peu de mon Prozac à la bouffe de Michelle.

— Ça ne prouve pas que tu l'aies tuée.

— Mais ça prouve que j'ai troublé son état mental.

Je scrute son visage.

— Le faisais-tu dans l'espoir que la drogue la rende plus gentille envers toi ?

— Les pilules m'aidaient à faire face à ma propre anxiété, alors je me suis dit que…

Respirant profondément, Laure secoue la tête avant de reprendre :

— Je ne sais plus ce que je me suis dit. Ce n'était pas bien de lui donner des médocs à son insu. Je n'aurais pas dû le faire.

— L'as-tu dit à Reboul ? Lui as-tu dit pourquoi tu l'avais fait et combien tu le regrettes ?

Elle acquiesce.

— Ils m'ont réinterrogée il y a deux jours. J'ai pleinement coopéré, je les ai laissés prendre mon ADN et j'ai avoué avoir administré la fluoxétine. Mais j'ai nié le meurtre.

— As-tu une idée de qui aurait pu la tuer ?

— Ceux qui profitent de sa mort sont Valérie et Jean-Louis, mais je ne les vois pas en meurtriers, dit-elle en écartant les mains, paumes vers le haut, dans un geste de défaite. C'est moi qui irai en prison pour ce meurtre, crois-moi, Julie !

Nous nous taisons quelques instants.

— Tu sortais avec Jean-Louis ? lui demandé-je.

Elle plisse les yeux, confuse.

— Que veux-tu dire par là ?

— Vous aviez une relation amoureuse ?

Elle cligne rapidement des yeux puis s'esclaffe. Puis elle se met à rire à gorge déployée, en se tenant les côtes, sans pouvoir s'arrêter. Son rire est gras et incontrôlé. Je suis presque certaine que ce sont autant ses nerfs qui craquent que son sens de l'humour qui réagit à l'absurdité de ma question.

Finalement, elle se calme et s'essuie les yeux.

— Non, Jean-Louis et moi n'étions pas amants. Mais je te remercie.

— De t'avoir fait rire ?

— De m'avoir flattée avec tant d'audace.

J'observe son sourire gêné et son regard soudainement pensif. Il me vient à l'esprit que cette femme est beaucoup moins sotte qu'elle n'en avait l'air sur le yacht, où elle était distraite, agitée et paniquée.

Mais qui ne l'aurait pas été à sa place ? Michelle Leclerc la harcelait sans relâche. La mégère ne manquait jamais une occasion – quand elle n'en créait pas une de toutes pièces – d'humilier Laure en public. Le harcèlement est une chose effroyable. Il peut atteindre même les plus coriaces d'entre nous, sans parler d'une personne vulnérable comme Laure. Elle était au bout du rouleau. Ça devait être épuisant, émotionnellement et physiquement, d'être sur ses gardes tout le temps, à s'attendre en permanence à recevoir un coup bas.

Pas étonnant qu'elle donnait l'impression d'être un bras cassé !

— Tu sais, dit Laure, j'avais fait des recherches approfondies sur la fluoxétine avant d'en donner à Michelle. Il existe deux types de gélules : celles à libération retardée et celles à libération immédiate. Celles à libération immédiate peuvent être administrées sans danger avec de la nourriture. J'avais alors insisté auprès de mon thérapeute pour qu'il me prescrive ce type-là.

— Mais ça n'a pas rendu Michelle plus gentille, n'est-ce pas ?

— En fait, je crois que si, dit-elle. Les méchancetés dont tu as été témoin sur *L'Occitane* étaient mineures par rapport à la normale.

— Comment te débrouillais-tu pour lui administrer le médicament ?

— C'était facile. J'ouvrais une capsule et je mélangeais le contenu avec son café ou son yaourt avant de lui porter le plateau du petit déjeuner dans sa chambre. Même lorsqu'elle descendait pour le prendre, elle lisait les journaux du matin pendant le repas, ce qui me laissait amplement l'occasion de faire ce que j'avais à faire.

— Et personne n'a jamais rien remarqué ?

— Les autres employés de maison – la gouvernante, le chauffeur et la bonne – prennent leur petit déjeuner dans les quartiers des domestiques. De plus, ils faisaient tout pour rester le plus possible à l'écart de Michelle. Elle ne les traitait pas mieux que moi, mais leur statut inférieur leur permettait de se fondre dans le décor.

— As-tu parlé aux flics des deux types de fluoxétine ? lui demandé-je.

— Oui, mais ça ne les a pas interpellés outre mesure. Je doute même qu'ils m'aient crue.

— Tu verras, le commissaire Reboul ira vérifier. C'est ce qu'ils font. Ils s'assurent de la véracité des déclarations des témoins sur les éléments matériels. Leur labo confirmera que tu as fait un effort pour donner à Michelle le genre de pilules qui ne mettait pas sa santé en danger.

Elle hausse les épaules.

— Qu'est-ce que ça va changer ?

— Cela prouvera que tu n'avais pas l'intention de la tuer.

Son regard soutient le mien un long moment.

— J'espère que tu as raison. J'espère qu'ils l'interpréteront ainsi.

— Ils ne peuvent pas t'accuser du meurtre de Michelle uniquement parce que tu lui as donné du Prozac à son insu, affirmé-je. C'est pour ça que tu n'es pas en état d'arrestation.

— Ils m'ont dit que ce n'était pas fini.

Je lui touche le bras en signe d'amitié.

— Je ne dis pas que ce que tu as fait est bien ; cela aura certainement des conséquences. Ce que je dis, c'est qu'aucun tribunal ne l'acceptera comme preuve de meurtre.

Une lueur d'espoir anime les yeux de Laure lorsqu'on se dit au revoir, et elle monte dans son vieux tacot.

Chapitre 21

C'est finalement dimanche. Je suis chez Rose pour la deuxième réunion de son comité de campagne. Les membres habituels ont été rejoints par nulle autre que mon ennemie jurée, Magda. Tous assis dans le salon autour de la table basse vintage, ils ont apporté calepins et stylos. Quant à moi, je suis debout, assignée au service des boissons et assortiments de biscuits que j'ai concoctés le matin même.

Pour fêter la trêve entre Magda et nous, je dépose un biscuit supplémentaire dans son assiette.

Elle me lance un regard dur.

— Je ne suis pas à vendre.

Je feins de ne pas savoir de quoi elle parle.

Clothilde consulte ses notes.

— Le dernier point à l'ordre du jour est le nom de notre mouvement, *La Vie en Rose*.

— Oui ? fait Rose en posant son assiette sur la table basse.

Clothilde joue avec son stylo.

— Parlons-en.

— Je trouve que c'est un nom fantastique, dit Rose.

Sarah et Serge acquiescent consciencieusement.

Magda prend un biscuit.

— C'est un nom de merde.

— Merci ! lui dit Clothilde avant de se tourner vers les autres. J'ai peur qu'il faille le changer.

Le visage crispé, Rose lui demande :

— Pourquoi donc ? Ce nom fait référence à la fameuse chanson d'Édith Piaf et laisse entendre à quel point la vie serait merveilleuse avec moi à la mairie. En quoi n'est-ce pas un nom génial ?

Clothilde se dandine sur sa chaise.

— *La Vie en Rose* est un nom trop centré sur ta personne, Rose. Cela pourrait décourager les gens. Ils pourraient croire que notre mouvement voue un culte à ta personnalité.

Rose rejette ses cheveux en arrière.

— Qu'y a-t-il de mal à faire le culte d'une personnalité remarquable ?

— Tout, dit Clothilde. Mais surtout, de tels cultes sont trop fréquents en politique et les gens en ont marre.

— Pourtant, tout le monde aime un leader charismatique, argumente Serge en volant au secours de mamie.

— C'est vrai, admet Clothilde. Mais les leaders *vraiment* charismatiques rayonnent d'altruisme et de modestie. Ils donnent l'impression que leur mouvement est plus grand qu'eux, comme s'il ne s'agissait pas d'eux-mêmes mais de la cause.

Rose tambourine des doigts sur la table.

— Pff !

— Tu veux gagner ? lui demande Clothilde. Tu te souviens de ce brillant tribun qui était si proche du but mais que son ego surdimensionné a emporté ?

— Euh… Ah, oui, je sais de qui tu parles, dit Rose.

Je parie qu'elle n'en a pas la moindre idée. Moi non plus d'ailleurs. Quand Rose et moi allumons la télé, c'est pour regarder Luís-Afonso dans *Les passions brûlent dans la fazenda* sur Séries +++, pas pour *L'Émission politique* de France 2 !

Clothilde sourit.

— Il faudra améliorer tes talents de menteuse, ma chère ! Mais revenons au type dont je parle. Une fois catalogué « grosse tête », il était fini.

Rose déglutit nerveusement.

— Ne deviens pas ce type-là, Rose, ajoute Clothilde.

Mamie lance un regard plein d'espoir à ses fidèles acolytes Sarah et Serge, mais ils détournent les yeux. Elle se tourne vers Lady, qui sommeille dans le fauteuil ; pas de soutien non plus de ce côté. Son cavalier King Charles la trahit paresseusement en lui adressant un puissant ronflement.

Désespérée, Rose lève son regard vers moi.

Je lui tends mon plateau.

— Encore un petit biscuit ?

— Clothilde a raison, vocifère Magda tout haut ce que tout le monde pense tout bas. Change le nom.

— Eh bien, dit Sarah, nous avons déjà décidé que le mouvement sera vert et souverainiste, car ce sont les tendances qui ont le vent en poupe actuellement, non ?

Tout le monde acquiesce.

Serge lève la main.

— Nous sommes un mouvement vert, souverainiste *et* conservateur. Étant notaire de père en fils depuis quatre générations, j'insiste !

— Alors pourquoi ne pas l'appeler tout simplement « Le mouvement conservateur souverainiste vert ? », demande Sarah.

Rose murmure le nom en le faisant rouler sur sa langue.

— C'est un peu trop long, ça ne se retient pas bien.

— Et à dormir debout, dit Magda.

Alléluia, Magda et Rose sont d'accord sur quelque chose !

Serge lève l'autre main.

— On pourrait l'appeler « elfe ».

Tout le monde le regarde fixement pour essayer de comprendre s'il se moque de nous.

— Parce que les elfes sont verts ? demande Sarah avec prudence.

— ELF est un acronyme, s'explique-t-il.

— Ah, soupire Sarah. Je comprends maintenant !

Les autres hochent la tête, soulagés.

— L'acronyme signifie « écologie, lumière, futur », précise Serge, tout fier de lui.

— « Écologie, limace, fumier » marche aussi, marmonne Rose dans sa barbe.

— Je viens de me souvenir d'une histoire que j'ai lue dans le journal, dit Serge. Un couple de citadins qui avait acheté une maison de vacances à la campagne, près d'un étang. Eh bien, un mois plus tard, ils attaquaient en justice les grenouilles de l'étang pour avoir coassé trop fort.

Sarah pouffe.

— Tu l'as inventé.

— Pas du tout ! s'offusque Serge. Il y a aussi cet autre néorural qui a assassiné le coq de son voisin car ce dernier le réveillait trop tôt.

Rose écarquille les yeux.

— Non !

— Des histoires vraies, toutes les deux, je le jure ! s'exclame Serge. Le coq en question est devenu un véritable héros, un symbole du monde rural.

— J'espère qu'on en a fait un bon coq au vin, dit Rose. Dans l'esprit antigaspi, bien sûr.

Comptez sur mamie pour casser tout élan poétique !

Serge n'a pas l'air d'apprécier son humour noir.

Au milieu d'un silence gêné, Flo et Éric montent les escaliers. Lady saute du fauteuil pour les saluer. Ils ont été en mission toute la matinée et une partie de l'après-midi, et reviennent au rapport. J'ai très envie de les entendre, mais il faut d'abord que tous ceux qui ne font pas partie de la FREJ prennent congé.

Flo et Éric attrapent chacun une assiette et y déposent des biscuits sans attendre que je leur en propose. *Ah les jeunes de nos jours !*

Clothilde se relève.

— Eh bien, cette réunion fut un succès !

Mamie résume pour Flo et Éric :

— Nous avons trouvé un nouveau nom bien meilleur pour notre mouvement, et nous nous sommes mis d'accord sur une stratégie.

Flo et Éric lèvent le pouce en l'air tout en mâchant.

Peu de temps après, tout le monde est parti, sauf la FREJ.

— Alors, racontez-nous votre journée, demandé-je aux jeunes.

— La mission d'espionnage sur Jean-Louis Ponsard a été rondement menée, mon Colonel ! aboie Éric, raidissant le dos et gonflant la poitrine.

Les miettes de biscuit rose autour de sa bouche décrédibilisent un tantinet son jeu d'agent de renseignement militaire, mais je garde ça pour moi.

— On a trouvé un point d'observation parfait en guise de planque, reprend Flo, et on a surveillé toutes les allées et venues de Jean-Louis de son réveil jusqu'à 16 heures.

— Vous voulez voir notre équipement d'espion ? demande Éric.

Je suis sur le point de dire non, mais ils plongent les mains dans leur sac à dos et étalent divers objets sur la table basse. Deux paires de jumelles – l'une de professionnels et l'autre d'opéra comme la mienne – ; deux vestes de camouflage ; deux paires de gants ; deux casquettes ; deux masques ; un appareil photo numérique avec un zoom optique ; et, joyau de la couronne, un amplificateur de son qu'Éric a commandé sur Internet.

L'appareil consiste en un casque attaché à ce qui ressemble à un sèche-cheveux en forme de pistolet, avec pour embout un micro cerclé par un entonnoir en plastique translucide. L'entonnoir me rappelle la collerette que Lady devait porter lorsqu'elle s'était fait enlever une verrue.

Éric caresse l'appareil.

— C'est ce qu'on appelle une oreille bionique. C'est un puissant outil.

— Combien as-tu payé pour ce supergadget ? lui demandé-je. Je vais te le rembourser.

Il secoue la tête.

— Je l'ai eu d'occasion, il ne m'a coûté que quelques euros.

Flo prend l'appareil photo.

— Tu veux voir les photos qu'on a prises ? Je dois dire que la mode actuelle des baies vitrées sans rideaux, c'est le rêve de tout espion !

Éric se tourne vers mamie.

— Votre télé a-t-elle un port USB, une entrée HDMI ou peut-être Chromecast ?

— Euh… fait Rose en montrant du doigt un meuble avec téléviseur encastré.

Éric s'élance vers la télé, jette un œil derrière, puis se retourne vers nous, profondément ébranlé.

— Cette télé a un postérieur !

— C'était le modèle le plus moderne de l'année 1996, rétorque Rose, froissée.

— Pas de problème ! nous assure Flo en nous faisant signe de nous rapprocher. On va regarder les images sur l'écran de mon appareil photo.

Elle commence à faire défiler les images en les commentant :

— L'ado, c'est leur fille, Capucine. Elle leur rend visite ce week-end. Une vraie emmerdeuse, celle-là ! Elle fait des misères à Valérie.

— As-tu oublié comment tu étais à son âge ? lui demandé-je.

Flo grimace.

— Difficile ?

— Insupportable.

— Tu crois que je faisais des misères à papa ?

— Papa est naturellement misérable, répliqué-je. Mais tes bêtises n'aidaient pas, c'est sûr. J'étais bien contente d'avoir quitté le foyer familial à cette époque-là.

On regarde des photos horodatées de la famille prenant le petit déjeuner dans la salle à manger, puis se promenant dans la maison, discutant entre eux ou s'adressant à la bonne. Jean-Louis passe un coup de fil. Valérie et Capucine partent en voiture. Jean-Louis et Antonin jouent aux échecs. Jean-Louis passe un coup de fil. Valérie et Capucine sont de retour avec des sacs de shopping Kenzo et Lacoste. Valérie ouvre à un livreur qui leur apporte leur déjeuner. Jean-Louis passe un coup de fil. La bonne dresse la table sur la terrasse, et tout le monde s'assoit pour manger. Jean-Louis passe un coup de fil…

— Tous ces appels étaient liés aux affaires, dit Éric. Aucun n'était destiné à Laure. Aucune de ses conversations ne m'a paru suspecte.

Je montre l'amplificateur.

— Ce truc-là te permet de l'affirmer avec certitude ?

— Oui, mon Colonel !

— Diriez-vous, demandé-je, au vu des nombreuses heures passées dans votre héroïque planque, que Jean-Louis Ponsard n'a rien à se reprocher ?

Ils hochent la tête.

— Et Valérie ?

Ils hochent de nouveau la tête.

— Les Ponsard sont une famille étonnamment normale, dit Flo. Ils sont ennuyeux. Je ne savais pas que des gens aussi riches pouvaient être aussi ordinaires.

Je hausse les épaules comme pour dire « et alors ? ».

— Les tueurs en série et les sociopathes peuvent sembler très ordinaires, eux aussi. Certains monstres qui excellent dans l'art de créer l'illusion de la normalité.

— Tu te raccroches à du vide, ma chérie, dit Rose en me tapotant l'épaule. Si tu ne connaissais pas Laure et que tu te contentais de ne regarder que les faits, qui serait le tueur, selon toi ?

Je refuse de répondre à cette question.

Flo et Éric le font pour moi :

— Laure Bermond !

Chapitre 22

Après avoir compté les pièces et les billets dans le tiroir, je ferme la caisse et transfère l'argent dans le coffre-fort. Je sais que je devrais le déposer à la banque tous les jours, mais notre rentrée d'argent est encore trop modeste pour le justifier. Une fois le coffre fermé, je scrute une dernière fois la cuisine, puis la salle de devant. Tout est en ordre. J'attrape mon sac à main et je sors.

Immédiatement, je sens que Karl n'est pas loin, même si je ne le vois pas encore.

Depuis que le premier urinoir municipal de Beldoc a fait ses débuts sensationnels devant la boutique de Magda, Karl passe plus de temps dans notre rue qu'auparavant. Ce sans-abri d'une cinquantaine d'années, qu'on appelle Karl à cause de ses longs et épais cheveux blancs attachés en queue-de-cheval, à l'image de ceux du célèbre designer Karl Lagerfeld, fait partie du paysage de Beldoc et d'Arles. Personne ne connaît son véritable nom. Mais comme Karl aime bien son surnom, cela n'a pas d'importance.

Le soleil se couche plus tôt maintenant que nous sommes à la mi-octobre, et les soirées aux tons sépia sont devenues assez froides pour obliger Karl à mettre des vêtements plus chauds. Concrètement, il porte une veste de bombardier vintage qu'il portait déjà au printemps dernier quand je suis arrivée à Beldoc. La veste n'a été ni lavée ni reprisée pour la nouvelle saison. Je n'ai pas besoin du flair de Lady pour le savoir.

Voilà comment je sais que Karl est dans les parages.

En le repérant, lui et son sympathique cabot de l'autre côté de la rue, je lui fais signe et je retourne dans la pâtisserie pour remettre en marche la machine à café. Magda a passé un accord avec lui au nom de tous les commerces du quartier. L'arrangement stipule que nous lui fournissons du café, du thé et un croissant de temps en temps, quand il se présente. L'engagement de Karl est qu'il n'utilise pas l'urinoir avant la nuit tombée.

Jusqu'à présent, toutes les parties ont respecté les termes de l'accord. Mais cela ne fait qu'une semaine, et il y a d'autres personnes, sans-abri ou non, qui profitent de l'objet de la décision loufoque du maire pendant la journée. Magda n'a pas encore réussi à les en dissuader. Alors que ma moyenne de clients par jour est pour l'instant stable, Magda dit que la sienne a chuté.

Hier, elle est allée à la mairie et a remis notre pétition au maire Victor Jacquet. Sa nouvelle adjointe, Blandine Filippi – la harpie qui l'a manipulé ou menacé pour qu'il installe l'urinoir devant la boutique de Magda – était absente. D'après le rapport de la réunion établi par la secrétaire de Victor, les parties n'ont pas trouvé de compromis, bien que l'échange ait été cordial. Bizarrement, le compte rendu officiel ne fait pas mention de la promesse répétée de Magda, entendue jusqu'au Grand Comptoir, d'extraire les kiwis du maire pour les planter dans l'urinoir…

Je ressors avec un gobelet de café fumant et une brioche pour Karl.

Il sourit, révélant l'absence de deux incisives.

— Ça va, Julie ?

— Très bien ! dis-je en me baissant pour caresser Harley. Et vous ?

Il montre le sac en plastique qu'il a posé par terre afin de se libérer les mains pour boire son café.

— Regarde ! Une femme m'a donné ça.

J'ouvre le sac. Une paire de bottes pour homme, un peu usée mais en bon état, se trouve à l'intérieur. Doublées de fourrure pour plus de chaleur, ces bottes ont des tiges hautes et les semelles épaisses.

— Elles sont à la bonne pointure ? demandé-je.

Il acquiesce, en mordant dans la brioche.

— Formidable journée !

Il finit son café pendant que Harley trotte vers l'arbre le plus proche pour y laisser un message aux autres chiens. Karl me remet le gobelet vide, saisit ses précieuses bottes et s'en va en sifflant un air enjoué. Harley se précipite à sa suite.

Au moins, une des personnes ici présentes a été sincère…

Je me dirige vers la poubelle à quelques mètres de là, jette le gobelet de Karl et reviens pour fermer la porte. Une fois que c'est fait, je commence à baisser la grille métallique pour la nuit. Comme d'habitude, elle résiste et ralentit ma progression.

Pendant que je manœuvre, je repense à ma réponse un peu trop optimiste au « Ça va ? » de Karl. Il est certain que comparé à lui, je m'en sors bien mieux. Pourquoi ne suis-je pas aussi satisfaite de ma vie que lui de ses bottes d'occasion ? Plus on en a, plus on en veut, n'est-ce pas ? Comme le dit Monsieur Spock dans *Star Trek*, qu'Éric aime tant citer : « C'est le lot de l'homme de toujours vouloir se dépasser, peu importe à quel point il est content. »

Il y a de ça, c'est sûr. Mais pas que.

C'est cette affaire de meurtre qui me tracasse. Fouiner et détecter, comme la FREJ l'a fait jusqu'à présent, n'a rien donné d'utile. De plus, nos avis sont partagés. Je crois que Laure est innocente alors que mes trois coéquipiers pensent qu'elle est coupable. Je n'ai eu aucun *cinémagraphe*, et ce n'est pas faute d'avoir essayé.

Aurais-je perdu la main ?

Il y a trois mois, je croyais que mes *cinémagraphes* n'étaient que des hallucinations. J'étais en désaccord avec

Cat sur la façon dont elle accueillait ses propres visions. Quand on me posait des questions sur son métier, j'avais trop honte pour répondre qu'elle était médium professionnelle. Je disais : « Elle est entre deux jobs. »

Et maintenant… Maintenant, je suis énervée de ne pas avoir de vision pour m'aider à résoudre cette affaire ! Craindrais-je de ne pas pouvoir la résoudre sans aiguillage surnaturel ? Douterais-je de mes capacités de détective ? Au fond de moi, est-ce que je manque de foi en la FREJ ? Est-ce que c'est ça ?

Oui, il y a de ça aussi.

Mais il y a autre chose qui m'embête et que je n'arrive pas à cerner. Je sens sa présence juste sous la surface. Si seulement je pouvais gratter…

Soudain, je sais. C'est Adinian. Il est l'épine qui me fait croire que ma vie est nulle alors qu'elle est plutôt géniale.

Après l'affaire Maurice Sauve, il avait parlé de moi en termes élogieux devant d'autres gendarmes – j'ai entendu leurs murmures à la gendarmerie. Puis il y a eu la façon dont il m'avait décrite au capitaine Shen : courageuse, intelligente et tenace.

Eh beh ! Je me souviens de chaque mot ! Si j'étais moins complexée, je ferais une affiche de cette citation et je l'accrocherais chez moi.

Quand j'ai démasqué l'assassin de Brice Dol et aidé les gendarmes à démanteler un réseau criminel, j'ai senti que l'estime qu'Adinian me portait grandissait davantage. Je ne l'attire peut-être pas en tant que femme, mais il me porte une grande estime.

Cher univers, si tu m'entends, je préfère un rencard avec lui plutôt que sa grande estime sans rencard ! Sans hésiter. Amen.

Pourquoi ne me demande-t-il pas de sortir avec lui ? Il n'est pas en couple, pour autant que je sache. Ses phéromones fonctionnent super bien sur moi. Serait-ce possible que les miennes n'aient aucun effet sur lui, malgré quelques faux positifs cet été, dont cet épisode embarrassant sur la bande d'arrêt d'urgence de la D15 ?

Le pire des scénarios serait que nous ne sortions pas ensemble et que je perde son estime. Cette affaire est difficile à résoudre. J'ai le sentiment que sans *cinémagraphe,* ni pomme qui me tombe sur la tête pour me révéler la solution, je décevrai Adinian.

Eh bien, tant pis ! Ce n'est pas mon petit ami. Il n'est même pas mon ami tout court, à proprement parler. Alors, on s'en fiche.

Malheureusement, une tonne de preuves circonstancielles suggère que je ne m'en fiche pas du tout…

Pour me remonter le moral, je repasse dans ma tête la conversation que Flo, Éric et moi avons eue ce matin. J'ai essayé de les convaincre que malgré la « normalité » de Jean-Louis, il ferait un tueur plus vraisemblable que Laure, car il a beaucoup plus à gagner de la disparition de Michelle. Pour étayer ma théorie, j'ai cité l'affaire monégasque dont Adinian m'avait parlée, en soulignant des similitudes frappantes.

Bien que la fluoxétine contenue dans la nourriture de Michelle montre que Laure est capable d'enfreindre la loi, j'ai soutenu que cela ne prouve pas qu'elle soit capable de tuer deux personnes. Si elle était une meurtrière, aurait-elle pris la peine de faire changer son ordonnance parce que le médicament à libération retardée n'était pas bon à mélanger avec de la nourriture ?

À la fin, je crois que je les ai persuadés qu'il ne fallait pas tout de suite disculper Jean-Louis.

La grille enfin complètement descendue, je la verrouille et me redresse. Quelqu'un se racle la gorge dans mon dos pour signaler sa présence. Il ne sent pas comme Karl.

Je me retourne pour faire face à Gabriel Adinian.

— Bonjour, capitaine ! dis-je énergiquement.

Il me salue sans me sourire en retour.

Je garde mon ton joyeux.

— Qu'est-ce qui vous amène ici ?

— Puis-je marcher avec vous quelques minutes ?

— Bien sûr, dis-je en glissant les clés dans mon sac à main.

Dans d'autres circonstances, j'aurais été aux anges, mais son expression ne laisse rien présager de bon.

Nous marchons dans la rue.

Il mc regarde en coin.

— Vous voulez bien me dire ce que vous foutiez à moins d'un kilomètre du lieu du meurtre de Roland Oliveira l'autre jour ?

Et voilà, ça n'a pas loupé ! Je savais que je ne devais pas trop m'emballer.

— Je voulais juste jeter un coup d'œil, dis-je.

— Je comprends. Mais vous n'auriez pas dû y aller seule ! Vous auriez dû m'appeler.

Je fronce les sourcils, sans savoir si je saisis bien la teneur de ses paroles.

— Vous m'auriez conduite là-bas ?

— Mais oui.

— Vous êtes donc plus contrarié par le fait que je ne vous aie pas appelé avant de me rendre chez Oliveira, que par le fait que j'y sois allée ?

— Oui.

Je me gratte la tête. Ce mec doit vraiment avoir une haute opinion de mes talents… *Bonjour la pression !*

— Peut-être le ferai-je la prochaine fois… dis-je.

— Pardon ?

En regardant mes pieds, j'articule :

— Peut-être que je vous appellerai la prochaine fois.

— J'y compte bien !

On tourne au coin de la rue.

— En fait, dit-il, j'ai des nouvelles importantes à vous communiquer.

— Je suis tout ouïe.

— Les experts de la police ont fini d'examiner la seconde scène de crime et le corps de Roland Oliveira.

— Pouvez-vous m'en dire plus ?

Nous nous arrêtons à un feu rouge.

— Roland Oliveira est mort des suites de blessures par balles, ajoute Adinian. Il n'a pas brûlé vif.

— Je suis heureuse de l'entendre. C'est moins cruel.

— C'est définitivement une meilleure façon de mourir, acquiesce-t-il. La police a retrouvé les balles, mais pas l'arme du crime.

— Ont-ils trouvé autre chose d'intéressant ?

— Ils n'ont pas pu récupérer les dossiers d'Oliveira, pas plus sous format papier que numérique. Le feu a également détruit son matériel.

— Comme c'est pratique pour le meurtrier !

— La seule structure qui n'a pas brûlé est un garage indépendant.

Je lève les yeux vers lui.

— Je l'ai vu ce garage. Son portail avait l'air endommagé.

— Il l'est, mais ce n'est pas le feu qui est en cause. Le tueur a fouillé le garage. Il n'a probablement rien trouvé d'incriminant et ne s'est pas donné la peine de l'incendier.

Je le regarde à présent fixement.

— Reboul a trouvé des empreintes digitales ?

— Non. Le tueur devait porter des gants. Mais sur l'une des étagères en bois du garage, les experts ont trouvé un cheveu.

Adinian me fixe avant d'ajouter :

— Le test ADN a révélé que c'était celui de Laure Bermond.

Quoi ? Non !

— Impossible !

— J'ai bien peur que si.

Nous traversons la rue et je prends quelques instants pour digérer l'information.

— A-t-elle été arrêtée ?

— Oui, elle est actuellement en détention préventive.

Merde !

— Alors, quelle est la théorie du commissaire Reboul sur le meurtre ? lui demandé-je.

— Oliveira a dû passer en revue les photos et les enregistrements qu'il avait faits à bord de *L'Occitane*. Il a dû trouver quelque chose qui incriminait Laure. Il aurait ensuite essayé de la faire chanter en se disant qu'il saurait se défendre si jamais elle tentait quoi que ce soit. Mais elle a réussi à le tuer.

— Rose et moi avions cette même théorie, mais sur Jean-Louis Ponsard.

— Ponsard a l'air clean.

Je plisse les yeux.

— Trop clean ?

— Presque, dit-il en souriant. Ou peut-être qu'il n'a vraiment rien à voir avec ces deux meurtres.

— Laure a-t-elle avoué ?

— Pas que je sache, dit-il. Aussi, je ne pense pas que les hommes de Reboul aient trouvé quoi que ce soit dans la chambre de Laure ou dans sa voiture, ni dans le reste de la maison de Michelle. Mais le commissaire est patient et méthodique. Il ne lâche jamais.

Malgré la concordance de l'ADN, j'ai encore du mal à croire que Laure soit l'assassin. Mais je n'ai rien à proposer cette fois-ci, pas même une hypothèse non vérifiée, pas même un *cinémagraphe* crypté. Peut-être que Laure a tué Michelle, après tout…

— J'imagine que le commissaire Reboul estime que cette affaire est résolue, dis-je.

— Hum…

Qu'est-ce que ça veut dire ? Est-il d'accord ou a-t-il des doutes ?

On arrive à mon immeuble et on s'arrête devant l'entrée, l'un en face de l'autre. Le capitaine Adinian se dandine légèrement. Son corps dégage une odeur de bois de santal qui me donne le vertige. Des papillons emplissent mon ventre et battent leurs petites ailes, me faisant rougir.

Purée ! Je n'ai pas besoin de ça à présent. Ni jamais.

— Bonne soirée, capitaine, lui dis-je d'une voix ferme. Et merci pour la mise à jour ! C'était gentil.

Il me souhaite également une bonne soirée et s'en va.

Dans un remarquable tour de force et de maîtrise de soi, je focalise mes pensées sur l'affaire en me préparant un petit dîner avant que ne commence ma télénovela. Dans quelques jours, j'ai rendez-vous avec Salman, bien que je n'attende pas de nouvelles révélations de sa part. Ce que j'attends, c'est de passer un bon moment.

Et puis il y a Guillaume Tron, le romancier.

Je doute qu'il soit endeuillé. Mais, ses espoirs de confort financier s'étant évaporés, il doit être déçu. Peut-être même en colère. Sur le yacht, il n'était pas particulièrement gentil avec Laure, mais je me souviens qu'il l'avait défendue auprès de Michelle. Comme il était le petit ami de Michelle, il a sans doute bien connu Laure. Et si, comme moi, il ne la croyait pas capable de commettre un meurtre ?

Dans ce cas, ne serait-il pas désireux de trouver le vrai tueur ? Qui sait, peut-être qu'il pourrait lui venir en aide d'une manière ou d'une autre. Il pourrait m'apporter un éclairage nouveau en révélant un détail qu'il pense complètement anecdotique. Cette situation s'est déjà produite par le passé.

On y va !

Je l'appellerai à la première heure demain matin. Après une série d'échecs, je trouverai enfin un indice qui me mènera quelque part. La FREJ résoudra cette affaire. Une innocente n'ira pas en prison.

Hourra !

Comme l'a dit Rose, je me raccroche à du vide.

Chapitre 23

Au téléphone, Guillaume m'a dit qu'il serait ravi de me revoir, mais qu'il fallait que ce soit bref. Il travaille sur son livre. Cette semaine, il écrit à la médiathèque d'Arles et s'est promis d'aller y travailler tous les jours, de l'ouverture à la fermeture, sans exception. Si j'arrive en milieu d'après-midi, il fera une pause-café et on pourra discuter.

J'ai dit que ça me convenait. Ce serait sympa de le revoir et de redécouvrir la médiathèque où j'ai passé de nombreuses heures à rêver au début de mon adolescence.

Quand j'y entre enfin, il est près de 16 heures. En passant devant la réception, je salue les bibliothécaires, évitant la file des personnes qui doivent scanner leur carte de membre. L'entrée est gratuite et, comme je n'emprunte rien, je n'ai même pas besoin de carte.

En passant devant les étagères métalliques qui bordent les murs et divisent le sol en rangées, je scrute les bureaux, les zones d'étude et les coins lecture à la recherche de Guillaume. La plupart des tables sont occupées par de jeunes étudiants qui tapent frénétiquement sur leur ordinateur ou lisent en mâchouillant leurs crayons. Certains arrivent à faire les trois en même temps.

Les fauteuils les plus confortables de l'espace lecture, à côté du présentoir de revues, sont occupés par des retraités qui feuillettent revues et livres. Le tic-tac d'une horloge ponctue l'atmosphère. Une photocopieuse ronronne doucement. Hormis ces appareils, le silence règne, à l'exception d'un toussotement ou d'un chuchotement occasionnel.

Mes pas sont soudainement trop bruyants, alors je marche sur la pointe des pieds jusqu'à la moquette.

Je me demande comment les enfants peuvent rester aussi silencieux, puis je me souviens qu'ils ont leur propre espace au troisième étage, si ma mémoire est bonne. Ce qui, d'ailleurs, explique pourquoi je n'ai pas vu de livres imagés, de crayons de couleurs ni de poufs colorés nulle part.

Brillante déduction, Julie ! Dupond et Dupont seraient fiers de toi.

L'air sent bon le frais, avec un soupçon de pages jaunies et de vieilles reliures en cuir.

Je trouve finalement Guillaume près de la vitrine des nouvelles parutions.

Il ne semble chercher aucun livre en particulier. Bien que la pulpe de ses doigts suive les bords supérieurs des ouvrages, son regard flotte dans le vague. Je reconnais certains des livres exposés. C'est la crème de la rentrée littéraire actuelle, les gagnants de prix, dont *le fameux* Goncourt, convoité par tout auteur de fiction littéraire qui se respecte.

Tandis que les doigts de Guillaume glissent d'un livre à l'autre, la mélancolie s'empare de son visage. Je me souviens de la conversation que j'ai entendue sur le yacht entre Michelle et lui. Il se plaignait que son éditeur avait exigé une réécriture complète de son dernier roman, privant ainsi Guillaume de toute chance de le voir en librairie cette année. Il va sans dire qu'aucun Goncourt ne lui sera attribué non plus.

— Bonjour, Guillaume, chuchoté-je quand je suis assez près.

Surpris, il se retourne.

— Ah ! Julie, c'est bon de vous revoir.

Il me regarde de haut en bas avant d'ajouter :

— Je ne vous aurais peut-être pas reconnue sans l'uniforme.

— Vous n'êtes pas le seul !

— On y va ? me demande-t-il en se dirigeant vers la sortie. Il n'y a pas de machine à café dans la médiathèque, mais on peut faire un saut au petit bistro du jardin de l'espace Van Gogh.

— Super idée !

Je suis plus que contente de revisiter la magnifique cour du plus célèbre monument d'Arles. Elle fait partie du même complexe que la médiathèque. Guillaume et moi sortons dans la rue, *et hop !* Au lieu des rangées de livres interminables, des parterres de fleurs et des arbres d'automne surmontés d'arcades blanches et ocre nous entourent.

Je ne suis pas une experte en art comme Flo, mais tous ceux qui vivent à Arles et dans les environs connaissent l'histoire de ce cloître. Pendant des centaines d'années, il a servi d'hôpital : il s'appelait alors l'Hôtel de Dieu. À la fin du XIXe siècle, il a reçu son patient le plus célèbre, Vincent Van Gogh, après que le peintre se fut coupé le lobe de l'oreille gauche. Aujourd'hui, c'est un centre culturel et un espace d'exposition.

On se dirige vers la petite terrasse du café, sous une arcade.

Guillaume fait signe au serveur avant de se tourner vers moi.

— Ils ont bien bossé pour que le jardin intérieur ressemble exactement à la peinture de Van Gogh.

Les reproductions du tableau en question sont exposées dans la boutique de souvenirs, une arche plus bas, je peux donc immédiatement confirmer cette affirmation.

— Il n'y a que la saison qui est différente, fais-je remarquer.

En hochant la tête, il indique le centre du jardin.

— Vous voyez l'étang à poissons au milieu, d'où les segments de parterre se déploient en éventail ? Il est plus grand dans le tableau qu'en réalité, mais cette inexactitude n'est pas une erreur. Van Gogh se l'est permise pour une meilleure composition.

Nos cafés arrivent. Pendant quelques minutes, nous les sirotons en silence, en profitant de la lumière tamisée d'octobre. J'observe les fleurs jaunes et violettes qui résistent à l'automne, et les feuilles cramoisies qui s'accrochent encore aux arbres.

Note à moi-même : revenir ici en été, afin de profiter du jardin avec les iris, les coquelicots et les lauriers-roses, comme dans le tableau.

— Je vois Salman pour prendre un verre demain, informé-je Guillaume.

— Salman… Salman… dit-il en plissant le front. Ah, oui, le massothérapeute ! Il était sympa. Saluez-le de ma part.

Oh là là, mon grand ! Je savais que tu cachais ta bisexualité, mais on dirait que tu l'as enfouie au fond de l'océan sans espoir de revoir la lumière du jour.

— Je n'y manquerai pas, l'assuré-je avec un sourire taquin. Je croyais que vous le connaissiez bien.

— Qu'est-ce qui vous fait penser ça ?

— Je ne sais pas… dis-je en cherchant un bel euphémisme pour parler de leur jeu de séduction sur le yacht. La façon dont vous vous entendiez, je suppose.

— Salman s'entend bien avec tout le monde. Vous vous êtes bien entendus dès le premier jour, pas vrai ?

Il est tentant de répondre : « C'est drôle que vous l'ayez remarqué. Vous n'arriviez pas à situer Salman il y a un instant. » Mais je me tais.

Au lieu de cela, je fais de mon mieux pour ne pas avoir l'air sarcastique :

— Oui, c'est vrai.

Il avale une plus grosse gorgée de café, ce qui réduit le temps que j'ai pour lui poser des questions. Bon, essayons une approche différente.

— Michelle et vous, vous étiez amis, n'est-ce pas ? Comment tenez-vous le coup ?

— Nous étions bien plus que des amis.

— Oh ! fais-je comme si je venais de le comprendre. Alors, toutes mes condoléances, Guillaume ! J'aurais dû deviner que Michelle et vous étiez amoureux.

— Michelle et moi allions nous marier.

Pardon ? Ma surprise est 100 % authentique à présent.

— C'est vrai ?

— L'idée était de le faire en secret, puis de mettre tout le monde devant le fait accompli. Mais je suis presque certain que Michelle a craché le morceau à Valérie. Elles étaient proches, vous savez.

— Et Valérie a dû relayer la nouvelle à Jean-Louis, dis-je, en suivant le chemin des miettes de pain. Je doute qu'il s'en soit réjoui.

La bouche de Guillaume se pince.

— Oh que non ! Il a dû être furieux.

— Avez-vous fait part aux flics de ce que vous venez de me dire ?

Il confirme avec un haussement d'épaules.

— Mais sans aucun papier signé ni témoin de nos fiançailles, je doute que le commissaire Reboul l'ait pris au sérieux.

— On est d'accord ! m'exclamé-je.

La frustration que j'avais refoulée se déverse hors de moi, et il n'y a rien que je puisse faire pour l'arrêter :

— Il a déjà construit son beau récit du crime. Son coupable idéal est en garde à vue. Pourquoi écouterait-il quelque chose qui contredit sa version ?

Guillaume me regarde dans les yeux.

— J'ai entendu dire que Laure a été arrêtée. La pauvre !

— Vous ne croyez pas qu'elle a tué Michelle et Roland Oliveira, n'est-ce pas ?

— D'après ce que j'ai vu d'elle, pas seulement sur le yacht mais avant, je trouve ce scénario improbable, dit-il.

— Moi aussi, m'écrié-je, tentée de le serrer dans mes bras. Je suis si contente de ne pas être la seule à penser cela !

Il me dévisage.

— Vous croyez que quelqu'un l'a piégée ?

— Oui.

Guillaume ne demande pas qui. Le nom de Jean-Louis Ponsard sonne si fort dans nos deux esprits qu'il n'est pas nécessaire de le prononcer.

Deux minutes plus tard, nous finissons nos cafés. Il dit qu'il doit retourner à la bibliothèque. Je le remercie abondamment d'avoir pris le temps de me parler et de m'avoir fourni un détail important qui confirme mon intuition.

Alors que je prends le bus pour rentrer à Beldoc, je ne pense qu'à un seul scoop : Guillaume et Michelle s'étaient fiancés en secret. Cela signifie que Guillaume était beaucoup plus proche que les Ponsard ne l'avaient cru de leur « voler » une part importante du patrimoine de Michelle. Et avec les problèmes financiers de Jean-Louis, la nouvelle a dû le faire flipper.

Assez pour tuer Michelle et ensuite Roland ? Valérie était-elle dans le coup ?

Pour ce qui est de piéger Laure, ça a dû être facile, étant donné qu'elle vivait toujours dans la maison de Michelle, à laquelle les deux époux ont accès.

Et moi qui pensais que c'était un brave type !

Même avec ce que je viens d'apprendre, une partie de moi l'aime toujours bien. Mais je dois dépasser cette sympathie. Si je veux aider Laure, je dois m'affranchir du charme des Ponsard et oublier leur générosité à mon égard. Parce que, sous leur épais vernis de richesse, de beauté et d'amabilité, se cache une chose hideuse. Une créature de l'enfer. Un monstre à deux têtes et sans cœur.

Chapitre 24

Salman m'a appelée hier pour s'excuser. Il m'a demandé si on pouvait déplacer notre rendez-vous arlésien prévu pour ce soir au dimanche après-midi. Textuellement, cela donnait : « Je suis désolé, mais j'ai une réelle chance qu'un rencard hyper chaud avec un mec qui me plaît beaucoup se conclue, or il part pour Singapour demain ! Il a décroché un contrat de deux ans pour aller travailler dans une banque d'affaires là-bas. Mais il est tellement cool que tu le prendrais pour un comédien ou un blogueur si tu le rencontrais sur un court de tennis ! »

J'ai répondu à Salman que je ne voudrais pas être celle qui lui ferait manquer un rencard *hyper chaud*, pas besoin de s'excuser. Quant au dimanche après-midi, j'étais déjà prise.

— Un rendez-vous romantique ? a demandé Salman.

— J'aimerais bien ! Non, je vais jouer à la pétanque avec Rose, son petit ami Serge et ma sœur Flo.

— Il pourrait pleuvoir, a plaidé Salman avec espoir.

— Météo France annonce qu'il fera chaud et ensoleillé demain et lundi, et qu'on aura du mauvais temps à partir de mardi. Aucune chance que Serge annule la partie de pétanque.

— Vous jouez où ?

— Il y a un terrain dans le petit parc entre l'église Saint-Jean-Baptiste et une brasserie qui s'appelle *Chez Fanny*.

— À Beldoc ?

— Oui.

— Je peux vous y rejoindre ? m'a-t-il suppliée. Il paraît que Beldoc est une jolie petite ville. J'ai toujours voulu aller la visiter, mais je ne l'ai jamais fait, même si ce n'est qu'à quarante-cinq minutes de route. En plus, j'adore la pétanque !

Comment refuser ?

Nous étions convenus de nous retrouver dans le parc une heure avant l'arrivée des autres pour papoter un peu. Et me voilà, en train d'attendre Salman et de regarder un groupe jouer du cochonnet sur une parcelle de terre nue bordée de platanes.

— Hé, Julie ! appelle Salman à l'autre bout du terrain. Désolé pour mon retard.

— Seulement cinq minutes, lui dis-je avant qu'on ne se salue correctement.

Il montre de l'index les joueurs.

— Cette façon de lancer, les pieds rapprochés et collés au sol, ça me fait toujours sourire.

Je lève les sourcils.

— C'est comme ça qu'on joue à la pétanque.

— Je suis lyonnais, tu te rappelles ? Chez nous, on a une version plus dynamique et plus corsée qu'ici, en Provence.

— Et ça s'appelle toujours la pétanque ?

— Ça s'appelle « les boules lyonnaises ». Ça se pratique à l'intérieur. Les boules sont plus grandes et plus lourdes, et on les lance avec un élan vigoureux.

Je feins le choc.

— Quelle horreur !

— Mais je peux m'adapter, m'assure-t-il. Hé, que dirais-tu d'une promenade pour s'échauffer le long de la rivière, on sera en pleine forme quand les autres arriveront ?

— On y va ?

Nous nous dirigeons vers le bord de la rivière. Salman me raconte sa déception de la veille au soir, et à quel point le dieu grec de ses fantasmes s'est avéré être l'amant le plus pathétique, le plus égocentrique et le moins drôle qu'il ait jamais eu. L'histoire est triste, mais la façon dont Salman la raconte me fait hurler de rire. Je me sens plus revigorée que je ne l'ai été depuis un bon bout de temps.

Salman sait faire monter l'aïoli, ça c'est sûr ! On pourrait le qualifier de « fortifiant humain vivant », tout comme Rose.

Contrairement aux guérisseurs, les fortifiants humains n'ont pas besoin de faire d'effort conscient pour que les gens autour d'eux aillent mieux. Et contrairement aux saints, ils n'ont pas à être irréprochables. Ils n'ont même pas besoin d'être plus vertueux que la norme. Salman et Rose sont tous deux imparfaits, chacun à leur manière. Mais on se sent mieux en leur présence. On est à l'aise et on se met à sourire, beaucoup. On rit. On oublie nos problèmes.

C'est quelque chose en eux, un truc aussi efficace, sinon plus, que les massages de Salman ou le doga de Rose. Serait-ce leur franchise ? Sans aucun doute, mais pas uniquement. Jadis, avant de ressentir le besoin de tout scientifiser, on disait de ces gens qu'ils étaient solaires, tout simplement. Aujourd'hui, j'imagine qu'on les décrirait comme « des personnes à charge affective positive ».

— As-tu des nouvelles sur le meurtre de Michelle Leclerc ? me demande Salman après avoir fini de détailler son fiasco amoureux. Les flics ne m'ont jamais rappelé après l'entretien sur le yacht.

— Oui, j'ai des nouvelles.

— Raconte !

— Laure a été arrêtée, commencé-je.

— Quoi ? Ils pensent que… ?

— Oui. Ils ont la preuve qu'elle administrait un antidépresseur à Michelle depuis un certain temps, et à son insu. Ils ont également trouvé un de ses cheveux dans le garage de Roland Oliveira.

Salman s'arrête net.

— Attends. Rembobine. Roland, comme le mec du club de lecture que Guillaume trouvait trop inculte pour être un amateur de livres ?

— C'est parce qu'il n'était pas ni amateur de livres ni membre d'un club de lecture, dis-je. Roland est mort.

Il me fixe, sans broncher.

— C'était un détective privé engagé par Michelle, précisé-je.

— Pour faire quoi ?

— Pour suivre Jean-Louis et documenter sa prétendue liaison avec Laure, afin que Michelle puisse en apporter la preuve à Valérie et qu'elle demande le divorce.

C'est moi ou bien Salman vient de pâlir ?

Il a pâli, c'est certain. Son expression est soudainement passée de vive et curieuse à préoccupée. Ses yeux s'affolent et les muscles de son visage s'agitent. Surtout du côté droit.

Je m'inquiète :

— Quelque chose te dérange… Qu'est-ce que c'est ?

Il tripote une cuticule au majeur gauche.

J'essaie de nouveau.

— Salman, qu'est-ce qui ne va pas ?

Il amène son doigt à ses lèvres et attaque la cuticule avec les dents, la mâchant par petites saccades, comme un hamster.

Le suspense me tue.

— Salman ? Dis quelque chose, pour l'amour du ciel !

— Si Roland était un détective privé, penses-tu qu'il avait moyen d'enregistrer ce qui se passait à l'intérieur du spa, derrière la porte fermée à clé ?

Fermant les yeux, j'imagine cette porte. Elle n'était pas aussi solide que les portes des cabines… Elle n'était pas faite de verre, donc il aurait été impossible à Roland de prendre des photos ou de filmer à travers cette porte. Mais écouter et enregistrer… Je pense que oui ! Vu ce qu'Éric et Flo ont obtenu avec un gadget bas de gamme à quelques euros acheté en ligne, il ne fait aucun doute que Roland ait pu enregistrer le rendez-vous galant de Salman et Guillaume.

— Oui, je pense qu'il a pu vous entendre et faire un enregistrement audio, dis-je. Pour la vidéo, ça me semble infaisable.

— Le spa est entouré de fenêtres, dit Salman. La plupart d'entre elles donnent sur la mer, mais il y en avait une à droite qui donne sur l'un des ponts latéraux. Le rideau est toujours tiré, mais si… Si cette fois-ci, il n'avait pas été tiré jusqu'au bout ?

— Alors, dans ce cas, Roland aurait pu filmer tes ébats avec Guillaume.

Salman déglutit.

— Il n'y a pas eu que des ébats. On avait bu du vin, et Guillaume était moins sur ses gardes que d'habitude…

— Qu'est-ce qu'il a fait ?

— Il s'est moqué de Michelle, chose qu'il n'avait jamais faite auparavant.

— Ce n'était donc pas votre premier rendez-vous galant, fais-je remarquer.

— Non. On ne se voit pas à terre, mais on ne manque jamais une occasion de s'amuser quand on est tous les deux à bord de *L'Occitane*.

Salman fait la moue avant d'ajouter :

— Je devrais mettre ce que je viens de dire au passé. Michelle morte, je ne reverrai plus Guillaume sur *L'Occitane*.

— Tu as dit qu'il se moquait d'elle… De quelle manière ?

— Il l'a traitée de « coucourde » de croire qu'un bel homme comme lui, dans la fleur de l'âge, même s'il avait été 100 % hétéro, tomberait amoureux d'une vieille moche et cinglée.

Je grimace.

— Aïe.

Salman me touche la main.

— Attends, c'est pas tout. Il a dit qu'il aurait tout donné pour que Michelle soit comme ta grand-mère Rose, à la fois en apparence et en personnalité. Cela lui aurait rendu tellement plus aisée la tâche de convaincre son entourage que ses sentiments étaient réels !

Mon esprit est en ébullition, trop de pensées se bousculent et aucune ne trouve sa place.

— La nuit où Michelle a disparu, commencé-je, Jean-Louis est resté jusqu'au dessert, mais Guillaume est parti tôt.

— Nous avions rendez-vous au spa.

— Je ne me souviens pas de ce que Roland faisait ce soir-là. Et si notre détective avait pris l'initiative de suivre Guillaume pendant que Jean-Louis mangeait des calissons sans gluten avec sa femme ?

— Si Roland nous avait découverts et avait fait un enregistrement vidéo ou audio, cela aurait certainement mis fin à la relation entre Guillaume et Michelle.

— Pourquoi ne m'as-tu rien dit de tout ça quand nous avons parlé de Guillaume sur le yacht ?

Salman gigote, mal à l'aise.

— Tu en as parlé aux flics ? lui demandé-je.

Il secoue la tête.

— T'es sérieux ? Pourquoi ne rien leur avoir dit ?

Une lueur rebelle brille dans ses yeux.

— Parce que je ne pensais pas que c'était important.

— Ce n'était pas à toi d'en décider.

— La réputation d'un homme est en jeu, Julie ! Guillaume n'a fait que se défouler en privé. On avait fermé la porte à clé !

— Je ne dis pas qu'il aurait prémédité quoique ce soit…

Il m'interrompt :

— Pourquoi diable serait-il le meurtrier de Michelle ? Elle était sa bienfaitrice. Ils étaient secrètement fiancés.

— Tu le savais ?

— Oui, il me l'avait dit, admet Salman. Je ne voulais pas le jeter en pâture aux flics, tu comprends ? Et je ne souhaite toujours pas le faire.

— Je comprends, Salman. Mais dorénavant, tu sais des choses que tu ignorais à l'époque. Il y avait un détective privé à bord de *L'Occitane*, et ce détective privé a été assassiné, tout comme Michelle.

Il réfléchit à ma déclaration avant de tendre le menton vers l'avant.

— Ça ne change rien à ma position. Je ne vais pas dénoncer un innocent.

Avec un soupir, je vérifie ma montre.

— Il faut qu'on retourne au parc.

En chemin, il me donne un petit coup de coude.

— Promets-moi de ne pas courir déballer tout ce dont je t'ai parlé au commissaire Reboul ! Ça mettrait Guillaume dans le pétrin.

— Peut-être qu'il le mérite, dis-je, en réfléchissant à haute voix. Michelle a été jetée par-dessus bord pendant la nuit ou au petit matin, quelque temps après avoir quitté le salon, et avant que Valérie ne se rende compte, une fois à Ajaccio, qu'elle n'était pas dans sa chambre. On est d'accord ?

— Oui, et alors ?

— Guillaume aurait eu amplement le temps de la tuer.

— Mais il a passé la nuit avec moi dans ma cabine !

— Tu as le sommeil léger ? lui demandé-je.

— Je dors comme une marmotte.

— Alors, il en aurait eu l'occasion, répété-je. Et désormais, on dirait bien qu'il avait aussi un mobile.

Salman secoue la tête.

— Admettons que Roland nous ait espionnés en train de faire des galipettes et de calomnier Michelle. Admettons que Guillaume l'ait repéré…

— Je commence à croire que c'est exactement ce qui s'est passé.

— Alors dis-moi, pourquoi se serait-il précipité pour tuer Michelle au lieu de tuer Roland ? Pourquoi Guillaume n'aurait-il pas plutôt buté Roland avant que celui-ci ne le dénonce ? Ta théorie ne tient pas debout.

Je marche sur un tas de feuilles mortes qui bruissent sous mes pieds.

— Tu as raison. En supposant que Guillaume soit capable de meurtre, ça aurait eu plus de sens d'éliminer Roland en premier lieu que Michelle.

— Tu vois !

Lorsque l'église est en vue, nous retraversons la rue en direction du parc.

— Tu penses toujours que Guillaume avait un mobile ? me demande Salman.

Vais-je trop vite en besogne ?

Une heure plus tôt, je croyais que l'assassin de Michelle et Roland était Jean-Louis, peut-être même de concert avec sa femme. Avant cela, je soupçonnais Roland d'avoir assassiné Michelle. Ne devrais-je pas y réfléchir à tête reposée, peut-être même prendre du recul sur cette affaire pour que mon cerveau puisse traiter la nouvelle info ?

Parce que Salman ne m'a donné que ça : une info. Les preuves matérielles, elles, racontent une tout autre histoire.

Pour le meurtre de Michelle, la fluoxétine mélangée à sa nourriture était l'œuvre de Laure, elle l'a avouée. Dans le cas de Roland, le cheveu trouvé dans son garage relie l'incendie criminel et son meurtre à Laure, encore une fois. Elle nie l'avoir tué et affirme qu'elle n'a aucune idée de la façon dont son cheveu s'est retrouvé là-bas. Or il est fort probable qu'elle mente.

Maintenant que je sais qu'elle n'est pas aussi sotte que je le pensais, pourquoi est-ce que je continue de croire qu'elle n'aurait pas pu planifier et exécuter les deux meurtres ?

Quelle raison, mise à part la sympathie, aurais-je de l'acquitter ?

Chapitre 25

Repérant ma petite bande, je me tourne vers Salman.

— Je vais mettre cette affaire de côté pendant quelques jours et me concentrer sur d'autres choses.

— Sage décision.

Nous arrivons sur le terrain de pétanque. Rose, Serge et Flo sont là, mais aussi Tino, Éric et Léa, tous prêts à jouer. Je présente Salman à tout le monde et réciproquement.

— Dans un souci de transparence, dit-il, je vous annonce que je suis un joueur de boules lyonnaises. Alors s'il vous plaît, soyez indulgents si je commets des erreurs !

— Ça dépend de combien tu en fais, dit Tino.

— J'apprends vite, promet Salman.

Serge lui donne une petite tape dans le dos.

— Garde les pieds joints, lance la boule en levant le poignet et tout ira bien.

— Doubles ou triples ? demande Rose.

Éric compte le groupe.

— Nous sommes huit, donc on fait des doubles.

On se divise en quatre équipes de deux, on place un cercle en plastique au sol, on lance le cochonnet en bois et on tire à pile ou face. Le jeu peut commencer.

Pendant qu'on joue, Serge appelle un serveur de *Chez Fanny* et commande des boissons pour tout le monde. En général, les gens boivent des « pastagas » en jouant à la pétanque, c'est donc ce que la plupart d'entre nous commandons. Salman, qui doit rentrer en voiture, opte pour un Perrier-citron. Léa demande une limonade.

Dix minutes après le début du match, il devient évident que Serge et Tino sont les meilleurs du lot. Naturellement, leur équipe respective se débrouille bien. Salman et moi gagnons des points par-ci par-là, surtout grâce à Salman. Pourtant il nous attire aussi des ennuis, notamment lorsqu'il soulève un pied du sol en lançant la boule.

Éric et sa copine Léa s'avèrent être l'équipe la plus nulle. Ils ne cessent de faire des trous, ce qui, en *pétanquais*, signifie tirer et manquer.

Bien que Serge soit l'initiateur de la sortie, c'est Tino qui se charge de faire respecter la discipline sur le terrain.

Tino, c'est le coloc de Flo. Il est aussi son associé pour les *Visites guidées de Provence* qu'ils ont montées ensemble, et presque certainement son petit ami. Je dis « presque certainement » parce qu'ils ne ménagent pas leurs efforts pour cacher leur relation.

Je ne sais pas pourquoi d'ailleurs. Ils ont le même âge, aucun n'est en couple, et ils semblent parfaitement bien assortis. Pourquoi ne pas laisser leurs amis et leur famille admirer la beauté de leur jeune amour, comme le font Éric et Léa ?

Cela dit, on ne sait jamais ce qui se passe derrière les façades…

Sur le papier, mon ex-mari Bruno et moi étions un couple parfait : deux jeunes pâtissiers parisiens ambitieux, aux goûts similaires et aux intérêts compatibles. Mais il s'est avéré que nous divergions sur quelque chose de beaucoup plus important que les goûts ou les intérêts : nous n'avions pas les mêmes valeurs fondamentales. Nous ne donnions pas du tout le même sens aux nobles concepts de confiance, de solidarité et de respect.

— Julie, tu tires ou tu pointes ? me réveille Flo, en me posant la question existentielle de la pétanque.

J'entre dans le cercle.

— Je pointe.

À la pétanque, on « pointe » en visant à rapprocher la boule du cochonnet, et on « tire » en essayant d'éloigner la boule de l'adversaire. Chaque fois que j'ai joué, que ce soit adolescente en Provence ou adulte à Paris, je me suis toujours mieux débrouillée comme pointeuse que comme tireuse.

Paume vers le bas, je fais un mouvement de poignet et envoie la boule vers le cochonnet.

— Pas mal ! commente Flo.

Plein de spectateurs se sont maintenant rassemblés autour de nous pour nous regarder et nous encourager. Ils applaudissent à chaque fois qu'une lourde boule d'acier frappe une autre lourde boule d'acier et la déloge dans un parfait « carreau sur place ».

Serge joue avec entrain. Le notaire de province conservateur un peu coincé, à la voix douce, aux manières galantes et au joli nœud papillon, n'est plus. Aujourd'hui, on rencontre un autre Serge Guichard.

Habillé de façon décontractée et équipé d'un ramasse-boules télescopique pour ménager son dos, il profère des injures lorsqu'il rate son coup, et se récompense avec une gorgée de pastis lorsqu'il atteint sa cible. Il est à la fois excité et détendu. Je ne l'ai jamais vu comme ça. Je parie que Rose non plus, même en trois mois de relation ! Elle le regarde avec un mélange d'agréable surprise et d'affection amusée.

C'est la beauté de la pétanque ! Ce jeu est un puissant révélateur de traits de personnalité refoulés, mais aussi un grand égalisateur d'âge, de genre et de statut social. Il est vrai que le pastis aide aussi dans ce domaine, mais c'est le jeu qui fait le plus gros du travail. C'est le sport le moins technique et le moins exigeant que je connaisse. Il permet à un octogénaire expérimenté ou à une ado qui vise bien de battre un balèze féru de muscu.

— Regarde qui est là ! s'exclame Rose entre deux mèches, le doigt pointé derrière moi.

Je me retourne.

Denis Noble, dans toute sa perfection, me sourit avec entrain.

— Salut !

Il jette un regard inquiet sur Salman à mes côtés.

Ce dernier le reluque puis lui fait un clin d'œil.

— Qu'est-ce qu'il est beau, ce garçon !

Les traits de Denis se détendent.

— Denis Noble. T'es un ami de Julie ?

— Moi, c'est Salman, son nouveau meilleur ami. Enchanté ! Et, au fait, je suis aussi massothérapeute, le meilleur de Provence.

Salman sort une carte de visite de sa sacoche et la passe à Denis.

— Besoin d'un massage ? Appelle Salman Jamblatt !

Denis prend la carte, tout sourire, rassuré que Salman ne soit pas un concurrent.

Sincèrement, je ne comprends pas ce type. N'importe quelle jeune femme célibataire serait ravie de sortir avec lui. Il est beau, riche, bien élevé. Moi, au contraire, je l'ai découragé poliment, mais sans équivoque, à de nombreuses reprises. Quiconque en possession d'une seule moitié de cerveau – et Denis en a plus d'une –, aurait compris qu'il est fermement ancré dans ma « zone pote ».

Alors pourquoi persévère-t-il ?

Fait-il partie de ces gens qui n'abandonnent jamais ?

Ou est-il un de ces mecs qui deviennent obsédés par la femme qui les rejette ?

À quelques mètres de nous, un crissement de pneus attire mon attention. *Mais je connais cette moto !* En descend nul autre que le capitaine Gabriel Adinian. Il retire son casque et se dirige vers nous.

De plus en plus curieux…

Me traquaient-ils tous les deux ?

Ou alors, Denis me traquait et, pour une raison encore mystérieuse, Adinian suivait Denis ?

Arrivé sur le terrain, Adinian nous lance un petit sourire coincé :

— Messieurs-dames.

Puis il me jette un coup d'œil.

Salman suit son regard avant de piocher une autre carte de visite dans son sac.

— Salman Jamblatt, masseur professionnel et ami très proche de Julie.

Adinian lit sa carte.

Salman lui fait un clin d'œil.

— Appelez-moi directement, si jamais vous ressentez la moindre tension dans l'une ou l'autre de vos larges épaules !

— Bonjour, monsieur, salue Rose.

Monsieur ? Même pas « Capitaine » ? Pourquoi tant de formalité ? Où est passé son « Gabriel » habituel ?

Elle se tourne vers Denis.

— Je suis si contente que tu aies pu venir !

Ah, je vois. Il ne me traquait pas, Rose l'avait prévenu.

Quant à Adinian, il était probablement en train de patrouiller dans les parages ou de rentrer chez lui quand il a repéré des visages familiers sur ce terrain de jeu.

Bien que j'adore les théories du complot alambiquées comme tout le monde, l'explication la plus simple est la meilleure 99 % du temps !

— Les amis, écoutez-moi ! s'écrie Tino en tapant dans ses mains pour attirer l'attention. Rose et Serge viennent de massacrer Éric et Léa, treize à zéro. Vous savez ce que cela signifie, n'est-ce pas ?

— Ils vont *faire Fanny* ! scandons-nous, ravis. Éric et Léa vont embrasser Fanny !

Adinian essaie de garder un visage neutre, mais un petit sourire se niche aux commissures de ses lèvres.

Léa fait la moue.

— C'est pas grave, la réconforte Éric. Il n'y a pas de Fanny ici.

Serge désigne la brasserie derrière nous.

— Je suis certain qu'on va en trouver, une Fanny, là-bas !

Tino se précipite dans le bistrot.

Moins d'une minute plus tard, il revient avec une affiche enroulée dans ses mains. Nous l'encerclons.

— J'espérais une sculpture en porcelaine ou en bois, mais ça fera l'affaire, dit Tino en déroulant l'affiche.

C'est l'image d'une belle pin-up – Fanny – la pas-si-sainte patronne de la pétanque. Le dos tourné au spectateur, Fanny relève ses jupons et montre son fessier, nu, dans un mouvement coquet de danseuse de cabaret, tout en souriant par-dessus son épaule.

Sous les acclamations des joueurs, mais aussi des badauds et des clients venus dîner à la terrasse du bistrot, Éric embrasse les fesses de Fanny. C'est l'ultime humiliation qui fait suite à une défaite à la pétanque, que Flo et moi ne manquerons pas de lui rappeler de temps en temps.

Léa hésite. Elle a l'air malheureuse comme tout, mais on l'encourage.

Les traditions sont sacrées ici, dans le Sud.

Denis boude Adinian. Ce dernier le scrute d'un regard glacial avant d'entrer dans le bistrot. Il commande une bière.

— J'ai peur de ne pas pouvoir rester longtemps, me dit Denis. J'ai un dîner d'affaires à Avignon.

— Conduis prudemment, dis-je.

— Je voulais juste te faire part d'un truc… Je voulais te le dire depuis que nous nous sommes rencontrés chez Jean-Louis.

— Oui ?

Il regarde ses belles chaussures avant de lever les yeux vers moi.

— Mon père a fait la cour à ma mère pendant trois ans avant même qu'elle n'envisage de sortir avec lui. Elle s'était convaincue qu'il n'était pas son genre et qu'elle était amoureuse d'un autre gars.

— Je vois.

— Cet autre gars s'est avéré être un salaud. Mon père était toujours amoureux d'elle, alors elle a fini par céder, poursuit-il en hochant la tête, comme pour exprimer son accord. Et puis, très vite, elle est tombée folle amoureuse de mon père.

— Et ils vécurent heureux jusqu'à la fin des temps ?

— Exactement, affirme-t-il. Ils sont toujours très amoureux.

— Je suis contente pour eux.

Il hésite.

— Julie…

— Denis, commencé-je.

Il m'interrompt :

— Je suis un homme tenace, Julie, comme mon père.

Si je répliquais : « Génial, mais je ne suis pas une femme-trophée comme ta mère », serait-ce trop grossier ? Je pense que oui.

En plus, si ça se trouve, Madame Noble est vraiment tombée amoureuse de Monsieur Noble après qu'ils ont commencé à se fréquenter. Peut-être qu'elle a craqué en voyant à quel point il était bienveillant ou à quel point c'était un bon coup au lit. Qu'importe ! Qui suis-je pour présumer qu'elle avait si peu d'amour-propre qu'elle est devenue une femme-trophée, une récompense à la légendaire ténacité de Monsieur Noble ?

Je me tais.

Denis fait ses adieux au groupe et rejoint son Audi.

Salman est le suivant à partir, prétextant une longue route et un rendez-vous tôt le lendemain matin. Rose décrète que Serge a trop bu et qu'elle va le raccompagner chez lui, puisqu'il bosse lui aussi le lendemain. Serge règle toutes les boissons avant de partir. Éric annonce qu'il doit ramener Léa chez elle. Étant instit, elle commence tôt le lendemain.

En un rien de temps, tout le monde s'éclipse.

Tout le monde sauf Adinian, bien sûr. Le capitaine est assis à l'une des tables de la terrasse et boit une bière en lisant quelque chose sur son téléphone.

Je le rejoins.

— Vous attendez quelqu'un ?

Il secoue la tête.

— Puis-je me joindre à vous ?

Il indique la chaise en face de lui, tout en haussant les épaules comme pour dire que ça lui est égal. Il semble être d'une humeur exécrable ce soir.

Est-ce parce qu'il a vu Denis discuter avec moi ?

J'aimerais bien ! Mais je pense que ça concerne plutôt son travail.

Je commande une limonade – j'ai déjà bu assez de pastis – et m'assieds.

— Dure journée ?

— C'est l'automne, dit-il. Les grèves et les manifs reprennent, nous mobilisent et nous éloignent de choses plus importantes.

Sa tirade me réjouit. Non parce qu'il rouspète, mais parce que je ne m'attendais pas à ce qu'il fournisse une vraie réponse, détaillée et honnête, à ma question.

Aussi incroyable que cela puisse paraître, il poursuit :

— Mes collègues et moi avons dû passer la journée à protéger des chauffeurs de bus en grève de jets d'œufs pourris, alors qu'on aurait dû traquer les ordures qui ont mutilé puis tué un cheval dans une ferme près de Beldoc, la nuit dernière.

— J'espère que vous les retrouverez !

— Moi aussi, et de préférence avant que ce boulot ne me rende cinglé.

— Vous pouvez toujours arrêter d'être gendarme…

— Les vrais gendarmes n'abandonnent pas, dit-il.

— Alors, quittez votre brigade actuelle.

— Les vrais gendarmes ne quittent leur brigade que lorsqu'ils sont mutés ou qu'ils partent à la retraite, déclare-t-il avant d'ajouter : ou les pieds devant.

— Vous voulez dire qu'ils se font tuer ?

Il hoche la tête.

— Soit par un malfrat, soit de leurs propres mains.

Parle-t-il des tirs accidentels ou bien des suicides ?

— Le taux de suicide chez les flics est presque deux fois supérieur à la moyenne nationale, précise-t-il.

Bon, bah, ça répond à ma question.

— Je suis navrée de l'entendre, dis-je.

— Julie, je…

Il déglutit et me regarde d'un drôle d'air. Dans ses yeux, il y a une envie, voire un aveu. Il est clair qu'il a quelque chose à dire, tout en ayant de bonnes raisons de le taire.

— Qu'est-ce qu'il y a ?

Il me fixe du regard.

Oh. Mon. Dieu. Est-il si professionnellement démoralisé qu'il pense à se suicider ? *Ce doit être ça !* Cet homme est aux prises avec la question la plus existentielle de toutes – être ou ne pas être – pendant que moi, j'essaie désespérément et sans succès de le séduire.

— Rien, dit-il en répondant tardivement à ma question. Ce n'est rien.

— Gabriel, je ne suis pas née de la dernière pluie, commencé-je tandis qu'il se lève.

Il marmonne un au revoir, pose un billet de dix euros sur la table et se dirige vers sa moto.

Quelques secondes plus tard, la moto vrombit, puis il part.

Chapitre 26

Aujourd'hui, c'est l'anniversaire de maman, et le dernier jour ensoleillé avant un certain temps. J'ai prévu de décompresser. Concrètement, je n'irai pas à la pâtisserie et je repousserai le rendez-vous hebdomadaire « supplice de la compta du lundi » à un autre soir de la semaine. Je vais également faire une pause dans mon passe-temps de limier amateur, histoire de prendre du recul.

Pour la première fois depuis le mois d'avril, je vais me la couler douce.

Je me prépare un petit déjeuner digne d'un grand hôtel avec des œufs au plat, des tartines beurrées, du café et du jus d'orange, puis j'attrape le bouquin sur lequel je suis depuis un mois. *Aujourd'hui, je vais le terminer !*

En mordant dans ma première tartine, j'ouvre le livre et fixe la page.

Je la fixe encore un peu.

Je la fixe plus fort.

Dans un soupir de défaite, je mets le livre de côté et cherche mon téléphone.

Quand Adinian répond, tout mon corps s'affaisse de soulagement.

— En quoi puis-je vous être utile, Madame Cavallo ? me demande-t-il.

— J'appelais juste pour savoir si ça allait.

— Pourquoi ça n'irait pas ?

— Hier soir, au bistrot, vous avez dit… des choses. J'avais peur que vous commettiez une bêtise irréparable.

— Vous m'avez mal compris, dit-il d'un ton crispé.

Soit il est pris par quelque chose et ne veut pas m'inciter à poursuivre la conversation, soit il est en colère contre moi et ne veut pas le montrer.

Je lui souhaite alors une bonne journée. Nous raccrochons.

Fort bien ! Adinian ne s'est manifestement pas suicidé. Peut-être que je l'ai mal compris. Peut-être que ses paroles hésitantes signifiaient simplement qu'il allait partager un scoop concernant l'enquête de Reboul mais que, finalement, il a choisi de ne pas le faire. Quoi qu'il en soit, je peux retourner à mon lundi de détente.

À la seconde où je rouvre le livre, mon téléphone sonne.

— Julie, dit Rose, j'ai eu une conversation très étrange avec ta sœur ce matin.

— Laquelle ?

— Ta jumelle.

— Qu'est-ce que Cat t'a raconté ? Quelque chose concernant l'anniversaire de maman ? Qu'on devrait toutes se réunir pour le fêter ?

Ça me ferait très plaisir, en fait.

— Presque, mais pas tout à fait, répond Rose. Elle a dit que toi et moi devrions aller à la maison de vacances que ton père a louée il y a quinze ans.

— Tu veux dire, dans *la* maison de vacances ? Celle où maman est morte ?

— Oui.

Je me redresse.

— Elle veut qu'on y fasse quoi, au juste ?

— Elle veut qu'on rôde.

— Pardon ?

— Elle veut qu'on flâne autour de la maison jusqu'à ce que tu décides qu'il soit temps de rentrer, précise Rose d'un ton empreint de scepticisme. Elle a eu une vision, un aperçu de l'avenir.

— De quoi s'agit-il ?

— Elle ne m'a pas donné de détails, elle a juste dit que je dois t'y emmener aujourd'hui. Elle était catégorique.

Je parie que la « vision de l'avenir » de Cat consiste à me donner une occasion d'avoir un *cinémagraphe* du passé. La raison pour laquelle elle a caché cela à mamie est sa loyauté envers moi. Cat sait que je n'ai parlé de mes visions à personne d'autre qu'elle, et elle estime que ce n'est pas un secret à révéler sans mon accord. *Merci, frangine !*

Mais pourquoi ne m'a-t-elle pas appelée, au lieu de passer par mamie ?

— Quand elle nous avait annoncé qu'elle était devenue voyante professionnelle, j'étais ok avec ça, dit Rose. Je n'ai aucun problème à ce qu'elle gagne sa vie en racontant aux gens ce qu'ils veulent entendre. Mais j'étais loin d'imaginer qu'elle croie vraiment à la réalité de ses visions. C'est du grand importe quoi !

— On devrait y aller, dis-je.

— T'es sérieuse ?

— Peu importe ce que Cat pense qu'il va arriver, tu sais que j'avais envie de marquer l'anniversaire de maman cette année, insisté-je en descendant les jambes du canapé. Ce sera une façon de le faire.

Il y a un silence pesant avant que Rose ne réponde :

— Bien. Je serai devant ton immeuble dans une heure. Tiens-toi prête.

Nous roulons en silence pendant un certain temps. Rose a une expression de tolérance stoïque qu'elle maintient depuis vingt bonnes minutes. Pas un mot n'a glissé de ses lèvres. Mais je sais ce qu'elle pense : « C'est ridicule et c'est une perte de temps. Je ne le fais que pour vous faire plaisir, à Cat et toi, mais je désapprouve. »

Je lui réponds tout aussi silencieusement, reproduisant la moue de Flo lorsqu'elle dit « comme ça t'arrange », mais j'ai du mal à la tenir plus de trois secondes d'affilée.

Mamie appuie sur le bouton *play* et une mélodie familière emplit la voiture. Ma culture musicale est aussi pauvre que celle de Rose et des autres Cavallo, mais je reconnais ce morceau. C'est du Beethoven. Maman aimait bien ce morceau – la mélodie, l'ambiance, le fait qu'il soit dédié à une Élise. Elle disait que ça lui parlait, que ça la touchait au plus profond d'elle-même.

Je me tourne vers Rose.

— T'as mis *La Lettre à Élise*.

— Je la mets tous les ans le jour de l'anniversaire de ta mère, toute la journée, du réveil jusqu'au coucher, avoue-t-elle en me lançant un coup d'œil. Mais, normalement, je le fais dans l'intimité de ma maison.

Son regard revient à la route.

Je fixe son profil.

Quinze ans. C'est le temps qu'il a fallu à Rose pour permettre à un membre de sa famille – moi, en l'occurrence – d'entrevoir son chagrin au-delà des plumes et des paillettes de son personnage public.

Quand, après l'accident, papa s'est fait muter à Paris, Véro avait déjà terminé l'école. Cat et moi commencions le lycée. Flo était encore en primaire. Rose avait supplié papa de nous laisser toutes les trois avec elle, à Beldoc. Mais il en avait décidé autrement.

Je n'ai jamais compris son choix.

Il aime ses enfants, il n'y a aucun doute là-dessus, mais il n'a jamais été là pour eux. Son travail a toujours été sa priorité. Cela n'avait pas changé à Paris. Il ne s'était pas mis à passer plus de temps avec nous qu'avant le drame. Et une fois que Cat et moi avons quitté le foyer familial à dix-huit ans et qu'il s'est remarié, je ne le voyais qu'une ou deux fois par an.

Pourquoi ne nous a-t-il pas simplement laissées avec mamie à Beldoc ?

Pensait-il vraiment qu'elle était trop fofolle pour nous élever, comme il n'avait pas hésité à le lui dire en face une fois ? Ou nous avait-il déracinées pour des raisons purement égoïstes ? Un jour, quand plus de temps aura passé et que je pourrais en parler sans que ma voix ne tremble, je lui poserai la question.

Dix minutes plus tard, nous arrivons au village de bord de mer.

En été, la moitié des maisons de ce village est louée à des vacanciers, y compris celle où ma famille avait séjourné ce week-end fatidique. Rose gare la voiture à une cinquantaine de mètres de là, puis nous y allons à pied.

Le temps est plus venteux que lorsque nous avons pris la route. Une brise de mer transporte vers nous une odeur d'algues et de crêpes vendues depuis un camion tout proche. La brise ajoute un peu de fraîcheur, faisant onduler les auvents rayés et bruissant dans les nappes à carreaux des terrasses des restaurants, déjà dressées pour le déjeuner. À notre droite, quelques cerfs-volants papillonnent dans le ciel au-dessus de la plage. La plage elle-même n'est pas visible.

Les arbres des deux côtés de la rue portent encore leur robe automnale rouge et mordorée. Des feuilles tombées en pagaille forment des tapis colorés sur l'asphalte gris du trottoir.

Arrivées à l'adresse, on se planque derrière le palmier d'en face. De là, on a une vue parfaitement dégagée sur la maison et son jardin de devant. L'inconvénient, c'est que si quelqu'un dans la maison ou dans le jardin regarde par ici, il aura une tout aussi bonne vue sur nous.

Rose observe la maison puis se tourne vers moi, les bras croisés sur la poitrine.

— Et maintenant ?

— Maintenant, on rôde.

Elle ne le sait pas, mais je suis déjà venue ici une fois depuis l'accident. C'était il y a six ou sept ans. J'avais fait des rêves étranges et je pensais tout le temps à cette maison. J'avais alors acheté un billet de TGV et j'étais descendue seule depuis Paris, sans le dire à personne.

La maison était inoccupée ce week-end-là. Elle avait l'air différente de celle de mes souvenirs. Mais c'était normal, elle avait été reconstruite presque à partir de rien après l'explosion. J'ai passé plusieurs heures à tourner autour, à espérer une vision qui n'est jamais venue. Puis, je suis retournée à la gare, me reprochant d'avoir pris les séquelles de mon syndrome de stress post-traumatique pour quelque chose de réel.

Cette fois-ci, la maison est gorgée de monde. Elle a été rénovée et agrandie. À présent, elle ressemble davantage à une résidence principale qu'à une location de vacances. Elle a été refaite dans un style soigné et simple, avec de grandes fenêtres et un toit à faible pente, typique des villas modernes à travers le globe. Elle n'est pas traditionnelle pour un sou, ni pleine de caractère, comme les maisons d'Éric et de Rose, mais elle n'est pas sans charme.

Haute de trois étages à présent, une extension vitrée sur l'un des côtés abrite une cuisine qui donne sur une terrasse et un joli jardin, qui n'est pas sans rappeler celui de Rose.

Ceux qui l'ont refaite la seconde fois savaient ce qu'ils faisaient. Pas comme cet infâme entrepreneur dont le travail bâclé avait causé l'explosion qui a tué maman ! Pas étonnant que ce connard n'ait pas eu le courage de prendre ses responsabilités. Suite à l'accident, il s'est évanoui dans la nature. Les flics nous avaient dit qu'il avait quitté l'Europe dans la foulée, et qu'il n'avait jamais refait surface.

Rose, papa, mes sœurs et moi, nous n'avons jamais pu le regarder dans les yeux. Nous n'avons jamais pu faire notre deuil et tourner la page…

Un groupe d'enfants turbulents court dans tous les sens. Un homme fait griller des saucisses. Les mômes se pourchassent les uns les autres dans l'extension et dans le jardin. Comme les portes sont ouvertes, je les entends rire. D'autres sons m'atteignent depuis la maison : le cliquetis de la vaisselle, le claquement des canettes de soda, de la musique festive. En plissant les yeux, je remarque des décorations en papier et des ballons : on dirait le goûter d'anniversaire d'un enfant.

Tout à coup, Rose prend ma main et la caresse doucement, comme maman le faisait quand j'étais petite.

Le *cinémagraphe* arrive sans prévenir et sans que je fasse le moindre effort pour le provoquer.

Je suis dans la cuisine, la cuisine d'avant, quelques jours avant que nous y mettions les pieds. Les travaux sont toujours en cours. Les murs ne sont pas encore peints, des câbles dépassent là où seront installées les prises, et certains meubles sont encore dans des cartons, à plats. Deux hommes discutent, appuyés contre le cadre de la fenêtre. L'un d'eux porte un jean et un T-shirt, et l'autre une combinaison de travail.

Fichtre, je peux me déplacer !

Lors de mes deux derniers *cinémagraphes*, j'étais soit collée au plafond, soit à moitié enterrée dans le sol. Mais la créature microscopique – ou le fantôme – que je suis à présent peut changer de position dans l'espace. *C'est trop génial !* Non, c'est mieux que génial. C'est *fantabuleux*.

Profitant de cette mobilité, je tourne autour des hommes qui discutent, pour les observer. L'homme en T-shirt arbore une moustache et un gros ventre. Ce serait un mensonge de dire que je le reconnais, mais son apparence générale correspond à la photo du proprio qui avait loué la maison à mes parents pour le week-end. Il indique à l'homme en salopette où déplacer le réfrigérateur et où ajouter une prise de courant.

Ce dernier hoche la tête et fait des marques de crayon sur le mur.

Une petite seconde... Serait-ce *lui ?* L'entrepreneur ? Le monstre dont la négligence criminelle a tué maman ? Je m'arrête face lui, observe sa silhouette et son visage, m'efforçant d'imprimer chaque détail dans ma mémoire. Environ un mètre quatre-vingt-cinq – un peu grand pour un homme du Sud ou un Français – de corpulence moyenne, caucasien. Il a l'air d'avoir la trentaine. Cela voudrait dire qu'aujourd'hui, il aurait la quarantaine. Ses cheveux châtains sont coupés court.

Bon, ce dernier détail ne sert à rien. Dieu sait comment il les porte à présent ! Je dois me concentrer sur ses traits distinctifs et sur ce qu'il dit, avant que je ne sois arrachée à cette vision.

Le problème, c'est qu'il ne dit pas grand-chose. Il fait surtout des interjections et lance des « oui, monsieur », entrecoupés parfois de phrases plus longues. Je remarque quelque chose de vaguement bizarre dans sa façon de parler. Serait-ce un accent ? Il ne m'évoque pas spécialement une région française, ni un pays francophone ni un pays étranger. Il est juste... différent. En plus, il y a quelque chose de bizarre avec ses yeux bleus, qui ont l'air un tantinet anormaux.

Le nom sous lequel il avait signé les papiers s'est avéré être un faux nom. En l'observant maintenant, je dirais qu'il n'y a pas que son nom qu'il avait inventé. La façon qu'il a de se tenir, ses inflexions, ses expressions faciales, tout ce qui le concerne, sa personne même, semble un peu décalée, comme s'il n'était pas vraiment à sa place ici.

Le *cinémagraphe* se termine aussi soudainement qu'il avait commencé. Je suis de retour dans le présent, à l'extérieur de la maison, à côté de Rose.

— Ça va ? me demande-t-elle. Tu as pâli un instant, et tu avais le regard absent.

— Je vais bien. J'étais juste… submergée par les souvenirs.

Elle serre ma main.

— La première année après l'accident, je me faisais tout le temps un film, dans lequel j'étais venue en week-end avec vous, et où j'avais pu sauver Élise. Mais ces fantaisies ne m'aidaient pas à surmonter l'épreuve. Elles ne faisaient qu'empirer mon malheur. Alors, j'ai arrêté.

— Ça, c'est de la volonté, mamie !

Sa prise sur ma main se resserre, et elle m'éloigne de la maison.

— Ça suffit, on a assez rôdé. Rentrons.

Je ne conteste pas sa décision. Ma mission est accomplie. Dès que je serai de retour chez moi, je noterai tout pour ne rien oublier plus tard. Puis j'appellerai Cat afin de lui faire part de mon compte rendu.

Ce n'est que lorsqu'on emprunte la D36B que je réalise une chose. Pour que je voie cette scène, il fallait qu'un des hommes qui s'y trouvaient ne soit plus en vie. Toutes mes visions jusqu'à présent ont impliqué au moins un mort.

Lequel des deux a donc péri : le propriétaire ou l'entrepreneur ?

Je connais le nom du propriétaire. Il devrait donc être assez simple de savoir s'il est mort ou non.

Ce n'est pas grand-chose, mais c'est un point de départ.

Chapitre 27

Sur le chemin du retour à Beldoc, mes pensées dérivent du passé vers le présent et vers l'affaire de meurtre en cours.

Depuis ma conversation de la veille avec Salman, j'ai pris soin de ne pas y penser, ce qui a certainement contribué à dissiper le brouillard dans mon esprit. Je ne sais toujours pas qui est le tueur. Laure, Jean-Louis, Guillaume ou même Valérie, chacun avait un mobile, des moyens et des opportunités. Les preuves matérielles désignent Laure, et c'est pourquoi elle est en tête de la liste de mes suspects, bien que mes tripes me soufflent le contraire.

Mais la distance émotionnelle que j'ai placée entre l'affaire et moi a mis une chose en évidence : l'anecdote que Salman a partagée avec moi est peut-être plus importante qu'elle n'y paraît, vu le contexte. Bien que mineure, elle est lourde de conséquences.

Dans ce spa, Guillaume a trompé Michelle avec Salman et s'est moqué d'elle. Roland, en rôdant avec ses gadgets d'espion, en a peut-être été le témoin et a enregistré la scène. Il aurait ensuite pu se précipiter vers Michelle pour lui faire écouter les enregistrements.

Et si Guillaume n'avait jamais surpris Roland en train de l'espionner ? Et s'il avait appris qu'il existait un enregistrement pour Michelle ? Et si elle s'était confrontée à son fiancé ce soir-là ?

Elle aurait été très déçue, son petit cœur ranci brisé en mille morceaux. Elle aurait pu menacer Guillaume d'aller voir la presse pour leur révéler sa double vie. Bon, il est vrai qu'en dehors des cités comme celle où Salman a grandi, une vie sexuelle hors normes qui se démasque fait plus de bien que de mal, finalement. Le scoop aurait rendu Guillaume plus intéressant et aurait agi comme un coup de pub pour sa carrière chancelante. Les journalistes auraient fait la queue pour l'interviewer et auraient titré : « L'écrivain Guillaume Tron brise le silence ». Guillaume aurait été invité à toutes les émissions télévisées et à la radio pendant plusieurs semaines.

On est en France, après tout, pas dans une théocratie !

Non, la menace que Michelle aurait pu proférer aurait pris une autre forme. Elle aurait dénoncé l'aspect minable de la combine de Guillaume. La presse aurait alors qualifié le romancier, jadis acclamé par la critique, de tartuffe, de croqueur de diamants et de manipulateur. Cela aurait-il ridiculisé Michelle au passage, lui donnant l'air d'une vieille cloche pitoyable ? Sans doute.

Mais ne sous-estimons pas la rage d'une femme humiliée.

Tout cela n'est que spéculation, mais au cas où elle se révélerait exacte, Guillaume apparaîtrait soudainement sous un jour plus sombre. D'un type qui avait tout à gagner à garder Michelle en vie – au moins assez longtemps pour l'épouser –, il passe à celui qui aurait eu beaucoup à perdre.

La seule chose que cette théorie n'explique pas, c'est pourquoi Guillaume aurait d'abord épargné Roland, l'homme qui détiendrait un enregistrement compromettant sur lui ? Pourquoi attendre ? Pourquoi risquer que le détective privé rende son enregistrement public ?

Quel dommage que je n'aie pas eu de cinémagraphe *à bord du yacht ou près du mazet de Roland !*

Mais aujourd'hui n'est pas un jour comme les autres. Ce fameux « état de flux » dont j'ai tant entendu parler, mais que je n'ai jamais vécu moi-même – me voilà en plein dedans à présent. S'il y a une chance pour que j'aie une vision concernant Roland, ce sera aujourd'hui.

— Quel était l'endroit que nous venons de passer ? demandé-je à Rose.

— Gageron. Pourquoi ?

Le trafic est fluide. Si j'arrive à convaincre Rose de me conduire au mazet, ça ne nous ferait qu'un détour d'une demi-heure. Si elle refuse, ou si elle a des projets pour l'après-midi, je lui demanderai de s'arrêter au village suivant, et je trouverai bien un bus pour m'y rendre par mes propres moyens.

— Es-tu pressée de rentrer à Beldoc ? lui demandé-je.

— Pas spécialement, dit-elle en fronçant les sourcils. Julie, à quoi tu penses ?

Comment répondre à cette question sans mentir, mais sans lui parler de mes visions ?

— Je pense qu'aller revoir cette maison de vacances m'a fait beaucoup de bien, dis-je. Et je sens que jeter un coup d'œil au mazet de Roland m'aiderait aussi d'une certaine façon.

— À résoudre son meurtre ?

Je fronce le nez.

— Peut-être.

— Mais le mazet a brûlé, fait-elle remarquer. Il n'en reste plus grand-chose.

— Alors j'aimerais jeter un coup d'œil sur ce qu'il en reste.

— Ton comportement est très bizarre aujourd'hui, ma chérie.

Elle marque une pause avant d'ajouter :

— Donne-moi l'adresse.

Vingt-cinq minutes plus tard, nous nous arrêtons à l'extérieur de la propriété de Roland. Les experts sont partis, ainsi que les enquêteurs. Endommagée par l'incendie, la haie est clairsemée de trous assez grands pour que Rose et moi puissions passer à travers.

Nous nous baladons autour de la ruine pendant un certain temps. Rose fait le tour des arbres brûlés du jardin, touchant leur tronc et leur susurrant des mots de compassion. Je me concentre sur le mazet, regardant à travers les fenêtres béantes. C'est un squelette de maison, dépouillé de toute chair et de toute peau. Aucun verre, bois, meuble, équipement ou peinture n'a survécu à l'incendie. Il ne reste plus que de la pierre noircie.

Tandis que je regarde à travers une des fenêtres vides, l'air se déplace légèrement. La lumière change du milieu de l'après-midi jusque tard dans la soirée. La pièce que je regarde n'est plus monochrome. Ses murs blancs reflètent le clair de lune. Un tapis oriental rouge couvre le sol. À travers la vitre qui est réapparue à la fenêtre, je vois que la pièce est meublée, bien que de façon éparse. Il y a un grand bureau avec un ordinateur au milieu, une chaise de bureau, beaucoup de classeurs et d'étagères, un appareil photo professionnel, des micros, des écouteurs, d'autres équipements dont je ne connais ni l'utilité ni le nom.

Ce doit être le bureau de Roland. Mais il n'y a aucun signe de lui. Je me demande si je peux y entrer, ce qui m'amène à la question suivante : qui suis-je dans ce *cinémagraphe ?*

À l'instant même où je me pose la question, je suis soulevée et soufflée à travers le jardin, à travers les champs, les vignes et les routes, vers la mer. Suis-je une feuille d'arbre ? Un grain de poussière ? Un virus en suspension dans l'air ? Quoi que je sois, j'adore ma portabilité – chose que je n'avais jamais expérimentée dans un *cinémagraphe* jusqu'à présent.

La côte désormais derrière moi, je survole la mer, surfant entre les constellations scintillantes et l'eau sombre parsemée de bateaux blancs. L'un d'eux, un superyacht aussi colossal que gracieux, a l'air d'être tout droit sorti du futur.

Mais c'est le voilier A !

On m'emporte au-delà de A, toujours plus loin de la côte, jusqu'à ce que je flotte au-dessus d'un autre bateau familier, *L'Occitane*. Doucement, je descends, me demandant où je vais finir.

Dans la cabine de Roland, de toute évidence.

Assis à son petit bureau, il visionne une vidéo sur l'écran de sa caméra. Le son passe dans ses écouteurs, mais si j'arrive à me déplacer de l'autre côté de la pièce, je pourrai voir ce qu'il regarde.

On frappe à la porte.

Il éteint la vidéo, met la caméra et les écouteurs dans le tiroir du bureau et se dirige vers la porte.

— Oui ?

— C'est Guillaume.

Roland hésite.

— Que voulez-vous ?

— Discuter, répond Guillaume d'une voix étouffée par l'urgence. S'il vous plaît ? C'est une question de vie ou de mort pour moi.

— Ne bougez pas.

Roland se précipite vers une valise près du mur, en sort un étrange objet et retourne à la porte.

— J'ai un taser. Si tu tentes quoi que ce soit ou si tu me menaces, tu le regretteras.

— La dernière chose que je veux, c'est te menacer.

Roland laisse Guillaume entrer et ferme la porte derrière lui.

— Je t'écoute.

— Michelle est morte, dit Guillaume, son regard oscillant entre le taser et le visage de Roland.

— Tu l'as tuée.

— Non ! Je te jure que ce n'était pas moi. Elle était ma bouée de sauvetage !

— Jusqu'à ce qu'elle ne le soit plus, fait remarquer Roland dans un rictus. Je t'ai vu t'amuser avec Salman et la traiter de vieille cloche dégénérée.

— Elle était bouleversée, et c'est compréhensible, mais nous en avons discuté. Je l'ai suppliée de me pardonner, et elle l'a fait.

— Sans blague…

Guillaume secoue la tête comme un homme possédé.

— Elle a dit que c'était fini entre nous, mais qu'elle allait rompre en toute discrétion. Elle n'avait pas l'intention d'exposer notre linge sale en public.

— Alors pourquoi est-elle morte ?

— Laure Bermond l'a tuée.

Roland le fixe du regard.

— Je ne te crois pas.

Moi non plus, je ne te crois pas.

— Ça doit être Laure, dit Guillaume. Elle a dû nous entendre nous disputer et se dire que si elle tuait Michelle, les soupçons tomberaient sur moi.

Le visage de Roland indique qu'il n'y croit pas une seconde.

— Tu l'as vue tuer Michelle ? Si c'est le cas, pourquoi ne l'en as-tu pas empêchée ? Pourquoi n'as-tu pas appelé à l'aide ?

— Je n'ai pas vu le meurtre, mais quand je suis entré dans la cabine de Michelle, elle n'était pas là.

— Et alors ?

Les yeux de Guillaume s'agitent, comme quelqu'un qui réfléchit très vite.

— Et j'ai aperçu Laure sur le pont, près du parapet.

— C'est un peu tiré par les cheveux, ton histoire…

— Il y a une semaine, j'ai surpris Laure en train de diluer son antidépresseur dans le thé de Michelle. Elle m'a assuré qu'elle ne voulait pas lui faire de mal, elle m'a supplié de garder son secret… Je n'aurais pas dû ! Si j'avais alerté Michelle, elle aurait viré Laure sur-le-champ.

— Ah, donc Michelle n'était pas parano quand elle disait que Laure essayait de l'empoisonner !

Guillaume acquiesce.

— Non, elle n'était pas paranoïaque.

— Pourtant, tu as protégé Laure plutôt que ta fiancée.

Encore ces yeux qui bougent.

— Michelle n'était pas une personne facile à vivre, même avec ceux qu'elle aimait. Demande à sa fille Valérie et à ses petits-enfants !

— Alors tu t'es dit : « Je vais laisser Laure continuer son traitement transgressif si cela rend Michelle plus supportable » ?

— Ce n'est pas ce qui s'est passé ! proteste Guillaume. Je lui ai fait promettre de ne plus jamais le refaire. Mon erreur a été de sous-estimer à quel point elle détestait Michelle.

Roland le regarde un instant avant de demander :

— Qu'est-ce que tu attends de moi ?

— De la discrétion.

— En d'autres termes, tu veux que je m'assoie sur l'enregistrement que j'ai réalisé de Salman et toi, et que je mente à la police quand ils m'interrogeront. C'est bien ça ?

Guillaume fait un pas en avant.

— Écoute-moi…

Roland pointe son taser sur la poitrine de Guillaume.

— Encore un geste et je te grille !

Mains levées, Guillaume recule.

— Doucement. Je suis venu avec une offre qui pourrait te plaire.

— Tu n'as rien à offrir.

— Oh ! mais si. Michelle ne m'a peut-être pas donné beaucoup d'argent, mais elle m'a fait toutes sortes de cadeaux. Elle m'a acheté des actions et des antiquités. Elle m'a offert de précieuses œuvres d'art. Je les ai fait estimer : elles vaudraient plus de huit cent mille euros. Et, juste avant de mourir, elle m'a acheté la Lamborghini dont je rêvais. La voiture sera livrée en novembre.

— Continue, invite le détective.

— Je vais tout vendre ces prochains mois. Le produit de la vente devrait atteindre deux millions d'euros, selon l'estimation la plus basse. Je t'offre la moitié du montant total.

— Et je devrais te croire sur parole ?

— Tiens, j'ai déjà écrit une reconnaissance de dette.

Guillaume fouille dans la poche de sa veste. Roland saisit son taser à deux mains.

Sortant une feuille de papier pliée, Guillaume l'ouvre et la tend à Roland pour qu'il la lise. Le document, à l'écriture intelligible, est daté et signé.

— J'ai fait une liste de tous les objets à vendre où j'ai précisé que tu recevras au moins un million d'euros ou même plus, si je gagne davantage d'argent avec la vente, dit Guillaume.

Roland lit le document. Je le lis en même temps que lui. Il est exactement tel que Guillaume l'a décrit.

— Bouge pas, dit Roland à Guillaume.

Il se met à côté de son bureau et tire un livre de l'étagère du dessus.

— C'est ton chef-d'œuvre. Je l'ai apporté avec moi pour le lire afin de pouvoir en parler, étant donné ma couverture d'amateur de livres. Je n'ai pas réussi à dépasser la page trois.

— Il devient plus accessible à partir du deuxième chapitre.

Maladroitement, Roland cale le livre contre son ventre et utilise sa main gauche pour l'ouvrir.

— C'est un exemplaire dédicacé, hein ! Je l'ai eu pour pas cher sur ce site où les gens revendent leurs bouquins.

Son taser toujours pointé sur le romancier, Roland compare l'autographe à la signature sur la reconnaissance de dette de Guillaume.

Je fais la même chose de mon côté.

Les deux correspondent parfaitement.

L'autographe vacille. Puis Roland lui-même vacille, et toute la cabine avec lui, Guillaume y compris. Un frisottement familier se fait sentir dans l'air, et je réalise que mon temps de présence est écoulé. La dernière image devient statique. En quelques secondes, je suis de retour dans le jardin de Roland, face à sa maison ravagée.

— Je t'avais dit qu'on ne trouverait rien ici ! crie Rose derrière moi. Peut-on rentrer maintenant, pour que je nous prépare une quiche pour le déjeuner ?

— On peut rester encore un peu, s'il te plaît ? supplié-je.

— Je te donne encore dix minutes, et après on s'en va.

En me tournant vers le jardin, j'analyse ce qui vient de se passer.

C'était le *cinémagraphe* le plus long, le plus instructif et le plus utile que j'aie jamais eu. J'ai été témoin d'une scène clé qui explique pourquoi Guillaume n'a pas tué Roland à bord de *L'Occitane*. Il avait accusé Laure du meurtre de Michelle, mais je ne crois pas une seconde à cette histoire, et je serais surprise que Roland l'ait crue. Au contraire, cela suggère que Guillaume est assez sournois pour piéger Laure.

C'est plus qu'énorme – c'est de l'or.

Le seul petit hic, c'est qu'aucun juge sain d'esprit ne délivrerait un mandat d'arrêt contre Guillaume Tron parce que la pâtissière Julie Cavallo a eu une vision.

Sans compter qu'aucun flic sain d'esprit n'envisagerait de demander un mandat d'arrêt pour cette raison.

Et enfin, aucun tribunal n'accorderait à mon « or » le moindre crédit.

Chapitre 28

J'ai besoin d'obtenir quelque chose de plus de cet endroit, quelque chose de matériel.

Mais si une telle pièce à conviction a survécu à l'incendie, ce serait parce que Guillaume l'aurait emportée avec lui. Pour la récupérer, il faudrait fouiller la maison, ce que je ne peux pas faire. Ce qui me ramène à l'impossibilité d'obtenir un mandat afin d'étayer ma théorie concernant Guillaume.

En serrant les poings, j'arpente le terrain brûlé, qui auparavant devait être une vaste pelouse. Mon cerveau se remémore tout ce que je sais sur Roland, chaque détail que j'ai observé, chaque mot qu'il a prononcé dans mon *cinémagraphe* et durant la croisière, tout ce à quoi je pourrais m'accrocher.

La tête basse et le regard vers le sol, je fonce tout droit dans un arbre fruitier noirci par le carnage.

— Aïe !

En me frottant le front, je lève les yeux.

Il est difficile de dire de quel genre d'arbre il s'agit, mais si je devais deviner, je dirais que c'est un pommier. Il a des branches tentaculaires parsemées d'éperons et une écorce écailleuse. Les autres arbres ont un aspect différent. Ils ont la forme d'un parapluie et leur écorce est plus lisse, avec des greffons disséminés sur le tronc. J'opterais plutôt pour des cerisiers. Le seul pommier du jardin devait être le chouchou de Roland, celui qu'il avait surnommé son *arbre de Newton*, et sous lequel il s'asseyait pour fumer un cigare chaque fois qu'il se trouvait dans une impasse.

Il était convaincu que cet arbre l'aidait à réfléchir.

Et s'il pouvait m'aider aussi ?

Je tourne autour de l'arbre, les yeux rivés sur les branches. Tous les fruits et les feuilles ont brûlé. Il n'y a aucune chance que je sois « newtonisée » par une pomme ; et puis, je me suis déjà pris le tronc en pleine face, ce sera tout pour aujourd'hui, merci bien ! Je m'installe donc tranquillement sous les branches dénudées et prie pour avoir une révélation, sous le regard médusé de mamie.

J'attends trente secondes.

Il ne se passe rien.

Une minute passe ; toujours rien.

Les paumes de mains au sol et le dos contre l'arbre, je reste immobile, à attendre.

Deux autres minutes passent.

Trois minutes.

Quatre minutes.

Cinq minutes.

Rose pose les mains sur ses hanches et me fixe du regard.

Je sais que j'ai l'air bête, mais elle m'a accordé dix minutes, et j'ai la ferme intention de les utiliser.

Pour éviter son regard renfrogné, je contemple l'herbe brûlée qui m'entoure. Sans raison précise, je la caresse, sentant les pointes s'effriter sous mes doigts. De plus en plus frustrée, je passe ma main sur les touffes carbonisées et les espaces dégarnis entre elles. Soudain, une sensation me fait m'arrêter et ramener la main sur la touffe d'herbes que je viens d'effleurer. Elle est différente des autres, surélevée, mais pas trop. Une taupinière ? Les taupinières que j'ai vues étaient toujours poreuses. *A contrario*, celle-ci est bien tassée.

En me penchant, je commence à creuser des deux mains.

Rose s'approche.

— Qu'est-ce que tu fais ?

— Je regarde ce qu'il y a sous cette bosse.

— Les restes du hamster de compagnie de Roland, dit-elle.

J'arrête de creuser, dégoûtée.

— Ce n'était qu'une hypothèse, dit-elle en laissant échapper un soupir. Il ne m'a jamais parlé d'un hamster de compagnie.

Un peu plus prudemment, je reprends les fouilles.

Mon ongle gratte une surface dure. J'ai l'impression que c'est du métal… Je continue jusqu'à déterrer un objet.

— Une boîte !

Je l'attrape et saute sur mes pieds. J'hésite à l'ouvrir…

— Si tu as peur que ce soit le cercueil du hamster, alors détends-toi, rigole Rose en regardant de plus près la boîte en acier. Elle est trop plate.

En effet.

J'époussette la terre cendrée avec ma manche. La gravure d'un cigare apparaît sur le couvercle.

— Allez, ouvre-la, m'incite Rose.

Je palpe les côtés de la boîte à cigares à la recherche du fermoir, puis la déverrouille.

À l'intérieur se trouve une clé USB.

Rose et moi échangeons un regard stupéfait.

Elle ferme la boîte, la met dans son sac à main et se précipite vers le trou dans la haie.

— Partons d'ici avant qu'un voisin ne nous attrape en train de piller !

— On ne pille pas, mamie ! On enquête, la corrigé-je en la rattrapant.

Au lieu d'aller chez Rose, on file à la pâtisserie.

Mamie a trop peur des virus informatiques pour brancher sur son ordinateur une clé USB qu'elle n'a pas personnellement achetée et déballée. De plus, elle n'a pas installé d'antivirus, car elle les trouve trop onéreux.

Je soulève la grille métallique de la boutique, nous entrons, et je referme la porte derrière nous en accrochant le panneau « fermé ».

Rose place la boîte à cigares de Roland sur le comptoir.

Nous buvons chacune un peu d'eau et de café et mangeons une part de gâteau.

Elle montre du menton mon téléphone posé sur le comptoir.

— Il faut que tu appelles le commissaire et que tu lui parles de ce que nous avons trouvé.

— Tout à fait !

Nous regardons le téléphone.

Puis nous regardons la boîte à cigares.

Rose lève les yeux vers moi.

— Il serait plus sage de ne pas y toucher.

— Si on remet la clé USB au commissaire Reboul sans la lire au préalable, nous ne n'en connaîtrons peut-être jamais le contenu.

— On l'apprendra un jour, peut-être indirectement.

— Mais c'est là tout le problème ! m'exclamé-je en attrapant la boîte. Indirectement, ça ne me suffit pas.

Rose ne dit plus rien.

J'ouvre la boîte et en retire la clé USB.

— Allez, tu n'es pas curieuse ?

— Bien sûr que si.

Eh bah, voilà ! La question ne se pose plus.

J'allume l'ordinateur et branche la clé à l'un des ports USB. Elle contient une dizaine de dossiers, triés par ordre alphabétique selon l'affaire. L'un d'eux s'intitule « Michelle Leclerc ». Je l'ouvre.

À l'intérieur se trouve un fichier vidéo.

— Vas-y, clique dessus, m'urge Rose.

Je clique.

Quand la vidéo commence, je suis saisie par une sorte de déjà-vu. Il s'agit de la scène du spa à bord de *L'Occitane*, celle que Salman m'a racontée. Roland l'avait donc filmée, bien que sous un angle difficile ! Il avait dû trouver un coin de la fenêtre du pont dont Salman m'a parlé où le rideau n'obstruait pas la vue.

Salman fait un massage à Guillaume, puis le massage se transforme en autre chose. On ne distingue pas bien, mais ce qu'on voit ne laisse planer aucun doute sur ce qui se passe. Ils discutent et rigolent. Guillaume dit les méchancetés sur Michelle que Salman m'a relayées, et bien d'autres encore. Elle n'est pas qu'une vieille cloche, elle est aussi une vache à lait, une harpie, et la sorcière la plus vicieuse du monde.

— Cela dit, difficile de ne pas être d'accord avec lui, fait remarquer Rose.

Quand on arrive au moment où il compare Michelle à Rose, Guillaume traite sa fiancée de laide. Il se lamente auprès de Salman, en exagérant ses propos pour l'effet dramatique, ajoutant qu'il se couperait la main droite si cela pouvait rendre Michelle à moitié aussi charmante que mamie.

Rose est radieuse. Son ego a tellement enflé que je lui attrape la main de peur qu'elle ne s'envole vers le plafond comme un ballon d'hélium.

La vidéo se termine sur Salman et Guillaume qui se préparent à quitter le spa. Je vérifie les autres dossiers, au cas où, mais rien d'autre ne concerne cette affaire. J'éjecte la clé USB et la remets dans la boîte.

— Maintenant, sois gentille et appelle le commissaire Reboul, dit Rose.

Obéissante, je fouille dans mon sac pour trouver sa carte, mais ne l'y trouve pas.

— J'ai dû la laisser chez moi, annoncé-je.

Elle lève les yeux au ciel.

— Très bien, alors appelle Gabriel.

Ah, il est redevenu Gabriel, du coup ?

Adinian décroche.

— Oui ?

— Vous êtes au milieu de quelque chose, là ?

Il confirme, tandis que je détecte plusieurs voix masculines autour de lui.

— Comment puis-je vous aider, Madame Cavallo ? demande-il.

— J'ai trouvé une preuve concernant le meurtre de Michelle Leclerc.

Il y a un bref silence avant qu'il ne demande :

— Quel genre de preuve ?

— Une clé USB.

— Où l'avez-vous trouvée ?

— Dans le jardin de Roland Oliveira.

— Que faisiez-vous dans…

Quelqu'un appelle ; il hurle qu'il sera là dans un instant.

— Peu importe, reprend-il au téléphone. Où êtes-vous maintenant ?

— À ma boutique.

— Je ne pourrai pas y être avant un bon moment, dit-il. Rendez-moi service et apportez votre preuve à la gendarmerie, d'accord ? Je vais les prévenir.

— D'accord, promets-je, et nous raccrochons.

Je rapporte la conversation à Rose, qui me fait jurer d'obéir à Adinian sans délai. Puis, elle rentre chez elle.

Seule dans la pâtisserie, j'éteins l'ordinateur et dépose la boîte à cigares dans mon sac. Une fois la boutique bien fermée, je me mets en route pour la gendarmerie.

En marchant, je ne pense qu'à une chose : la vidéo de Roland fera-t-elle revoir sa théorie au commissaire Reboul ? L'amènera-t-elle à s'intéresser à Guillaume au lieu de concentrer toute son énergie sur Laure ? Est-ce une preuve suffisante ?

Je crains que non. Elle est circonstancielle. Tout ce que la vidéo suggère, c'est que Guillaume aurait eu un mobile pour tuer Michelle, puis Roland. Mais ça ne reste qu'une supposition.

Comme j'aurais aimé trouver un enregistrement de la conversation dont j'ai été témoin dans mon cinémagraphe !

Et si… Et si Oliveira avait aussi enregistré cette conversation ? Et si, en tant que détective privé parfaitement équipé, il avait laissé dans sa cabine un petit appareil allumé en permanence, qui aurait immortalisé l'accord qu'ils avaient passé ? Et si Roland avait ensuite caché une copie de cet enregistrement dans une autre boîte à cigares enterrée autour de son arbre préféré ?

Ma recherche n'a pas été rigoureuse. Dès que j'ai trouvé la première boîte, j'ai arrêté de creuser. Je n'ai pas vérifié s'il y avait d'autres bosses ou touffes d'herbes qui se démarquaient du lot.

Honte à toi, Julie ! Quel genre de détective es-tu ?

Le genre négligent et pas très « sherlockien » !

Je passe devant un abribus, quand quelque chose sur la paroi latérale m'interpelle. C'est une affiche avec la photo de notre maire, Victor Jacquet, légendée ainsi :

Votez Victor Jacquet si vous voulez que Beldoc ait des pistes cyclables !

Cette affiche a été réalisée pour moi. Une ex-parisienne néoprovinciale, avec vélo et sans voiture : j'en suis la cible parfaite. Seulement voilà : même en mettant de côté le fait que Rose est sa concurrente, le coup bas que Victor s'est permis de faire la semaine dernière est impardonnable.

Je me mets devant l'affiche, mon visage presque dans celui de Victor, et vérifie s'il y a des caméras de surveillance. RAS. Je fais glisser mon sac à bandoulière de mon épaule, jette un coup d'œil à gauche puis à droite. À part une voiture garée à au moins trente mètres en aval, personne n'est assez près pour être témoin du délit que je m'apprête à commettre.

Je sors mon stylo, gratte deux mots sur l'affiche, et en ajoute quelques-uns. Maintenant, on peut lire :

Votez Victor Jacquet si vous voulez que Beldoc ait des urinoirs devant les boutiques !

À la fois satisfaite et choquée par mon premier acte de vandalisme, je me recule. Ai-je basculé du côté obscur de la force, celui des vilaines filles qui n'iront jamais au paradis ? Il semblerait que oui. Mon geste était-il mesquin et sournois ? Sans aucun doute.

Mais les habitants de Beldoc méritent la vérité.

En me reculant encore un peu, je remarque l'écran au sommet de l'abribus qui indique les numéros des lignes de bus. Le premier, le numéro 92, est la ligne que j'avais prise pour me rendre à la ferme de Roland lors de ma première visite. Au moment où je le réalise, des freins crissent derrière moi. Je me retourne : le 92 se rapproche du trottoir. On dirait que l'univers m'envoie un énorme signe jaune vif.

Qui suis-je pour l'ignorer ?

L'univers veut que je retourne dans le jardin de Roland et que je fouille correctement autour de l'arbre de Newton, et d'une manière digne d'une vraie détective amateure.

J'y serai en parfaite sécurité, tout comme lors de mes deux premières visites. Guillaume n'a aucun moyen de savoir que je serai à la ferme de Roland cet après-midi. Jusqu'à il y a quelques secondes, même moi, je ne m'en doutais pas !

Et si je trouve une autre boîte à cigares ?

Ce serait génial de filer aux flics une preuve qui incriminerait directement Guillaume ! Et qui sortirait Laure de prison…

Chapitre 29

Moins d'une heure plus tard, me voici à quatre pattes en train de creuser méthodiquement autour du pommier brûlé de Roland, et à me maudire d'être revenue ici sur un coup de tête sans aucun outil. Cet exercice aurait été tellement plus facile si j'avais eu une petite bêche, une pelle, ou un simple couteau ! Même une spatule en bois aurait fait l'affaire.

La prochaine fois que tu passeras du côté obscur, Julie, emporte ton cerveau avec toi !

Pour ne rien arranger, le temps a empiré. Malgré l'assurance de Météo France que la perturbation ne devait pas arriver avant cette nuit, elle est en train de se produire sous mes yeux.

La lumière se brouille, comme filtrée par une passoire géante, et acquiert une teinte grisâtre. Je lève les yeux : le ciel se couvre de nuages à une vitesse fascinante. Un bon coup de fraîcheur dans l'air me donne la chair de poule sous ma fine veste en cuir.

Il y a aussi beaucoup plus de vent qu'auparavant. Des nuages gris et blancs se rassemblent en grand nombre au-dessus de ma tête. C'est comme si je regardais une scène de film en accéléré : la caméra montre des nuages qui se déplacent dans le ciel à une vitesse anormalement élevée ; le soleil plonge, disparaît derrière l'horizon, puis remonte en courant, et – bim ! – c'est le lendemain.

Mais, dans mon film, le soleil ne disparaît pas derrière l'horizon. *Heureusement.*

Je continue de creuser, ignorant la douleur qui engourdit mes doigts et la saleté sous mes ongles. Je vais aussi vite que possible, tout en faisant preuve de minutie.

Un oiseau gazouille au-dessus de moi. Le vent bruisse parmi les quelques feuilles qui ont survécu au feu. Un tracteur gronde dans le champ voisin.

Je continue à me déplacer à quatre pattes autour de l'arbre et à creuser.

Allez, s'il te plaît, donne-moi une autre boîte à cigares ! Donne-moi quelque chose !

Une fine brume se forme dans l'air et s'épaissit en quelques minutes. Les couleurs s'estompent. Devant moi, le mazet semble flou, comme voilé. Les muscles de mes jambes et de mes pieds attrapent des crampes, mais je continue.

La bruine commence à tomber.

Ma frange me colle au front, tandis que des gouttelettes glissent le long de mon cou et se faufilent sous le col de ma veste. La bruine m'obstrue encore plus la vue que la brume. Elle étouffe le bruit du tracteur et imbibe mes vêtements. Je sens l'humidité du sol imprégner mon jean et me mouiller les genoux et les tibias.

Je m'arrête pour dégourdir mes doigts et regarder le ciel. On dirait qu'il va bientôt pleuvoir pour de bon.

J'accélère la cadence, quand j'entends un bruit de pas derrière moi. Ce n'est pas Rose. Son pas serait plus léger et plus hésitant, comme celui d'une femme menue, montée sur escarpins, qui se fraye un chemin à travers la boue.

Ce doit être Adinian.

Il a peut-être essayé de m'appeler mais n'a pas pu me joindre, car il n'y a pas de signal ici. Puis il est rentré à Beldoc et a découvert que je n'étais jamais allée à la gendarmerie. À partir de là, il s'est servi de ses capacités de déduction et de ses connaissances antérieures quant à mon entêtement pour en déduire que j'avais dû retourner au mazet de Roland.

Cette hypothèse est un peu bancale, mais qui d'autre cela pourrait-il être ? Personne ne sait que je suis là.

Le bruit des pas se fait de plus en plus fort. C'est un pas déterminé ; il court vers moi. Mon cœur s'accélère de peur. Je tourne la tête.

La figure qui se précipite est en effet un homme. Sa silhouette est floutée par le brouillard et la bruine, mais je devine que ce n'est pas Adinian. Je secoue la terre de mes mains quand le martèlement des pas cesse.

Toujours agenouillée, je regarde par-dessus mon épaule.

C'est Guillaume Tron.

Et il pointe une arme sur moi.

Trop étourdie pour prononcer un mot, je me concentre sur son pistolet.

Inutile de crier ou d'appeler à l'aide, cet endroit est trop isolé et, avec la pluie, personne ne m'entendra. De plus, je ne veux pas pousser Guillaume à appuyer sur la détente.

Nous nous fixons réciproquement.

Je me sens toute moite et faible, sur le point de m'évanouir. De la sueur coule sur mes tempes. Mon estomac s'alourdit et une vague de nausée remonte jusqu'à ma gorge.

— Qu'est-ce que vous faites ? réussis-je à lui demander.

Il ajuste sa visée au milieu de ma poitrine.

— C'est évident, non ?

Mes dents se mettent à claquer. Tous mes membres tremblent. Je n'arrive pas à réfléchir. C'est un énorme effort que de rester immobile et de continuer de le regarder.

Mais je dois parler, le distraire, l'inviter à converser. L'alternative, c'est qu'il tire.

— Je ne suis pas seule ici, dis-je.

— Bien tenté. Je sais que vous êtes venue seule, et je sais que vous n'aviez pas prévu de venir ici, donc il est peu probable que quelqu'un sache où vous êtes.

Comment peut-il savoir ces choses-là ?

Il sourit.

— Nous autres écrivains, nous sommes assez observateurs. En fait, je pense que je ferais un meilleur détective amateur que vous.

— Comment avez-vous su que je serais ici ? demandé-je.

— Notre conversation à la médiathèque m'a intrigué. Je n'arrêtais pas de penser aux questions que vous m'aviez posées, et au fait que vous sembliez convaincue de l'innocence de Laure…

— Je ne vous soupçonnais pas à l'époque.

— Vous soupçonniez Jean-Louis, n'est-ce pas ?

— Oui.

— Et j'ai tout fait pour renforcer vos soupçons, dit-il avant de claquer de la langue. Mais le fait de savoir que vous étiez en train de fouiner me mettait très mal à l'aise.

Il jette un œil à son arme avant de fixer ma poitrine.

Va-t-il tirer maintenant ?

Je ne peux plus respirer. Mes bronches ne sont obstruées par aucun objet physique, mais j'étouffe. Mon cerveau est en panne, obsédé par une seule pensée. *Il va tirer.*

En ouvrant grand la bouche, j'inspire.

Je dois dire quelque chose ! Je dois le faire réagir, le faire parler…

À défaut d'une meilleure idée, je lâche :

— Entre se sentir mal à l'aise et décider de tuer quelqu'un, il y a quand même du chemin !

Mon pouls bat si fort dans mes oreilles que je peux à peine entendre mes propres paroles.

— J'ai appelé Salman hier soir, dit Guillaume. Il m'a parlé de votre conversation dominicale. C'est comme ça que j'ai appris qu'il avait craché le morceau au sujet de notre rencard sur le yacht, et sur le fait que je m'étais moqué de Michelle.

— Il est de mèche avec vous ?

Quel dommage ! J'aimais beaucoup Salman.

— Mais non, dit Guillaume. Salman serait incapable de meurtre, et il ne m'imagine pas en être capable. Deux meurtres, pensez donc ! Il se sentait coupable d'avoir ragoté et d'avoir donné une mauvaise image de moi.

C'est un soulagement de savoir que Salman n'est pas complice de meurtre.

Le visage de Guillaume rougit.

— Il aurait dû se taire, l'imbécile ! Je n'aurais jamais dû me confier à lui. Il m'avait assuré qu'il pouvait garder un secret. Tu parles !

Je me demande s'il va éliminer Salman ensuite…

— Comment avez-vous su que j'étais là ? demandé-je à nouveau.

Il hausse les épaules.

— Qu'est-ce que ça peut bien faire maintenant ?

— Je suis pathologiquement curieuse, comme vous avez pu le remarquer. Les questions sans réponse me rendent dingue. Ça me tuerait de mourir sans savoir.

Je ne sais pas comment j'ai trouvé cette absurdité ni le courage de la sortir. Ça doit être la poussée d'adrénaline qui m'envahit.

À ma grande surprise, Guillaume exauce mon vœu :

— Je suis allé dans votre boutique plus tôt cet après-midi, sans aucun but précis. J'allais passer un peu de temps à vous surveiller pour savoir ce que vous tramiez, peut-être vous suivre également.

— Normalement, la pâtisserie est fermée le lundi.

— Heureusement pour moi, je ne le savais pas, s'exclame-t-il avec un sourire en coin. Bref, vous étiez là, à faire quelque chose sur votre ordinateur. Je me suis mis derrière l'arbre de l'autre côté, et j'ai attendu.

Je lui fais un signe de tête pour qu'il continue.

— Vous avez fermé la boutique et vous êtes allée quelque part, reprend-il. Puis, je suis monté dans ma voiture. Mes vitres sont teintées, c'était donc plus sûr que de vous suivre à pied.

— Minute ! J'ai vu une voiture garée non loin de l'arrêt de bus, une Renault noire, je crois. C'était vous ?

— Oui, madame. Quand vous avez déraillé à cause de cette affiche, je me suis arrêté et j'ai attendu. Puis un bus est arrivé et vous êtes montée dedans. Alors j'ai suivi le bus. Et c'est comme ça, chère madame, que je suis arrivé ici.

Je plisse les yeux.

— Avec un pistolet chargé en poche ?

— Oui, eh bien, c'est drôle comme on s'habitue à porter ce machin-là. Il y a un mois, je n'avais aucune idée de comment en acquérir un, ni de la façon de l'utiliser. Puis, je me suis renseigné, j'ai trouvé les bonnes personnes, je me suis entraîné. Et j'en ai fait bon usage.

— Sur Roland Oliveira ?

Il sourit en guise de confirmation.

— Mon pistolet m'a sauvé la vie ce jour-là. Roland m'a bien cogné lorsqu'il s'est rendu compte de la raison pour laquelle j'étais venu chez lui. Un petit gars potelé comme ça, qui l'aurait cru ?

Je secoue la tête, comme pour dire « pas moi ! ».

— Si j'avais été armé d'un couteau, il m'aurait maîtrisé, dit Guillaume. Alors, depuis, j'aime bien avoir mon arme sur moi, où que j'aille.

Il resserre sa prise, en déplaçant légèrement le canon vers la gauche, comme pour signaler qu'il a fini de parler.

Désespérée, je me cherche une autre question, n'importe quoi pour retarder le moment inévitable où il appuiera sur la détente et me mettra une balle en plein cœur.

— Vous l'emmenez aussi à la médiathèque ? demandé-je. Ils n'ont pas de détecteur de métaux ?

Il ne se donne pas la peine de répondre à ma question, mais me lance un regard plein de pitié.

— Croyez-moi, Julie, j'aimerais ne pas avoir à faire ce que je vais faire. J'espère que vous ne m'en voudrez pas…

Une soudaine foulée de pas à ma droite nous fait tourner tous les deux la tête dans cette direction. Le capitaine Adinian charge vers nous, pistolet à la main.

Il s'interpose entre Guillaume et moi, et arme son pistolet vers la poitrine du romancier.

— Lâche ton arme !

La main de Guillaume frémit, mais il ne baisse pas son arme.

Le bruit des bottes sur le sol boueux me parvient avant que je ne puisse voir la deuxième personne qui court vers nous. Quelques secondes plus tard, la forme d'un gendarme en uniforme, son arme dégainée, émerge de la brume. *Je le reconnais !* C'est le subordonné d'Adinian, Isnard.

Il s'arrête brusquement à la droite d'Adinian. Adoptant une posture de tir, il arme son pistolet et vise la tête de Guillaume.

— Lâche ton arme ou tu recevras une balle dans le cœur et une autre dans la cervelle, dit Adinian d'une voix glaciale.

Guillaume hésite, la mâchoire serrée.

— Ma patience a des limites, reprend Adinian. Et mon doigt sur la gâchette me démange terriblement.

— Le mien aussi, ajoute Isnard.

Il se passe alors quelque chose qui fait que le comportement de Guillaume change. Son visage s'affaisse, comme tout son corps. Il baisse son pistolet.

— Lâche-le et recule, ordonne Adinian. Mets-toi à genoux ! Lève les mains, doigts derrière la tête !

Dégonflé, Guillaume obéit et exécute chacun des ordres. Adinian lui passe les menottes. Isnard sort de sa poche un gant en latex et une pochette à fermeture éclair. Il récupère l'arme de Guillaume.

Je me relève enfin, le cœur palpitant. Je me sens ivre de vie.

Adinian se tourne vers moi, la voix presque aussi dure que lorsqu'il promettait de faire sauter la cervelle de Guillaume.

— Vous étiez censée aller à la gendarmerie.

— C'est là que je me dirigeais, je vous le jure, puis j'ai vu une affiche du maire Victor Jacquet sur un abribus, et je me suis arrêtée pour… euh… la lire, et puis le 92 est arrivé, et je…

Il agite la main.

— Vous m'expliquerez tout ça dans mon bureau.

— On y va là, tout de suite ?

Il acquiesce puis se tourne vers Isnard.

— Allons-y.

Nous nous dirigeons vers un trou dans la haie – pas le même que celui que j'avais emprunté – puis vers la Mégane bleue des gendarmes. Isnard pousse Guillaume, Adinian marche derrière lui ; je ferme le cortège, me préparant au moment désagréable qui m'attend.

Soit dit en passant, je préfère nettement être interrogée à la gendarmerie que d'être enterrée dans ce jardin.

Lorsque nous arrivons à la voiture, Adinian se met au volant et me dit de m'asseoir sur le siège passager à côté de lui. Isnard et Guillaume s'installent à l'arrière.

— Vous m'avez sauvé la vie, dis-je à Adinian et à Isnard. Merci !

Isnard sourit vivement.

— On ne fait que notre travail, madame.

Adinian ne pipe mot.

Nous nous rendons à Beldoc à une vitesse pépère, sans sirène. Adinian passe un appel à l'autoradio et informe ses collègues de ce qui s'est passé. Ensuite, nous roulons en silence, interrompus seulement par le glissement rythmé des essuie-glaces qui vont et viennent.

Je jette un regard furtif au capitaine. Son silence, le pincement de ses lèvres et sa mâchoire crispée, la façon qu'il a de garder les yeux rivés sur la route, suggèrent qu'il est en colère. Je ne suis pas assez naïve pour croire qu'elle est dirigée contre Guillaume.

Sur la banquette arrière, le romancier boude.

Isnard le surveille.

Les restes d'adrénaline dans mon système nerveux s'évanouissent petit à petit. Je me sens plus calme, plus rationnelle. Mais je refuse de réfléchir à ma mésaventure pour l'instant. Mon esprit n'est pas encore prêt à imaginer à quel point j'étais au bord du précipice, il y a à peine vingt petites minutes. Au lieu de cela, je commence à me demander si je peux encore me considérer comme une citoyenne respectueuse des lois et une détective qui traque le crime, étant donné mon acte de vandalisme à l'arrêt de bus. Sans parler de mon imprudence et du manque de planification qui ont failli me coûter la vie.

Adinian va m'engueuler pour ça.

Tonnerre de Brest !

Chapitre 30

À la gendarmerie, je me lave les mains et le visage, me peigne, et enlève les saletés qui maculent mon jean. On m'offre une couverture et du thé chaud avec une assiette de petits gâteaux de supermarché, bien trop sucrés et au goût infect. J'en mange par politesse, mais en souffrance. En revanche, le thé est très bon. Il réchauffe et revigore en même temps.

Mon entretien se déroule en présence de trois gendarmes, dont Adinian. Ils sont tous très prévenants et gentils à l'égard de mon calvaire – celui de la tentative de meurtre, pas des gâteaux.

Adinian pose un tas de questions auxquelles je réponds de façon détaillée. D'emblée, je plaide coupable d'avoir vandalisé l'affiche du maire Jacquet, en insistant sur le fait que j'ai agi seule, et que Rose n'a absolument rien à voir avec ça. Avouer mon méfait m'embarrasse et me soulage à la fois, comme si mes épaules venaient d'être soulagées d'un énorme fardeau.

Adinian ne fait aucun commentaire à ce sujet. En fait, il ne donne aucune opinion sur mes actions. Pas un mot fâché, pas un air renfrogné. Il est la bienveillance incarnée.

M'aurait-il tout pardonné ?

Une fois terminé, Adinian se porte volontaire pour me ramener chez moi.

Nous montons dans sa voiture.

— Je vous emmène chez Rose ? me demande-t-il.

— Oui, s'il vous plaît.

Tôt ou tard, elle apprendra ce qui s'est passé au mazet de Roland, alors je me dis que je ferais mieux de le lui raconter moi-même.

Ce soir, je préfère ne pas être seule. Je suis plutôt d'humeur à regarder *La Fazenda* chez mamie. En vérité, tout ce que je veux à cet instant, c'est me blottir contre Rose sur son opulent canapé, un verre de muscat à la main, et Lady, la créature la plus câline du monde, ronflant doucement sur mes genoux.

Pendant que nous roulons, Adinian fait preuve d'une remarquable retenue.

Suis-je vraiment tirée d'affaire ?

Il s'arrête près de la maison de Sarah, juste en face de celle de mamie. Je détache ma ceinture de sécurité.

— Vous devriez changer de méthode, Julie, dit-il alors que je m'apprête à le remercier et à descendre de voiture.

Je me tourne vers lui.

— Qu'est-ce qui ne va pas avec mes méthodes actuelles ? Elles permettent d'attraper les tueurs, non ?

— Oui, mais à quel prix ?

J'estime que c'est une question rhétorique qui n'exige pas de réponse.

Malheureusement, Adinian m'en fournit une lui-même.

— Vous attrapez les tueurs en leur servant d'appât.

— Je ne le fais pas exprès, me défendis-je.

— Le résultat est le même ! Si vous ne remettez pas ces méthodes en question, la prochaine fois, vous ne serez peut-être plus là pour raconter vos exploits à Rose.

— Je ferai plus gaffe la prochaine fois.

Il me lance un regard de défi.

— Je vous le promets, insisté-je. J'opterai pour la méthode parfaitement sûre de Miss Marple.

— La Miss Marple d'Agatha Christie ?

— Qui d'autre ?

Il soupire.

— Éclairez-moi…

— C’est simple : la FREJ discutera avec les suspects et cherchera des indices, comme d’habitude…

— La FREJ ?

Je souris de toutes mes dents.

— C’est l’acronyme de notre équipe : Florence, Rose, Éric et Julie.

Ses yeux s’écarquillent d’horreur.

— Attendez, vous voulez dire que je n’ai pas affaire qu’à une personne, mais à toute une bande de détectives amateurs ?

Je hoche la tête.

Il marmonne un « génial », puis :

— Et que feriez-vous après les entretiens et la collecte d’indices ?

— On passerait à l’étape d’échanges d’idées et de déduction.

— Et ensuite ? demande-t-il.

— On rassemblerait tous les suspects dans une cage de Faraday.

— Je ne suis pas certain que Miss Marple agirait ainsi.

— Elle le ferait aujourd’hui, croyez-moi, argué-je. Aujourd’hui Internet est accessible partout, et nous avons tous des portables. Pour que la méthode Marple fonctionne, il faut rassembler les suspects dans un endroit qui bloque les ondes électromagnétiques !

— Hum.

Je me frotte le menton.

— Un vaisseau spatial en orbite ou un sous-marin feraient aussi l’affaire.

— Bon, et après ? Que feriez-vous lorsqu’ils seraient tous sur votre vaisseau spatial en orbite ?

Je fais la moue connue sous le nom de : « la Parisienne face au paysan. »

— Mais enfin, c’est élémentaire, capitaine !

— On est un peu lents ici dans le Sud. Alors, que feriez-vous une fois les suspects dans le vaisseau spatial ?

— On les fouillerait et on les disposerait en cercle autour de moi. Puis on les hypnotiserait pour qu'ils ne disent que la vérité, et on demanderait au tueur de flotter en avant.

— Évidemment, dit-il en s'enfonçant dans son siège. C'est élémentaire.

Je hoche la tête.

— N'est-ce pas ? De la détection niveau débutant.

Nous restons assis en silence pendant quelques instants, contemplant les feuilles écarlates de la vigne vierge qui recouvre la façade de la maison de Sarah.

— Vous ne comprenez pas, Julie, dit Adinian.

Une seconde « Julie » en trente minutes ? Sommes-nous officiellement passés aux prénoms maintenant ?

— Comment ça, mon cher Gabriel ? demandé-je.

— Vous vous mettez en danger... C'est... Je... Je ne peux pas vous laisser faire encore une fois.

Il se détourne de la maison de Sarah et me regarde droit dans les yeux.

Je soutiens son regard.

— Vous avez de très beaux yeux, capitaine.

Il cligne des paupières avant de les plisser.

— Vous me trouvez joli ?

— Je n'utiliserais pas ce terme exact pour vous décrire.

— Beau gosse, alors ? Bel homme ?

Enfin, il sourit. *Bravo, Julie !*

— Hum, fais-je en inclinant la tête. Vos cils sont longs et épais... Franchement, quel gâchis sur un homme ! Les miens sont loin d'être aussi élégants, et comme mes yeux sont sensibles, je ne peux pas utiliser de mascara pour les allonger et les épaissir artificiellement.

— Vos cils sont parfaits comme ça.

— Vous croyez ?

Il acquiesce et se retourne vers la maison de Sarah.

— Et vos yeux aussi.

Quoi ?! Ai-je bien entendu ? Vient-il d'admettre qu'il trouve mes yeux attirants ?

S'il ne continue pas sur sa lancée dans les trente secondes qui viennent, aurais-je le courage de lui demander s'il veut sortir avec moi ?

Quel est le pire qui puisse arriver ?

Il pourrait dire : « Je suis conscient que je vous plais, mais restons-en là. Voyez-vous, j'ai une petite amie ornithologue, aussi pimpante que prudente. Elle est en mission chez les pingouins de Patagonie. Mais elle revient bientôt. »

Ou bien il pourrait simplement dire : « Je suis flatté, mais vous n'êtes pas mon genre. »

Ouille. Ça ferait mal.

Mais je n'ai plus seize ans. Je suis une adulte qui peut gérer un rejet.

J'ouvre la bouche pour proposer un dîner. Adinian ouvre la sienne en même temps, sur le point de dire quelque chose.

Son téléphone sonne.

Il jette un coup d'œil au nom sur l'écran, puis décroche.

— Commissaire, j'attendais votre appel.

Reboul parle pendant un moment. Je n'arrive pas à comprendre ce qu'il dit. Adinian ne le met pas sur haut-parleur.

— Je pense comme vous, dit Adinian. Quel flic ne serait pas dégoûté de découvrir qu'il s'est trompé de cette manière ? Mais le bon côté des choses, c'est qu'une personne innocente ne passera pas une décennie en prison pour un meurtre qu'elle n'a pas commis.

Reboul dit quelque chose.

— Vous avez raison, dit Adinian, pas tout à fait innocente.

Ils parlent ensuite des circonstances de l'arrestation de Guillaume – circonstances que je ne connais que trop bien – puis de certains aspects de procédure super ennuyeux.

Quand ils raccrochent, Adinian se tourne vers moi.

— Laure Bermond dormira dans son propre lit cette nuit.

— Je suis contente de l'entendre !

— Reboul est déchiré, et je le comprends, dit Adinian. Il se réjouit que la vérité ait été découverte et que le vrai tueur soit derrière les barreaux, mais il a du mal à encaisser qu'il ait pu avoir tort tout ce temps.

— Même les meilleurs détectives peuvent faire fausse route, fais-je remarquer. Il n'y a pas de honte à l'admettre.

— C'est vrai, mais pour un enquêteur de la brigade criminelle, c'est particulièrement douloureux.

— Pourquoi ?

Il me fait un sourire en coin.

— Élémentaire, ma chère Julie. Il y a tellement de choses en jeu ! La vie des gens, leur avenir, le fait qu'ils pourraient passer la prochaine décennie en liberté entourés de leurs proches, ou bien seuls en prison. Les enjeux sont stratosphériques.

Là-dessus, on est d'accord.

Qu'est-ce qui arrivera à Guillaume ? demandé-je.

— Il est en garde à vue.

— Mais vous devrez le laisser partir après vingt-quatre heures, n'est-ce pas ?

— Pas dans un cas comme celui-ci, explique-il. On devrait pouvoir le garder jusqu'à quarante-huit heures.

— Qu'est-ce qui se passera ensuite ?

— S'il ne passe pas aux aveux, et dans le cas peu probable où nous ne trouverions rien qui le relie aux meurtres de Michelle Leclerc et de Roland Oliveira…

— Mais vous avez mon témoignage ! m'écrié-je. Il m'a tout avoué.

— Il prendra un avocat et niera en bloc ce qu'il vous a dit.

Je penche la tête en arrière.

— Oh non !

— Cela dit, je ne vois pas comment il expliquera le fait qu'il vous tenait en joue lorsque Isnard et moi sommes arrivés.

— C'est un écrivain, il inventera une histoire.

— Il faudra que son histoire soit sacrément convaincante, dit-il. Quoi qu'il en soit, il purgera une peine pour tentative de meurtre sur vous, si ce n'est pour autre chose.

— Et s'il s'avère que ses juges sont fans de son œuvre ? Et s'il trouve des soutiens haut placés ? Vous vous souvenez de ce rocker, qui n'a fait que quatre ans de prison pour avoir tué sa compagne ?

Le visage d'Adinian s'assombrit.

— Il a été condamné au double, libéré plus tôt.

Il détourne le regard.

Crotte ! J'aurais dû garder de la légèreté dans cette conversation au lieu de lui rappeler que Guillaume avait failli me tuer.

Il attrape son portable et compose un numéro.

— Comment se passe la fouille ? T'es toujours sur place ?

Pendant cinq bonnes minutes, son interlocuteur lui fait un rapport détaillé qu'Adinian écoute consciencieusement, en faisant des signes de tête de temps en temps.

Il met fin à l'appel et se tourne vers moi.

— Ça y est, on a trouvé des traces du sang de Roland Oliveira dans l'appartement de Guillaume Tron. Il croyait l'avoir bien nettoyé – ils le croient tous – mais ce n'était pas suffisant.

— Le sang d'un défunt, ça rend l'affaire beaucoup plus concrète, pas vrai ?

— Tout à fait. Son arme correspond également à l'arme du crime, m'informe Adinian en se penchant vers moi. Et ce n'est pas tout, Tron pensait avoir effacé son disque dur, mais notre expert a déjà récupéré ses fichiers et les recherches qu'il a faites sur Internet. Tron ne s'en tirera pas, ni pour le premier meurtre ni pour le second.

Alors que je me prépare à parler, le portail de Rose s'ouvre. mamie en sort, tenant un parapluie ouvert dans une main et berçant Lady contre sa poitrine de l'autre.

Elle aperçoit la voiture et s'avance vers nous.

— Gabriel ? Julie ? s'étonne-t-elle en regardant par la fenêtre. Qu'est-ce que vous faites ici ? Quelque chose ne va pas ?

Nous baissons tous les deux nos vitres.

Rose fait le tour de la voiture vers mon côté.

— C'est l'heure de la promenade ? lui demandé-je, en esquivant ses questions.

— Non, on va chez Sarah et Baxter pour prendre un thé et des sablés.

« Thé et sablés », c'est un nom de code pour « brandy et ragots ».

Rose observe mon aspect ébouriffé, et un profond pli se forme entre ses sourcils.

— Oh ! Julie, qu'est-ce que tu as encore fait ? Tu n'as pas apporté cette boîte à cigares à la gendarmerie, n'est-ce pas ? Où es-tu allée à la place ?

Adinian répond pour moi :

— Elle vous le racontera si vous la laissez prendre un bain bien chaud.

Je suppose que c'est le signal pour moi de sortir de sa voiture et de me mettre sous le parapluie de Rose.

Alors que nous nous précipitons dans la maison de mamie, j'entends Adinian démarrer le moteur et s'en aller.

Chapitre 31

Il fait soleil, chaud et sec, sous le ciel bleu de Provence. C'est comme si la semaine dernière n'avait jamais existé.

Et par « la semaine dernière », je ne parle pas que du mauvais temps, mais aussi de la dernière fois où j'ai frôlé la mort de près. Depuis, je me suis concentrée sur le travail et j'ai passé beaucoup de temps avec Rose et Lady. C'était la meilleure chose à faire pour ma santé mentale. C'est certainement mieux que de me vautrer dans les spéculations horribles sur la manière dont cela aurait pu se terminer pour moi.

Dans cet esprit de fuite en avant, j'ai résisté à la remise en question de mes actes et me suis carrément refusée de repenser au quart d'heure où Guillaume pointait son pistolet sur moi. Au fond, bien que je compte être plus prudente à l'avenir, je ne regrette rien. J'ai tourné la page.

Les psychanalystes approuveraient-ils mon mécanisme pour m'en sortir ? Je ne sais pas pourquoi, mais j'en doute. Toutefois, Rose, Flo et Éric, l'approuvent. Et cela me suffit.

Adinian a été enrôlé dans une équipe départementale qui travaille sur une affaire compliquée à Tarascon. Il m'a envoyé un texto avant de partir. Depuis, je ne l'ai pas revu, ni même reçu de ses nouvelles. Pour être honnête, ça ne me dérange pas. Cela me donne le loisir de ne pas réfléchir à ma tactique de séduction. Je n'ai pas non plus à supporter la déception qu'il ne fasse pas le premier pas lui-même.

En ce beau dimanche de fin octobre, la FREJ, les amis de la FREJ et un groupe de citoyens se sont réunis dans le parc municipal pour le premier pique-nique des *souverainistes verts* d'ELF. Nous sommes une bonne cinquantaine. Je repère Magda parmi la foule. Marie-Jo du *Beldoc Live* et son photographe Robert sont également présents. Il prend des photos.

Beau travail, Clothilde !

Rose se lève et tape sur le côté de son gobelet en papier avec son couteau en bambou.

— Beldociennes, Beldociens !

Elle a déjà lu son discours « séminal » sur le souverainisme vert, co-écrit avec Clothilde. Pour information, les guillemets autour de « séminal » ce n'est pas de l'ironie de ma part, mais parce que je cite Rose. Dans son introduction, elle a dit, textuellement : « Ce discours séminal donne le coup d'envoi du mouvement souverainiste vert de Beldoc, de Provence, de France, d'Europe et du monde entier. »

Je me demande quel discours révolutionnaire elle va prononcer cette fois-ci.

— Une de mes petites-filles m'a encouragée à être aussi transparente et éthique que possible dans ma campagne, commence-t-elle. Julie, ma chérie, je veux que tu saches que tes paroles ne sont pas tombées dans l'oreille d'une sourde !

Je baisse les yeux, gênée. Elle ne sait pas ce que j'ai fait à l'affiche de Victor. La semaine dernière, quand j'ai raconté à mamie les événements qui m'avaient conduite au mazet de Roland, j'ai censuré de mon récit le vandalisme sur l'affiche. Je ne sais pas pourquoi, mais j'avais eu beaucoup moins de mal à l'avouer aux gendarmes qu'à Rose.

Non, en fait, je sais pourquoi. Je n'ai pas prêché l'éthique et la transparence aux gendarmes.

Rose pose son gobelet et son couteau par terre.

— L'ELF aura la campagne la plus transparente de l'histoire des campagnes électorales !

Tout le monde applaudit.

— À cette fin, toutes mes fonctions et rémunérations seront publiées, poursuit-elle. De cette façon, aucun journaliste malveillant ne pourra les divulguer. Elles seront étalées, au grand jour.

Fonctions et rémunérations ?

De quoi parle-t-elle ? Rose est une simple retraitée si endettée qu'elle pourrait en perdre sa maison.

Qui est cette femme devant moi, et qu'a-t-elle fait de ma grand-mère ?

— Voilà, j'ai préparé une déclaration complète que j'ai l'intention de rendre publique, annonce-t-elle en distribuant des copies d'une liste dactylographiée. Lisez-la, s'il vous plaît.

Je jette un coup d'œil à Clothilde, la directrice de campagne de Rose. À la voir bouche bée, c'est la première fois qu'elle entend parler de cette déclaration.

Craignant le pire, je tourne mon attention sur la feuille de papier que j'ai entre les mains.

Liste exhaustive des fonctions et émoluments actuels de la candidate au poste de maire, Rose Tassy

— *Retraitée, payé mensuellement.*

Note au gouvernement : le montant de ma pension n'est pas seulement ridicule, il est carrément scandaleux. Vous avez jusqu'à la fin de l'année pour l'augmenter, sinon je mets un gilet jaune. Vous êtes prévenus.

— *Professeur de doga, payé par classe.*

Note aux étudiants potentiels : vous n'êtes pas obligés d'avoir un chien, mais vous devez aimer être parmi eux. Les tarifs sont très raisonnables. Résultats et plaisir garantis. Premier cours gratuit. Faites un essai !

— *Reine de Beldoc, frais plus une petite allocation.*

Note au comité d'organisation : je pourrais faire beaucoup plus si vous doubliez mon indemnité et incluiez les voyages internationaux dans les frais remboursables.

— *Présidente-fondatrice du Club des parents de chiens de Beldoc, à titre bénévole.*

Note aux membres qui me remercient parfois pour mon travail avec des croquettes : la seule marque acceptée est « Croquettes Prestige Élite de Luxe Naturelles Poids Sain Bio ».

— *Membre de deux Clubs de lecture, à titre gracieux.*

Note aux présidents et aux autres membres : le romancier Guillaume Tron est littéralement un tueur de grand-mère. Boycottez ses livres !

— *Membre du Conseil d'administration de la branche beldocienne de l'Association nationale des Amis des fromagers français, parfois rémunérée en nature.*

Note aux producteurs et vendeurs de fromage : c'est le comté que je préfère. Les fromages de chèvre et la tomme sont également acceptés. Gardez vos roqueforts pour vous.

— *Présidente fondatrice de la branche beldocienne de l'Association nationale des Amis de la Haute couture française, à titre bénévole.*

Note à l'attention du président de l'association : je suis passionnée par la Haute couture. Je serais ravie si vous rémunériez mes efforts de promotion et de communication en nature. Au moins une fois. S'il vous plaît ?

— *Coprésidente fondatrice du Cercle d'amitié franco-britannique de Beldoc, à titre bénévole.*

— *Membre du comité des événements du conseil municipal, à titre bénévole.*

Note à l'attention du maire Victor Jacquet : ne vous avisez pas de me virer de ce comité juste parce que je veux prendre votre poste !

Clothilde lève la main.

— Rose, êtes-vous sûre de vouloir inclure ces notes dans la version publique de ce document ?

— Mais c'est là tout l'intérêt, s'exclame mamie avant de se mordre la lèvre inférieure, réalisant qu'elle a parlé trop vite. Et la transparence, bien évidemment.

— Je ne savais pas qu'il y avait un Cercle d'amitié franco-britannique à Beldoc, dit Serge.

Rose désigne Sarah de la main.

— Il est tout nouveau et pour l'instant, il ne compte que deux membres : Sarah Owen, qui se trouve là-bas, et moi-même. Non, en fait, nous sommes quatre avec Baxter et Lady. Le cercle ne fait pas de discrimination envers les individus poilus à quatre pattes.

— Je peux m'inscrire aussi ? demande Serge. Je ne suis peut-être pas assez poilu, mais je suis un grand fan de Shakespeare et du cricket.

Sarah se tourne vers lui.

— Tu es le bienvenu, cher Serge ! Tout le monde est le bienvenu.

La foule applaudit.

Rose se rassoit sur la couverture, lissant ses cheveux. Un groupe enthousiaste se forme autour d'elle. Les gens posent des questions sur tel ou tel club dont elle est la présidente-fondatrice, et sur la manière d'y adhérer.

Éric propose de remplir nos gobelets en papier.

Je tiens le mien quand une voix masculine familière résonne derrière moi, demandant Julie Cavallo.

Je me retourne.

Jean-Louis Ponsard, Valérie et Laure se dressent devant moi au bord de la couverture de pique-nique. Leurs sourires me font penser qu'ils sont venus avec de bonnes nouvelles.

Je me lève. On s'éloigne de quelques mètres du groupe et on échange des politesses.

— Julie, dit Laure. Je ne sais pas par où commencer… Comment te remercier ? Tu m'as sauvé la vie !

— Oh ! s'il te plaît, je n'ai rien fait de tel, protesté-je.

Elle commence à exprimer son désaccord, alors j'ajoute :

— Au mieux, je t'ai évité quelques semaines de prison inutiles en attendant ton procès. Le commissaire Reboul n'avait pas assez de preuves pour te faire condamner.

— Peut-être pas pour le meurtre de Michelle, même si la fluoxétine était assez accablante, dit Laure. Mais pour Roland Oliveira, il avait l'un de mes cheveux et une correspondance ADN.

Valérie fait une mine dégoûtée.

— Quand je pense jusqu'où Guillaume est allé pour qu'on ne le soupçonne pas ! Piéger une innocente comme ça…

Laure se tord les mains.

— Crois-moi, Julie, je n'exagère pas quand je dis que tes actions m'ont tirée du bord du précipice !

Je la fixe, la gorge nouée. Bien que j'apprécie les louanges comme tout un chacun, les hommages excessifs me mettent mal à l'aise. Ils me donnent envie de demander à l'auteur de les garder pour mon éloge funèbre. C'est une réaction assez normale, j'ose dire, à moins qu'on ne soit Kim Jong Un.

Rose s'excuse auprès de son fan-club et vient à mes côtés. Clothilde, Serge, Flo, Sarah et Éric font de même, formant un petit cercle autour des nouveaux venus.

— Avez-vous des nouvelles du commissaire Reboul concernant son enquête sur Guillaume ? leur demandé-je.

— Oui ! s'exclame Valérie en passant un bras autour de Laure, et en lui lançant un regard plein d'émotion. Guillaume Tron a avoué les deux meurtres.

Je me couvre la bouche. La nouvelle est presque trop belle pour être vraie.

— Il l'a fait sur les conseils de son avocat, ajoute Jean-Louis. La police avait suffisamment de preuves pour le faire condamner de toute façon, donc sa seule option était d'être aussi coopératif que possible et de plaider pour la clémence.

Je le dévisage.

— Cette affaire a encore quelques zones d'ombre, et je me demandais si…

— Je suis sûr que vous aurez tous les détails bien assez tôt, dit Jean-Louis. Mais je serais ravi de partager tout ce que je sais.

— Je vous en remercie !

Il lève les yeux au ciel, recueillant ses pensées.

— Voyons voir… Sur le yacht après que Guillaume a quitté le spa, il s'est rendu dans la chambre de Michelle. Elle n'était pas là. Il l'a trouvée sur l'un des ponts latéraux en train de discuter avec Roland.

— Et il a assisté au rapport de Roland, ajouté-je.

— Pas tout à fait. Michelle et Roland parlaient à voix trop basses. Il a donc attendu dans l'ombre que Roland parte, puis est allé directement voir Michelle, dit Jean-Louis en ricanant. À ce moment-là, il croyait qu'elle le trompait !

Valérie ferme les yeux et crispe les paupières.

— Si seulement Mère avait eu le bon sens de ne pas l'affronter !

— Affronter les gens, n'importe qui, c'était la raison pour laquelle elle se levait le matin, marmonne Laure.

Valérie sourit tristement.

— Mère lui a dit qu'il s'était servi d'elle, et qu'elle se vengerait. Elle a promis de donner des interviews à tous les journaux et magazines du pays et de raconter la façon dont il a profité d'elle, en utilisant les photos d'Oliveira pour étayer ses propos. Elle lui a dit qu'il serait la risée des cercles littéraires, des clubs de lecture et des dîners mondains, de Marseille à Bruxelles. Aucun éditeur ne le publierait plus jamais.

— C'est du Michelle tout craché, fait remarquer Rose.

Jean-Louis prend la main de son épouse.

— Guillaume s'est emporté et l'a giflée. Elle l'a attrapé à la gorge. Il a serré la sienne et a fini par l'étrangler. Quand il a réalisé qu'elle était morte, il l'a jetée par-dessus bord, avec son sac à main. Plus tard dans la nuit, il s'est faufilé sur la scène du crime, l'a nettoyée, et a fouillé la cabine de Michelle.

— Il a eu de la chance cette fois-là, dit Laure. Les seules preuves que les flics avaient trouvées sur la scène du crime étaient un segment intact de la balustrade et quelques minuscules fibres de la jupe et de la veste que Michelle portait cette nuit-là. Mais la chance de Guillaume a fait mon malheur.

Valérie se tourne vers elle.

— Le cauchemar est terminé maintenant. Pour nous tous.

— Pour finir sur les aveux de Guillaume, intervient Jean-Louis, une fois Michelle disparue sous l'eau, il est allé au Sky Lounge où il s'est assuré de se mêler aux autres passagers. Puis il s'est rendu dans la cabine de Roland, a conclu un accord avec lui, et est retourné au salon. Enfin, il a passé la nuit avec Salman.

— S'ils avaient un accord, pourquoi Guillaume a-t-il fini par tuer Roland ? demande Flo.

Jean-Louis entrelace ses doigts.

— Roland devenait de plus en plus nerveux. Il doutait depuis le début de l'histoire de Guillaume, selon laquelle Laure avait tué Michelle. Puis il a commencé à douter qu'il verrait un jour sa part du million d'euros promis.

— Il est devenu trop gênant, ajoute Valérie avant de me lancer un regard appuyé. Sans toi, Guillaume aurait ruiné nos vies à tous ! Le commissaire Reboul était convaincu que Laure et mon mari étaient complices.

Jean-Louis se tourne vers moi.

— Comment vous remercier de m'avoir rendu ma vie ?

— Vous nous avez déjà rémunérées très grassement, Rose et moi, pour notre travail sur le yacht, y compris les jours où nous n'avons pas travaillé, lui dis-je.

Clothilde s'éclaircit la gorge.

— Rose et Julie seraient très heureuses si vous contribuiez à la campagne de Rose pour la mairie.

— Ce sera avec grand plaisir, s'exclame Valérie.

— D'ailleurs, dit Jean-Louis, on vend le manoir de Michelle et notre yacht.

Ma mâchoire se décroche.

— *L'Occitane ?*

— Je ne pourrai plus jamais me sentir à l'aise à bord de ce yacht, pas après ce qui est arrivé à Mère, murmure Valérie.

— En plus, ajoute Jean-Louis, j'en ai fini de faire semblant d'être encore là où j'étais il y a deux ans. Nous allons vivre frugalement jusqu'à ce que les formalités administratives soient réglées et qu'on puisse hériter de Michelle. Cela risque de prendre beaucoup de temps.

Je doute que sa conception de la vie frugale soit la même que celle d'une personne ordinaire, mais je ne le dirai pas à voix haute. Jean-Louis est peut-être vaniteux, mais il n'est pas méchant. En y réfléchissant bien, un peu de privation pourrait être une bonne chose pour sa famille et lui. Au moins, ils apprécieront davantage leur bonne fortune et, qui sait, se sentiront peut-être moins en droit d'en bénéficier.

Où est-ce que je veux en venir là ?

Peut-être que…

En fait, l'argent semble agir comme une loupe. Tout comme la vieillesse amplifie le bon ou le mauvais caractère des gens, l'extrême richesse et l'extrême pauvreté produisent le même effet.

Rose a toujours rêvé d'être riche, et je ne la juge pas. Ce n'est pas drôle d'être vieux et pauvre. Regardez Karl ! Peu de gens souhaiteraient vivre sa vie. Pas moi, en tout cas.

Mais ayant désormais côtoyé l'autre extrême, les ultra-riches, j'ai compris quelque chose.

Moi, la pâtissière Julie Cavallo, je me plais bien entre les deux.

Composé et édité par HarperCollins France.

Imprimé en avril 2023
par CPI Black Print (Barcelone)
en utilisant 100% d'électricité renouvelable.
Dépôt légal : mai 2023.

FSC
www.fsc.org
MIXTE
Papier issu de
sources responsables
FSC® C159065

Pour limiter l'empreinte environnementale de ses livres, HarperCollins France s'engage à n'utiliser que du papier fabriqué à partir de bois provenant de forêts gérées durablement et de manière responsable.

Imprimé en Espagne.